U0115743

凤凰枝文丛

孟彦弘　朱玉麒　主编

三余书屋话唐录

查屏球　著

凤凰出版社

图书在版编目（ＣＩＰ）数据

三余书屋话唐录 / 查屏球著. -- 南京 ： 凤凰出版社，2023.11
（凤凰枝文丛 / 孟彦弘，朱玉麒主编）
ISBN 978-7-5506-4020-7

Ⅰ．①三… Ⅱ．①查… Ⅲ．①随笔－作品集－中国－当代 Ⅳ．①I267.1

中国国家版本馆CIP数据核字(2023)第209071号

书　　　　名	三余书屋话唐录
著　　　　者	查屏球
责 任 编 辑	李相东
特 约 编 辑	蒋李楠
书 籍 设 计	陈贵子
责 任 监 制	程明娇
出 版 发 行	凤凰出版社(原江苏古籍出版社)
	发行部电话025-83223462
出 版 社 地 址	江苏省南京市中央路165号,邮编:210009
照　　　　排	江苏凤凰制版有限公司
印　　　　刷	苏州市越洋印刷有限公司
	江苏省苏州市吴中区南官渡路20号,邮编:215104
开　　　　本	880毫米×1230毫米　1/32
印　　　　张	11.375
字　　　　数	209千字
版　　　　次	2023年11月第1版
印　　　　次	2023年11月第1次印刷
标 准 书 号	ISBN 978-7-5506-4020-7
定　　　　价	68.00元

(本书凡印装错误可向承印厂调换,电话:0512-68180638)

查屏球

1996 年获文学博士学位，1996 年至今执教于复旦大学中文系，其间曾于韩国全南大学、釜山大学、日本神户外国语大学、九州大学任教。现为复旦大学中文系教授、博士生导师，国家社科基金重大项目《日韩藏唐诗选本研究》首席专家，中国唐代文学学会副会长，中国李白研究会副会长，主要研究领域为唐宋文学，兼及中古与近代文学，学术兴趣是古代士人精神生活与文风演变，古代文本载体之变与文学发展关系，近世经典形成与文学传统以及东亚汉文学交流史，著有《唐学与唐诗——中晚唐诗风的一种文化考察》《从游士到儒士——汉唐士风与文风论稿》等，曾获《文学遗产》优秀论文奖，上海市哲学社会科学一等奖。

弁　言

"凤凰台上凤凰游"，是李白《登金陵凤凰台》之诗句，昔年我江苏古籍出版社立足南京、弘扬文史，而更名所由也。

"碧梧栖老凤凰枝"，是杜甫《秋兴八首》所吟咏，今日我凤凰出版社为学林添设新枝，而命名所自也。

30多年来，凤凰出版社围绕中华传统优秀文化，彰显传承文明、传播文化、服务大众、贡献学术的出版理念，坚持以整理出版中国文、史、哲古籍及其研究著作为主的专业化方向，蒙学界旧雨新知之厚爱、扶持，渐已长成"碧梧"，招引了学界"凤凰"翩然来栖。箫韶九成，凤翥凰翔！嘤其鸣矣，求其友声！

"凤凰枝文丛"是本社与学界同人共同打造之文史园地，除学术研究论文外，举凡学人往事、经典品评、学术札记之文化随笔，旧学新知，无所不包。是作者出诸性情而诗意栖息之地，读者信手撷取而涵泳徜徉之处。

"凤凰鸣矣，于彼高冈。梧桐生矣，于彼朝阳。"

愿"凤凰枝文丛"成为我们共同的文化家园。

2019.5.22

序

　　三余书屋，家父为本家书房所取之斋号，时在一九七八年，距今已四十余年。"文革"之前，家中藏书颇多，小孩时有被书砸痛之虞。然而，"文革"中"抄家"风起，"封资修""毒草""黑书"之名漫行，全城人聚书于街心而焚之，藏书人家每见戴红袖标者于门前窗下晃动，惶恐终日。无奈之下，家父每晚于叹息中，捡出一包，让家兄扔进远地垃圾箱里，几近一月，终将书架清空，换成"宝书台"始觉心安。浩劫初息，藏书之趣复萌，重购已失之书，不胜感慨，取一斋号，亦表达对亡书之回忆。家父告知：三余者，三余圩也，故乡旧名，属今铜陵西联乡，由东西两堤围成。古为扬子江边滩涂之地，宋元最后一仗丁家洲之役就发生于此。自宋以来，一批批徽州山人来此开荒，肩挑手提，围堤垒墩，建成一个个洲圩村落，方圆不足十公里，人口二三万，素为鱼米之乡，沿江有码头，商号众多，又具有悠久耕读传统。本村有自治军党人朱警先生，也有徐锡麟学生章济川老先生，还有黄埔军校首届生北伐军营长章啸衡先生。邻村还有清末秀才陈国经老先生。虽为偏壤，却不闭塞，乡人识见甚广，书香气颇浓，以三余圩为斋号，既有怀乡之意，亦显示三余圩人对乡土文化之自豪。当然，三余者，固取自老先生对《幼学琼林》之记忆，"月有三浣……学足三余……为学求益，日日就月将。焚膏继晷，日夜辛勤；俾昼作夜，晨昏颠倒"。《三国志·魏书》卷十三："明帝时大司农弘农董遇等亦历注经传，颇传于世。"裴骃《史记集解》引鱼豢《魏略·董遇传》曰：人有从学者，遇不肯教，而云："必当先读百遍。"言"读书百遍而义自见"。从学者云："苦渴无日。"遇言："当以三余。"或问"三余"之意，遇言："冬者岁之余，夜者日之余，阴雨者时之余也。"三余者，实指夜以继日勤奋苦读之精神。大三时，余请美术系版画

三余书屋藏书印

专业同学张玉春兄刻藏书章一枚，四十年后，张兄已成美术大家，再审其少作，仍见出设计与笔法不俗之处，既存桑梓深情，又传耕读乡风。忆及童时，屡见祖母与外祖父为教子之事争执。祖母最得意的是坚持让家父长年读书，成为同龄孩子中受教时间最长者。外祖父却不以为然，他让舅舅们没读几年书，就参加新四军。后来都有较好的发展。祖母只认"万般皆下品，唯有读书高"。外祖父总是忿忿不平地说："我没让儿子一直读书，他们还当了大干部呢。"不过，祖母的观念影响更大，她影响了家父，家父少时参加家族祭祀，他因有功名（学历），可站在堂上，其余叔父只能跪在堂下。家父屡屡向我们提及此事。这种以读书为乐为高的意识同样影响到我。初三时，流行"早下早上"之说，已到"上山下乡"年纪的我，也想随同龄人一起，初中下乡接受贫下中农再教育，可一想到要中断学业，不能上高中，又无限伤感。那时，我晚餐后总爱听收音机里播放的"小说连播"，当时正在播《高玉宝故事》，当听到放牛娃站在学堂外高呼"我要读书"的情节，我就做出了"书不读完不下乡"的决定。家父曾戏言，三余圩意归他，三余苦读属我。小子不敢当此，亦不敢忘，故再取旧斋名。刘勰在《文心雕龙·神思》说："方其搦翰，气倍辞前，暨乎篇成，半折心始。"本是说写文之事，移之论学也是如此。余初入学途，心雄万夫，无书不敢读。且新三代由"文革"无书年代初入书馆，如同健犊踏仓，饥不择食，逢书即读，全无章法与规划。待到大二选择读研方向时，经太老师吴昭铭先生指点，始觉专攻之益，先读了两年《诗经》《楚辞》，（多年后老友相见，仍以先秦之事相问。）后入郁门治唐代文学，任教后，接受体制约束，三十余年，再也无心旁骛，唯以此为业。近年来，承师友不弃，多得赠书，展卷之时，屡受启发，或评或议，草成札记多则，多见诸报刊，部分存于电脑。本书即是这类札记的结集。缘于专业关系，所评多与唐学相关，故以"话唐录"名之。望再得方家指教。是为序。

查屏球

2022 年 2 月 22 日于三余书屋

目录

001　序

001　**第一辑　堂下蹑尘**

003　锦瑟知音解唐声

　　——读刘学锴师《唐诗选注评鉴》

015　聚沙成塔得正果

　　——读郁贤皓师新著《李太白全集校注》

028　锲而不舍琢善器

　　——评傅璇琮、周建国《李德裕文集校笺》

035　回归经典究人心

　　——由文学史研究现状谈《中国文学史新著》

055　新义雅集建高台

　　——评《新宋学》第一辑

062　慧心相通传纯学

　　——读王水照师《钱锺书的学术人生》

第二辑　学林撷英

069　义门之法探龙门
　　　——评邓小军《唐代文学的文化精神》

088　恨血千年土中碧
　　　——评胡可先唐人墓志研究二书

132　世系婚姻唐网络
　　　——评谢思炜等《唐代荥阳郑氏家族——世系与
　　　　婚姻关系考》

143　诗求达诂追邻邦
　　　——评文艳蓉《白居易生平与创作实证研究》

151　君似当代来日僧
　　　——评陈翀《日宋汉籍交流史的诸相——〈文选〉
　　　　〈史记〉与〈白氏文集〉》

159　汉唐晋唐与唐宋
　　　——徐俪成《像唐人一样生活》评介

第三辑　海外揽胜

165　邻人眼光见细微
　　　——评内山知也《隋唐小说研究》

176 山川异域日月同

　　——评《日本学人唐代文史研究八人集》

188 拨开尘封审恶花

　　——《甲午日本汉诗选录》前言与后记

206 东西穿越诗魂碰

　　——读平野启一郎《日蚀》《一月物语》

212 静寺幽情茗三杯

　　——题"日本醍醐寺文物展"

221 诗僧东移成笑星

　　——苏州寒山美术馆"杳杳寒山道"主题展暨寒

　　山文化论坛发言

244 来去自由神俗通

　　——读杜德桥《神秘体验与唐代世俗社会——

　　戴孚〈广异记〉解读》

第四辑　丛札漫忆

259 碎叶枝茂大唐梦

　　——写在吉尔吉斯使馆于李白墓园植木时

264 慎终追远清明人

　　——清明扫墓之俗与胡次焱三文

278　忆少伤老拜月时

　　——书张夫人《拜新月》后

283　再见唐学新气象

　　——唐代文学研究二年综述（外一篇）

322　陶塘傲菊赭山柏

　　——忆祖保泉先生二三事

327　持之以恒索真实

　　——一段关于王运熙先生论著的阅读记忆

337　旧学续传礼相承

　　——郁贤皓师忆任铭善先生论礼学

第一辑　堂下蹑尘

锦瑟知音解唐声

——读刘学锴师《唐诗选注评鉴》

《文心雕龙·知音》言："知音其难哉！音实难知，知实难逢；逢其知音，千载其一乎！"经典之作需要经典性鉴赏，刘学锴老师是唐诗知音，他的《唐诗选注评鉴》就是这样一部鉴赏经典。刘师用时四年，纯手工书写，在八十三岁高龄时完成了三百余万字的大工程，仅手稿即装满了十大箱。中州古籍出版社投入了巨大的人力、物力出版了这部大书。虽然上下两册、洋洋二千五百页的巨著不是通俗读物，但自出版以来受到读者极大的欢迎与认同，不到六年，发行已过万册。在机读渐渐取代纸读的时代，出版市场的反应表明读者对真才实学之作的欢迎仍是不受载体形式影响的。为了方便读者阅读与使用，近日中州古籍出版社又推出了"升级版"，重新校订为十册，增补了三十多万字，这无疑会推进本书的流行，创造当下出版奇迹。

刘学锴《唐诗选注评鉴》，中州古籍出版社 2013 年版

刘学锴《唐诗选注评鉴》，中州古籍出版社 2019 年版

本书共选诗 650 余首，其选诗标准有三：一是艺术性，即含蓄蕴藉的诗性，来源于诗人敏锐诗心与善感心灵，有真切丰富的诗意感受和发现；二是可读性，即读者的可接受性，经典之作应经历史淘洗，故多注释那些深入浅出、雅俗共赏、诗味深郁的作品；三是诗在艺术上要有完整性，不取有句无篇者。入选诗人有 111 位，每个都附有生平简介。每首诗分成四个部分：选诗、校注、笺评、鉴赏。前两项与诗人简介一样多取诸家研究成果，展现了近五十年来唐诗研究的最高水平，笺评部分选录历代诗话中相关评论与各种选本中的点评。这些内容展示了唐诗与古典诗学的关系，又从接受史层面显示了所选作品的历史影响，证明了它们的经典地位是一种历史存在。鉴赏部分尤见特色，这是刘师六十余年研教唐诗经验的结晶。刘师的鉴赏多围绕三点选诗标准展开，通过解析全篇思路与结构，来还原作品的整体性；再分析诗家的创造性以证明诗的艺术性。刘师鉴赏文字，传承了古代私塾教育中串讲文本的教学传统，引导读者与文本、诗人及古代读者展开对话，用现时流行的学术话语说就是打开了文本世界，建立一个以文本为中心的对话平台，实现了三种类型的交流：

一是诗家与诗家的交流，把读者当成作者，将读者置于与作者同等的诗家位置及同样的情境中，体验作者的思路，以诗家的思维感受文本，体会诗人当时感受到什么，想表达什么，如关于《望天门山》的评鉴：

> "两岸青山相对出，孤帆一片日边来。"这两句是一个不可分割的整体。上句写望中所见天门山的雄姿，下句则点醒"望"的立脚点和表现诗人的淋漓兴会。诗人并不是站在岸上的某一个地方遥望天门山，他"望"的立脚点就是从"日边来"的孤帆一片，读这首诗的人大都赞赏"两岸青山相对出"的"出"字，因为它使本来静止不动的山带上了动态美，却很少去考虑诗人何以有"相对出"的感受。如果是站在岸上某个固定的立脚点"望天门山"，那恐怕只能产生"两岸青山相对立"的静态感。反之，舟行江上，顺流而下，望着天门两山由远而近，扑进眼帘，显现出愈来愈清晰的身姿时，"两岸青山相对出"的感受就非常突出了。"出"字不但逼真地表现了舟行顺流而下的过程中"望天门山"时夹江对峙的两山势如涌出的姿态，而且寓含了舟中的诗人那份新鲜喜悦之感。夹江对峙的天门山，似乎正迎面向自己走来，表示它对江上来客的欢迎。

以上游的高峰巨壑来理解两岸青山显然不准确，诗人是于秋季东行，一路多见枯黄秋色，至此始见青绿山色，自己所乘之舟正披满红霞向前疾行，青山与红日、对出与孤行，辉映成趣，这是到过天门山者的切身感受。这一诠释极具启发性，让笔者联想到李白《行路难》中"忽复乘舟梦日边"一句，《竹书纪年》卷上："伊挚将应汤命，梦乘船过日月之傍。"显然，李白好用这一典故自况。此处诗人不只是写景物的奇特，亦在抒发壮志豪情，足显盛唐气象。唯有身临其境者的引导才会激发出读者从这一层面理解。

二是读者与作者的交流，引导读者与文本展开对话，披文入情，沿波讨源，从读者立场上梳理文本自身逻辑，寻找文本可能的指向，发现由引申、联想、想象出来的超文本世界。如李白《梁甫吟》中间十二句典故密集，语意跳荡，内在逻辑关系自来难解。刘师先细理意脉：

这首诗的写作年代，或有主张作于开元十八年（730）初入长安无成而归之后者。但从诗中"我欲攀龙见明主"一大段所描绘的政治局面看，无疑更像在天宝六载（747）以后，奸相李林甫专权，打击陷害一大批忠良贤能之士时期所呈现的景象。像"倏烁晦冥起风雨"的昏暗局面，"猰㺌磨牙竞人肉""力排南山三壮士，齐相杀之费二桃"的黑暗危险景象，以及诗人"忧天倾"的强烈政治忧患感，都不大可能出现在开元中期那样一个政治上仍然比较清明的时期。李白对时代的感受和认识，或有过于乐观之时，而这样愤慨激越、充满忧患的感情，似乎只能出现在天宝中期那个危机逐渐显露的时代。

又，《梁甫吟》的写作年代向无定论，刘师也是从读者的角度提出问题，"开元说"是随"李白二进长安说"流行之后的新兴之说，颇有启发性，也易造成理解的混乱与困惑，引起的争议颇多。刘师将诗中黑暗危险景象与开元、天宝政治局面对照，再以诗中强烈的政治忧患感来佐证，充分利用文本自身的信息来解答读者的疑惑。不可否认，有些作品只是作者写给自己看的，但大多数作品应是写给别人看的，文本自身存在着作者要与读者交流的愿望与对话方式，成功的鉴赏就是引导读者能借助文本与作者对话，本书的鉴赏多具有这一功能，即便是琐细的考证与枯涩的训诂也都服务于这一对话程序。

正因有这种观念，本书的鉴赏文字不只是就作品谈作品，往往能由单篇赏析扩展到对诗人总体风格的论断，由具体作品探察到一个时代的文学风貌与历史走向。如刘师论岑参《与高适薛据同登慈恩寺浮图》言："盛唐诗人有两次著名的诗歌唱和活动，一次为天宝十一载（752）秋，薛据、高适、储光羲、岑参、杜甫五人的登慈恩寺塔的唱和之作；另一次则为乾元元年（758）春，由贾至首唱，杜甫、王维、岑参奉和的早朝大明宫之作。"从文学史层面强调了这次唱和活动的意义，又以杜甫的自注对这一种集体创作的活动方式作了具体说明，再对五人作品风格特点比较分析，指出："同属登临之作，岑诗气势奇峻雄伟，境界高远阔大，体现出盛唐诗歌雄浑高华的风貌；而杜诗则百感茫茫，忧患深沉，充满了身世苍茫之感和对国家前途命运的危机感。"刘师认为最值得关注的是产生这种区别的原因，指出"'旷士'与'翻百忧'的士人之间的区别，正是岑、杜二作思想感情内容显然有别的深刻原因"。刘师具体分析说：

> 岑参当时在仕途中虽也并不得意，至有"誓将挂冠去"之念，但他对时代则抱有乐观的看法，这从他天宝末年在北庭期间创作的一系列风格雄奇壮丽，情调昂扬乐观，充满民族自豪感和自信心的边塞诗中可以看得很清楚。而杜甫，在困居长安多年后，对大唐帝国繁荣昌盛表象下孕育的危机已经有了相当深切的感受和体察，因此诗的一开篇就特意表明"自非旷士怀，登兹翻百忧"。从而在登临所见景物的描绘中，处处渗透对国家前途的强烈忧患意识。"旷士"与"翻百忧"的士人之间的区别，正是岑、杜二作思想感情内容显然有别的深刻原因。

既从诗人求仕经历的比较上说明两者的不同，又从二人的个性以及感受世界的方式上，说明相异的原因，还由二人的比较中展示了由盛唐到中唐士心与诗风趋变的历史运势。

这种对话式鉴赏，既是一种伴读式的讲解，帮助读者理解作品，又往往能以新的发现，为读者打开一个新世界。如关于《赤壁》一诗的分析，刘师用了三页纸梳理前说，推论诗意，提出："如果旨在强调赤壁之战的重大意义，那就与翻案不沾边。"重新串析全诗后，发现"诗人强调的是'东风'的重要，而不是赤壁之战的重要"，"东风之便完全出于偶然的机遇，是天助孙吴"。指出这一翻案之意后，又言：

　　诗人这样来评论赤壁之战的胜败双方，显然不单纯是论史，发表不同流俗的见解，而是借此咏怀抒慨。……在诗人看来，历史的某些偶然机遇或条件，使一些才能未必很高的人侥幸获得成功和不朽的声名，而另一些真正有才能的人却因为缺乏这些机遇条件而沉埋不显。单纯以成败论英雄，实际上是对怀才不遇者的又一种不公。……诗人借咏史以自抒英雄失路的怀抱，固不等同于史家论史。

这里不只是揭示杜牧翻案之意，还解释了翻案之因，发掘出诗人的英雄失路这一诗情，也为咏史诗提出了一个评论标准：咏史诗首先是诗，必定有诗家情感在其中。

　　三是读者与读者的交流，通过归纳分析古今评点，既展示了一篇篇唐诗名作的接受史，又以古今对话的方式证明唐诗经典超越时空的审美魅力。刘师不迷信前说，而平等对待诸说，以读者身份与既有之论公平讨论。如对李商隐《夜雨寄北》一诗解曰：

冯浩、张采田均系此诗于大中二年（848）巴蜀之游；岑仲勉《玉溪生年谱会笺平质》已详辨包括梓、阆在内的大中二年巴蜀之游并不存在，冯、张所援为此游之证的篇章多为大中五至九年梓幕期间或大中元年赴桂、二年由桂返长安途中所作。……按冯谱，义山系先自桂返洛，然后又游江汉巴蜀，于深秋略顿巴巫之境。此说之误显然，《陆发荆南始至商洛》《归墅》（均大中二年桂管归途作）已言"四海秋风阔""邓橘未全黄"，则至邓州、商洛时已届深秋，返洛后再出行至江汉巴蜀，往返数千里，而云"深秋略顿巴巫之境"，则时间直若停滞不动矣。张笺谓桂管归途先至巴蜀寻杜悰，不果而中途折回，由荆南赴洛，而后归京，并谓《夜雨寄北》所写系初秋景况，由洛赴京则在九月初。是则客游巴蜀之时至返洛又复入京之时，前后亦不过两月左右，如此长途往返，时日又岂敷分配？况诗明言"君问归期未有期"，明为长期羁留某地之口吻，作诗时归期尚在不可知之数，又何从测其"即作归计"乎？"何当"云云，亦见归期未卜。且如张氏所云，义山巴蜀之游，几乎全部时日皆于仆仆道途中度过，并无一地有较长时日之羁留。……试问于如此变动不居之旅途中，双方书信往来竟若今日有现代化通讯工具传递之迅便，一似预知其何时当在何地者，岂非纯属想当然？

刘师列出冯浩、张采田之说，再由义山行迹及地理里程见出二家之说的不合理，在析疑中提出了新说。相对于古代的原生态，现存的文献仅是断简残篇，今人只能在碎片的拼接中复原部分历史真相。历史的碎片之间，空间很大，不同的人可以依据不同的理解来作出不同的拼接，因此，即使对同一则史料也有不同的解说，后出转精，亦是当然之事。刘师能否定前说而提出新见，就是因为他曾完成《李商隐梓幕期间归京考》的研究，发现李商隐在梓幕期间有一段回京返蜀的经历，以此为基础，所作的新编年也更让人信服。

又，对于争议最大的《锦瑟》的鉴赏也是如此。刘师先列元好问、何焯、岑仲勉、钱锺书等人的伤时说、伤己说、诗序说等，再弥合众说，讲解者如同在主持读者讨论会，既让人各执一词，又将之合熔并铸：

由于他在回顾华年逝岁时并没有采用通常的历叙平生的方式，而是将自己的悲剧身世境遇和悲剧心理幻化为一幅幅各自独立的象征性图景，这些图景既具有形象的鲜明性、丰富性，又具有内涵的虚泛、抽象和朦胧的特点。这就使得它们既缺乏通常抒情方式所具有的明确性，又具有较之通常的抒情方式更为丰富的暗示性，能引起读者多方面的联想。但这些含意朦胧虚泛的象征性图景，又是被约束在"思华年"和"惘然"这个总范围里，因而读者在感受和理解上的某些具体差异并不影响从总体上去把握诗人的悲剧身世境遇和悲剧心理。这种总体含意的明确和局部含意的朦胧，象征性图景的鲜明和象征含义的朦胧，构成了这首古代朦胧诗意境创造上一个突出的特点。

依据以上阅读体验，刘师总结出义山这类诗的特点，即片断的独立性与整体的统一性，进而对元好问诗（望帝春心托杜鹃，佳人锦瑟怨华年）作出新解："李商隐这位才人正是要借咏锦瑟来寄托华年身世之悲，他的一腔春心春恨都寄寓在这杜鹃啼血般的诗歌中了。"对传统的以琴自伤之说作了新发挥，以读者的体验汲取另一个读者的心得。

中国诗学教育素有串讲式鉴赏传统，积累了丰富的鉴赏理论，其中对作品意脉（文本前与后、局部与整体的逻辑关系）的讲析尤为值得关注。在简帛时代，章句笺释不置于原文之下，多单独成篇，故自王逸《楚辞章句》起，讲解者即把串析文字当成对原作的再创造，这一方法在唐诗的解析与评点中又得到了充分的发挥，如赵次公解杜诗、萧士赟解李白诗、唐汝询解《唐诗选》、王嗣奭解杜诗、姚文燮解昌谷诗等，都属成功之作。这类著述介于文学创作与学术研究之间，融"述"与"作"为一体。在以考据为主体的乾嘉学术体系里，这类评点、串讲之作又被斥为"村夫子"之事而被排斥于学术之外。近二十年来，随着接受美学的流行，文学鉴赏又渐渐为接受史研究所取代，研究的中心也由文本解读走向阅读史分析。研究的空间扩大了，却离文学本体更远了。这种非文学的研究遮蔽了文学本体的人文魅力，文学性的失位已成为制约文学研究发展的重要因素。从这个意义上讲，本书的出版对于促进古代文学学科回归文学本体是有一定示范意义的。

刘师在本书前言里说："与近三十余年来唐诗的整理、考订研究成果相比，唐诗的普及工作除了《唐诗鉴赏辞典》曾产生过广泛影响外，无疑是滞后了。"三十多年前，刘师就力图将学术研究与唐诗普及结合起来，其早年著作《唐代绝句赏析》等已显示了他的这一用心。二十世纪八十年代初，上海古籍出版社《唐诗鉴赏辞典》引领了一个时期的出版界风气，刘师不仅是主要撰写者之一，也是本书主要策划者之一。从刘师的学术经历看，笺解唐诗应是他的一项自觉的学术选择。这或许与刘师早年在北京大学从事训诂学研究的学术背景有关，当然，这更缘于刘师长年从事师范教育以解读文本为重点的教学经历。立足文本，正确理解，疏通意脉，鉴出高下，赏其慧心，既是知音之学，也是为师之责，真心希望古典诗学能带着这个传统进入电子化时代，在当下，刘师之作应是具有启示意义的。

原载《中华读书报》2019 年 09 月 25 日

聚沙成塔得正果

——读郁贤皓师新著《李太白全集校注》

代代相传的经典名著是一个民族精神文化的载体，经典是永远不会过时的精品，而每个时代对经典的接受都有自己的需求，经典的魅力也在于常释常新。因此，依据各个时期阅读需要采用当代所需的接受方式诠释经典，是经典传承的主要形式，也应是人文学者的天职。从二十世纪七十年代算起，郁贤皓先生研治李白已近半个世纪，他的《李太白全集校注》（凤凰出版社 2015 年版，2011—2020年国家古籍整理出版规划项目、国家古籍整理出版专项经费资助项目）荣获第四届中国出版政府奖图书奖，可谓实至名归。郁先生积毕生之力、聚一生之学著成该书，创获颇丰；同时，他又能从多数读者的阅读需求出发，以融古汇今的方式为当代读者提供一种李白全集的新注本。与此前同类之作相比，本书最明显的特色就是尽可能从读者角度出注，帮助读者走近李白，感受经典的魅力，这在以下几方面显得比较突出：

郁贤皓《李太白全集校注》，凤凰出版社 2015 年版

一、化繁就简，精约存信

自宋杨齐贤注本之后，李白集已出现多种注本，如元萧士赟分类补注本、明朱谏《李诗选注》、清王琦注本，延至当代更有朱金城增注本、安旗编年本、詹锳校注汇释集评本等，各具功能，各有特色，适应了不同的需要，但相对于当代多数读者的阅读需求而言，尚少一种既存全集古貌又便于阅读的今注本。《李太白全集校注》的出版弥补了这一缺憾，郁先生在凡例中反复强调本书诸多做法都是"为了方便读者阅读"，作为一种经典读本，与汇集本不同，汇集本多存相关资料，有工具之用，而非多数读者所需，郁先生在熟悉诸家之注的基础上，重在传承信本，

阐明文本，以存真求实为上，故于古注、校勘多化繁就简，去芜存菁。本文仅存已校之正文，于校记中分别说明各本异文，只示异文，不引原书校记，简明扼要，既展示了古书之旧貌，又不影响读者的阅读。郁先生对各类版本精挑细选，多存宋本之旧，多展示李集传本的校勘成果。如在诸多传本中，清光绪刘世珩玉海堂刊《景宋咸淳本李翰林集》甚有意义。此本前人多未参用，而其渊源甚早，部分内容或存原抄卷之旧貌，列此为校本，则在底本宋蜀刻本之外，又存一种宋人传本，显示了李集在传写过程中的特点。如咸淳本李白集所收"古风"分为上下两卷，蜀刻本中"古风"仅为一卷，题名为《古风五十九首》。两者所收作品数量及顺序大致类似，但咸淳本"古风"卷中"咸阳二三月""宝剑双蛟龙"两首在蜀刻本中却列在"感遇"类中，作《感寓二首》。保留这一古传本的信息，可让人了解李白集在抄本转化为刊本过程中出现的变异，或许不同的刊本所据抄卷的底本本身就有所不同。校本的选择并不在于多，而在于精，这又是以熟精各本关系为基础的，"操千曲而后晓声，观千剑而后识器"。关于咸淳本，郁先生曾有过专门研究，考证出其底本为宋时形成的当涂本，光绪年间重刊的当涂本存其旧貌，故虽晚出，其文献价值不可低估。

利用敦煌文献与新近出土的石刻文献解决问题，已成现代"唐学"特色，郁先生也将这一学术门径运用于解读李白作品中，精取了最近的相关考古成果，书中不仅以敦煌写本 P.2567（《唐人选唐诗》）作为校本之一，而且还援用了新出土的墓志文献，并对之作了更精准的分析。如何昌浩墓志的出土，为解释李白有关何昌浩两诗提供了最新的证据，但让人又生出新的疑义。墓志仅言何昌浩为支使，不言其曾为判官，据《新唐书·百官志》所列幕府职序："观察使、副使、支使、判官、掌书记、推官、巡官、衙推、随军、要籍、进奏官，各一人。"支使职序在判官前，李白为何只称其判官，而不言其更高职位支使？据此可否推断李白作诗时，何昌浩还未任支使之职？题"何判官"的两诗是不是作于何氏任支使之前呢？本书于《赠何七判官昌浩》题解中引录了墓志中有关何昌浩生平的内容，指出"可知何昌浩一生仅有一次入幕，即'为宣歙采访使宋若思辟署支使'"，其为判官亦当在此年。唐人常以"判官"概指节度使幕僚。宋若思为宣歙采访使在至德二载（757），则何昌浩为判官亦当在此年，李白亦于是年出浔阳狱入宋若思幕，当为何昌浩同僚，后李白离开宋若思幕，逃难到宿松，李白另有《泾溪南蓝山下有落星潭可以卜筑余泊舟石上寄何判官昌浩》，当是上元年间之作。本书于后一首题解曰："据墓志，永泰二年卒之前，似一直在宣歙幕府，而李白于至德末被判长流夜郎，至乾元二年（759）遇赦放还，至上元二年（761）始重回宣城。此诗当于上元二年秋，时李白从宣城来游泾县蓝山落星潭，写此诗寄何昌浩。"此处关于唐人以判官尊称幕府人员的说法，尤有识见，有释疑解难的效果。仅由《新唐书·百官志》表述看，支使与判官的职序是未定的，如："天下兵马元帅、副元帅、都统、副都统、行军长史、行军司马、行军左司马、行军右司马、判官、掌书记、行军参谋、前军兵马使、中军兵马使、后军兵马使、中军都虞候，各一人。"又："节度使、副大使、知节度事、行军司马、副使、判官、支使、掌书记、推官、巡官、衙推各一人……；兼观察使，又有判官、支使、推官、巡官、衙推，各一人。"判官职序在行军司马、副使之后，故以判官为幕僚尊称是有可能的。此处释解最大限度地挖掘了墓志与两诗相合之处，为两诗系年作了新的推定。

这种博览精取的方法也体现在对各家评论的取舍上，在各诗后附以各家评点，这原是郁先生《李白选集》的一大特色，本书保持了这一体例，不仅取材广，每首皆附，又以精取为胜，所取都有独到之处。如于《和卢侍御通塘曲》一诗后录曾国藩《求阙斋读书录》卷七所论："结句似与起句相应，言会稽虽有邪溪，尚不如寻阳之通塘；会稽之梁孟，尚不如寻阳之卢侍御也。"曾氏拈出起句与结句的关系，则将本诗意脉理通了。这首诗并不是李白的名篇，历代评论甚少，曾氏精彩之论实是不可多得。

二、训诂笺解，解难为易

郁贤皓先生长期担任《辞海·语词分册》主编，语词训诂是其本业之一，故于注解诗文语词尤为得心应手，不仅信而有征，还能从读者立场出发，于众家不经意处出注，尽可能解决读者阅读障碍。如《梁甫吟》"两女辍洗来趋风"，其他注本于此处多关注刘邦与郦食其会面一典，较少留意"趋风"一词，若细绎之，此词并不易懂，望文生义也难心安，郁先生注曰："疾行至下风，表示向对方致敬。一说疾如风。"两解皆有所据，《左传·成公十六年》："郤至三遇楚子之卒，见楚子，必下，免胄而趋风。"汉刘向《新序·善谋》："是故虞卿一言，而秦之震惧，趋风驰指而请备。"宋张耒《答林学士启》："耒，淮楚晚进，场屋后来，辱登门墙，尝备官属，当趋风于末坐，乃首赘于长笺。"后一解也见于聂夷中《燕台》诗中："自然乐毅徒，趋风走天下。何必驰凤书，旁求向林野。"本书留注去征，保持了注文的简明化，而简注之后皆有扎实的训诂支撑。这种处理似易实难，唯有对词语复杂性敏感者方能保持原初的阅读记忆，才可发现那些真正的阅读障碍，并以己之劳解他人之惑。

本书在注释中，不仅释解词语，而且还会对疑难句子疏通文意，如对上诗中"猰㺄磨牙竞人肉，驺虞不折生草茎。手接飞猱搏雕虎，侧足焦原未言苦"一语，在解释了相关词语与典故之后，又说："二句谓朝廷权幸，为政害人，就像猰㺄磨牙，竞食人肉，而忠良之臣，总像驺虞那样仁爱，连草茎都不肯践踏。""虽处于贫穷疏贱之地，却仍有勇气和才能去克服艰难险阻。"对于这样一首思维跳跃性较大的诗作，这种疏通串讲是很有必要的。这是一种伴读式注解，源起于文学评点，流行于元明之后的各类评点本中，萧士赟、王琦注李集时也多有这类的说明。郁先生对这一方式不仅多有继承吸收，更有发展推进，拉近了读者与文本的距离。又，本书对于一些长篇诗歌多划分段落层次，归纳段意，也是当下全集类注文较少见的一个特点。如对上诗在排版上先将全诗排为六段，在注文与按语中又逐层总结段意，使得这首不易懂的诗，意脉清爽。

本书于每篇作品后，都串讲诗意，辨析写法与章法，阐明艺术特色与源流，对于全集注本来说，这也是一个创举。如《蜀道难》一诗后先以雄放基调具体描写、渲染气氛，点明写法的转换，又以古老、艰难、恐怖、险要梳理意脉线索，为这首似易实难的名篇提供了一个颇易接受的阅读方法，真正达到了深入浅出的学术效果。由字到句，由句到篇，注家仿佛与读者同步释读、欣赏，将个人的阅读体会与读者分享，使得传统的诗文评点焕发了新的活力。约自南宋后期开始，在发达的出版业推动下，串讲式诗文评点开始流行，至明尤盛。理清一篇作品的意脉，也成为解读作品的首要之义。即便如李白这类激情化诗人，看似无绪可求，无迹能寻，若细读文本，仍可感受到其中浑融贯通的文气与前后相连的运势，唯能把握到这些，才能识得诗中之味。萧士赟深谙此理，于此着力颇多，后来王琦也曾吸收其法。但是，自清乾嘉考据之风盛行，到现代科学化学术范式的确立后，这类串讲式与评点式注书方式多被斥为"村夫子说诗"，渐渐从注本体例中退出，析诗与注诗两事分开了。其实，对于传承经典来说，这种著述形式是很有效果的，故恢复这一传统，对于多数读者而言是必要的。元代吴澄是一位大学者，他曾对萧士赟评诗肯定有加，其《萧粹可〈庸言〉序》云："观书贵乎有识，而学者之病有二：卑者安于故常，高者喜于新奇。安故常则踵讹而习陋，喜新奇则创意而凿说，二者皆非也。予与赣萧君粹可交游二十载，听其议论，辄推服焉。盖其观书如法吏刻深，情伪立判，搜抉微杳，毫发毕露。"由萧氏补注看，理清全诗意脉是其解诗最用力处，吴澄认为其解超越了卑陋的俗学与逐奇之凿论，做到了"搜抉微杳，毫发毕露"，今将此语移作本书之评当不为过。

三、析疑断案，原创出新

本书的题解多是关于编年与本事的说明，这部分内容，既是对已有成果的梳理，又是郁先生本人多年相关学术成果的浓缩，注家以明晰易懂的笔法解答了众多的学术疑案。如关于《蜀道难》主旨，古往今来有九说之多，本书首列敦煌文献 P.2567《古蜀道难》异题，再以《乐府诗集》所引《古今乐录》等所载《蜀道难行》等题，表明本诗之题确为古乐府题。后以李白《答杜秀才五松山见赠》中"章仇尚书倒屣迎"一句，驳宋本所存题注"讽章仇兼琼也"不可信；从写作时间上驳斥范摅、萧士赟之"刺严武，忧房、杜"之解的谬误；又言胡震亨、顾炎武、詹锳"送友"之说未尽切题；引阴铿同题诗中"蜀道难如此，功名讵可要"一句，证明本题原有功业难求之意。在前人之说基础上又找出姚合《送李余及第归蜀》中"李白《蜀道难》，羞为无成归。子今称意行，所历安觉危"二句，为新解提供了一个合适的证据。注文梳理清朗，取材准确，以唐人之解说明诗旨，让人信服。再将本诗的写作时间与李白第一次入长安之事相联，又展开了一个更广阔的学术空间，供读者思考。显然，对本诗能作出如此推断，还缘于郁先生之前对李白初入长安之事深入的探讨与考辨。此处展示一个极具启发性的学术空间，笔者又想到二例可与姚合诗相印证，独孤及《送成都成少尹赴蜀序》有言："岁次乙巳，定襄郡王英乂出镇庸蜀，谋亚尹，金曰左司郎成公可，温良而文，贞固能干，力足以参大略，弼成务。既条奏，诏曰俞往。公朝受命而夕撰日，卜十一月癸巳出车吉。尚书诸曹郎四十有二人，叹轩骑将远，故相与载笾豆盎罍，刲羊鲙鲂，修饮饯于肃明观以为好。饮中客有赋《蜀道难》者，公曰：'士感遇则忘躯，臣受命则忘家。姑务忠信，夷险一致，患己不称于位，于行迈乎何有？'""乙巳"是永泰元年（765）。唐末李绰《尚书故实》："陆畅，字达夫，常为韦南康作《蜀道易》，首句曰：'蜀道易，易于履平地。'南康大喜，赠罗八百匹……畅感韦之遇，遂反其词焉。"《蜀道易》正是反李诗意以颂韦皋。这些都可表明姚合所解是唐人的一种流行说法。

由于李白诗中少时间线索，自编集时无编年意识，相关史料甚少，自宋以来，宋敏求、曾巩等人就已放弃了系年编集方式，只好保留古抄卷分体分类之原始形态。对于现代研究者来说，编年仍是绕不开的问题。在这个方面，詹锳先生做了开创性的工作，然而，遗留的待定之事又引发了持续不断的讨论，以至于编年问题成为李白研究中一个最重要而又最难的问题。在多年讨论中，研究者已形成一个共识，这就是要先确定若干首具有时间坐标点意义作品的系年。三十多年来，郁先生在这一方面贡献尤多，本书也体现了这一成果。郁先生从探讨李白初入长安之事开始展开研究，同时，又以此事为坐标，完成了一项系统工程。如，因李白所交往人物多有刺史，就专治唐刺史，完成了巨著《唐刺史考》；为确定李白首入长安时间，考证了与此事相关的崔宗之、吴筠、玉真公主、张垍等人生平，完成了《李白交游考》等力作，并以此为基础与陶敏先生合作，再次修订《元和姓纂》；又由张垍开元十八年（730）

为卫尉卿，后为太常卿之事引出对唐九卿制度的研究，与胡可先先生一起完成了《唐九卿考》一书。依托这一系列研究，郁先生将李白作品置于一个由细密史料编织而成的历史空间中，为各个坐标点提供了强有力的学术支撑，再以此为基点考察相关作品的时间段。如《梁甫吟》一诗几乎没有什么时间线索，郁先生于题解中言："前人多因诗中有'雷公''玉女''阍者'等形象喻奸佞，以为被谗去朝后所作，殊不知开元年间初入长安求取功业，就是因为被张垍等奸佞所阻碍，而未能见到明主，此诗正切合当时情事。""《梁甫吟》，古曲相传为诸葛亮出山前所吟，本诗入手即问'何时见阳春'，'阳春'即喻明主，证知其时未遇君主。所用吕望、郦食其事亦为渴望君臣遇合，未以张公神剑遇合为喻，深信君臣际遇必有时日，则此诗必作于未见君主之前，与天宝年间待诏翰林和被放还山时事完全不同。按开元二十一年（733）秋冬，李白在洛阳，有《秋夜宿龙门香山寺奉寄王方城十七丈奉国莹上人从弟幼成令问》《冬日于龙门送从弟京兆参军令问之淮南觐省序》《冬夜醉宿龙门觉起言志》等诗。詹锳《李白诗文系年》谓此诗与《冬夜醉宿龙门觉起言志》诗同时作，甚是。然系于天宝九载（750）则非。诗当作于开元二十一年即初入长安被张垍所阻而未见明主之后。"正是基于对李白初入长安一事考证以及对相关作品梳理，才能为本篇找到一个合适的时间点。李白乐府多与所处地相关，《乐府诗集》

已言："《琴操》曰：曾子耕泰山之下，天雨雪冻，旬月不得归，思其父母，作《梁山歌》。蔡邕《琴颂》曰：梁甫悲吟，周公越裳。按梁甫，山名，在泰山下。《梁甫吟》，盖言人死葬此山，亦葬歌也。又有《泰山梁甫吟》，与此颇同。"又诗中所言三士之墓在齐，古《梁甫吟》："步出齐城门，遥望荡阴里。"故此作与齐地相关，或当在李白开元末期隐于东鲁前后。郁先生之断大大推进此诗系年的精度。

本书对一些有争议的问题，只将相关疑处提出，而不急于下定论。如关于《南陵别儿童入京》题解言："《河岳英灵集》《又玄集》《唐文粹》收此诗皆题作《古意》。南陵，前人以为指宣州南陵，今人则多谓唐时兖州有南陵，李白另有《酬张卿夜宿南陵见赠》诗，亦指东鲁之南陵。自开元末至天宝末李白子女一直居于东鲁。宋本、缪本、王本题下校'一作《古意》'，此诗当是天宝元年（742）奉诏入京所作。"东鲁南陵是后起之说，注家关注到其说立论的材料，然限于直接证据不足，仍是将新说与旧说一并列出，既为这首名作提供一种新说，又不遽断为定论，立论审慎，方法科学。

穷毕生之力，聚一世之学，注一家之书，中外成功的学者多有此壮举，远如李善注《文选》，近如孙诒让注《周礼》，都能以一己之力沾溉数世读者。近年来，随着出版业的发达，中国古典文学论著出现了"井喷式"的繁荣，然而，有一个现象也让人担忧，这就是论著越来越多，古典离现实却越来越远，由于受到了数字化管理模式的影响，这类书籍多为"经费""评职"出版物，作者选题受各种功利化因素的影响，避热就冷，弃大取小，结果就在这一片繁荣中，历代传承的名家名著反而受到了不应有的冷遇。郁贤皓先生《李太白全集校注》的出版对于当代学人实有范式作用，老先生执着的精神以及一切为读者考虑的著述态度，引领着当代古典研究的发展，也应唤起我们回归经典的使命意识。

原载《古籍整理出版情况简报》2018 年第 5 期

锲而不舍琢善器

——评傅璇琮、周建国《李德裕文集校笺》

　　傅璇琮先生的每一部学术著作都受到学术界普遍的关注。程千帆先生就曾说:"总的来说,在二十世纪最后三十年中,傅先生所取得的成绩是卓著的,影响也是非常巨大的。从他的实践来看,几十年中,他是在不知疲倦地、有目的地追求。他的追求看来很明确,用成语来说,就是《孟子》所说的'善与人同',《荀子》所说的'学不可以已',《礼记》所说的'在止于至善'。"(《唐五代文学编年史序》)新近由河北教育出版社出版的傅璇琮先生与周建国先生合作的《李德裕文集校笺》也正体现了他的这种追求。

　　李德裕在晚唐政治史与文学史上都是关键人物,历代学者都予以高度的重视。但是,自宋以来,李德裕的文集在《新唐书·艺文志》著录后就没有人进行系统的整理。现存文献的不足征、不足信长期困扰着学者对李德裕的研究。现代学者如陈寅恪、岑仲勉等都有关于李德裕的学术论著，而其中最具经典性的内容多是关于李德裕文献资料的考订与补遗。傅先生与周先生近二十年来对李德裕已作了深入的研究。特别是傅先生的《李德裕年谱》更是有史以来出版的第一部系统研究李德裕的学术专著，对于近年来晚唐文学研究起到了积极的推动作用。两位先生在自身的研究中感受到整理这部书的必要性，对其中的疑难之处已了然于胸，因此，他们的整理也更具针对性，能更多地为研究者着想。这主要体现在以下几个方面：

傅璇琮、周建国《李德裕文集校笺》，河北教育出版社
2000年版

首先，对现存的李德裕文集的版本作了系统的梳理。对每一种都考订其源流，比较其优劣，择善而从。他们用作底本的是皕宋楼本《李文饶文集》，此本是陆心源用月湖丁氏影宋钞本校订明嘉靖本，尚存宋本李集之真，应是现存最珍贵的李集版本。但自皕宋楼藏书流入日本后，此书在国内失传。当年傅增湘就感叹说："嗟呼！大水遗刊，渺不复观，皕宋连箧，复归海东。倘天假之缘，月湖传本复出，庶几一扫榛芜哉。"现在，这一愿望终于在傅、周二先生手上实现了。他们不仅使我们重睹月湖丁氏影宋本之貌，还汲取了陆心源的校勘成果，为今人提供了一个可信的版本，使本书的整理有了一个较高的学术起点。近代以来，对外流回传文献的利用已成为古籍整理中的一项重要内容，本书应是这方面的一个成功范例。二位先生还充分挖掘与利用了一批珍稀文献，如近年出版的由翁同龢美籍后人收藏的宋残本《会昌一品制集》与北图的傅增湘校本《李文饶文集》，于李集校勘都是极有价值的。翁藏本原先是由黄丕烈收藏，黄当时即赞叹："残本实至宝也。"（《黄丕烈嘉庆四年题识》）此书为翁氏收藏后，由其后人带至国外。傅校本也是集诸本所长，所校颇精，可惜这些文献长期不为人知，更少有人利用。傅、周二先生在这次整理中对这些版本信息都作了较详尽的介绍，并利用这些珍稀文献解决了底本中的一些疑难问题。由他们的校记看，凡有疑难与异文处，《四库全书》本都处理得比较牵强，《全唐文》与翁藏残宋本多有相合处，可以推断《全唐文》整理者可能见过这个版本。对李集校勘而言，发掘出这个残宋本可谓溯流得源。

其次，校勘精细。傅、周二先生在校勘时不仅心细如发，而且还能以竭泽而渔的方式占有文献资料，以会校之功为今人提供了一个可信的定本。同时，他们还旁收其他如新旧《唐书》《太平御览》《唐会要》等相关文献来参校，发现了一些前人未曾注意到的问题。如《赐李石诏意》中有一处阙文，原作"克期□□□□□□□石雄"，阙文八字《四库全书》本改为"克期赴敌，又闻王元逵并石雄"，两位先生对照史书，发现这不仅与上下文不连贯，而且与史实不符，实出于塞职者的无奈。陆校本作"盖缘四面王师克期深入，每度皆捷，声势转雄"，这不仅与残宋本相符，而且与史实皆能贴合。这些工作看似琐细，但若遇到一些关捩点，则显示出精妙之处。如《赐石雄诏意》中"朕借卿一举之功，以定必擒之计"一句，诸本皆同，唯陆氏本、傅氏本与残宋本中的"借"为"惜"。石雄是平定泽潞的第一功臣，当时武宗即赞曰："今之义而勇，罕有雄之比者。"恐不至于此关键时刻明言"借卿"，当以"惜卿"为是。李德裕于平乱时所作诏策都经过反复斟酌，如其《赐王元逵何弘敬诏意》中有曰："何弘敬诏中，改'未抵邢州'为'未过漳河'。'况'字以下，改为'卿奉亲之孝，朕所深知。想陟岵有怀，循陔思养，违离周岁，固切归心。当早决机，岂宜玩寇'。"已发出的诏文，尚要追改。不难想象他当时行文的谨慎，故此处一字之差实关涉其为文之用心。

再次，本书对李德裕的作品作了全面的编年，对作品的背景作了更加准确的研究与介绍，这给研究者提供了极大的方便。这是傅、周二先生的长项，傅先生《李德裕年谱》就是这一工作坚实的基础。两位先生还能结合新发现的材料与近年的研究心得，进一步深入这一研究，使得作品系年更加缜密。如李德裕所写的诏、策、敕等文，多有史实印证，前人据此已作编年，但他们在这一基础上，又对其中一些作品作了更精确的考辨，并澄清了史料的矛盾之处。如新旧《唐书》与《唐会要》中对泽潞之役中诏策记载的时间并不一致，他们在笺注时多充分利用《资治通鉴》中的记载，并在笺注中通过比勘李文与相关史料，尽可能找出《通鉴》记载的历史依据，指出《唐书》与《唐会要》记载不一的原因，所论多令人信服。读过陈寅恪先生的《李德裕贬死年月及归葬传说辨证》一文的人，对其于日月干支中发现《通鉴》记载之误，无不叹服。我们由本书的笺解看，两位先生显然也受到这一学术精神的感染，书中类似的精细考证也随处可见。如他们将泽潞之役中的一些诏策落实到每一天，这对于我们了解整个事件的进程是极有意义的。他们一方面保存底本原貌，基本上保持原书编次；另一方面，又在附录中设《李德裕年表》与《李德裕诗文编年目录》，读者参照二者，可了解李德裕一生与写作的基本情况。这一方法，前人在整理杜诗中也运用过，"予人以善器"，颇受读书人欢迎。

最后，本书作了一些辑补工作，辑得一些不为传世文集所收的李德裕作品。这一工作陆心源等人在此前已做了一些，在本书中两位先生又对这些材料作了比较全面的整合与充实，由《唐大诏令集》《唐会要》以及近数十年出土的碑志等文献中辑得佚文十一篇、诗四首、残句一句，对于疑似不明之处，又作了具体分析。从这一点看，本书应是现存李德裕文集中最完备的一种。

总之，无论是在校勘笺注上，还是在编纂体例上，本书都应是近年来古籍整理中的一部典范之作。在近代学人中，陈寅恪先生可能是最关注李德裕的，其《李德裕贬死年月及归葬传说辨证》一文作于1935年，时隔三十年后，陈先生于1964年又加了附记并抄录《次韵李义山万里风无题诗》一首抒发情怀。他于文中言："《直斋书录解题》壹陆载，耿秉直所辑李卫公备全集，元附年谱一卷，今已佚不传。他时若有补作年谱者，愿以兹篇献之，傥亦有所取材欤？非敢望也。"陈先生相信自己的事业一定能为后人发扬光大。傅璇琮先生不仅早在十六年前就完成了陈先生这一遗愿，而且又积十年之功，与周建国先生合作推出这样一部力著。修水先生在天有灵，也当有"吾道不孤"之叹。后人若书写这一时代的学术史，一定会注意到唐代文史研究的繁荣与发展在中国现代学术史上应是一个特别的现象。前辈学者如陈寅恪、岑仲勉、闻一多等先生在这一领域内的学术著作已成为现代学术的标志，近二十年内出现的一批新的成果也大大提升了我们在国际学术界的地位，其规模之大、布局之全、方法之精皆是前所未见的。这固然缘于这一领域自身的学术魅力，同时又与以傅璇琮先生为代表的一批学者的不断探索是分不开的，从《李德裕年谱》到《李德裕文集校笺》就体现了这一点。

原载《中华读书报》2000 年 08 月 16 日

回归经典究人心
——由文学史研究现状谈《中国文学史新著》

　　历史是个需要被照亮的世界，历史的具体性无法予以整体的复原，历史的面目如何，正如康德的"物自体"或海德格尔的"在"，即使对于生活在当时的人来说，也不可能把握其整体。因此，这样的照亮，其实与光源有着密切的关联。哲学家克罗齐断言"一切历史都是当代史"，如果转换一下克罗齐的说法，则可说一切世界都是某种特定视角下的世界，历史也是一定光源照亮下的世界。文学史也是一样，随着光源的更新与发展，文学史自然也应有所变化和更新。二十世纪末，在"重写文学史"讨论成为共识之后，章培恒、骆玉明二先生又以三卷本《中国文学史》将这一讨论导向深入，以高张人性的思想个性独树一帜，回应了"文革"后人性意识上升的"新启蒙"思潮，体现了"思想解放"的高度。同时，又以强调古典的"文学性""审美性"增强了可读性，改变了传统教科书的形象，在学术相对"式微"之时，创下了学术书籍印数的新纪录，展示出新型文学史的活力与"重写文学史"的广阔空间。时隔十年，作者又推出《中国文学史新著》，以更加坚实的探索与创新，应对新兴学术思潮对传统经典的挑战，表明了传统与经典在现代学术话语中的活力，展现了十多年来文学史学科的进展。依笔者看来，这应是"新著"最大的新意。对此，可从以下几个方面分析。

章培恒、骆玉明《中国文学史新著》，复旦大学出版社　上海文艺出版社 2007 年版

一、文学史与心灵史的整合

《新著》继续保持了"旧著"高扬人性这一学术个性，同时又将这一问题进一步深入化与系统化。作者在

《导论》中称："我们的描述基本着眼于在人性有发展制约下的文学的美感及其发展。这既牵涉到文学与人性的关系，也离不开文学的艺术形式。"作者以朴素的人性解放史观梳理了中国文学史发展与人性发展的关系，说明中国古代文学发展趋势"是以体现现代性的文学——与'五四'新文学的性质相类似的、以追求'人性的解放'为核心的文学——为不可避免的指向"。这虽然不是新观念，但在我国文学史的叙述上，却不能不说是新视角。它是出于对文学史学科性质与格局的一种新探索，也是对"重写文学史"讨论的新思考。

在二十世纪六十年代的英美学术界，"重写文学史"也曾是一个热闹的话题。为了寻求剥离于意识形态的独立话语权，大西洋两岸一些文学史家曾就"重写英语文学史"一事展开过热烈的讨论。现代人文学科体系是在现代科学理念催生下形成的，研究对象与内容的唯一性是一门学科成立的基本要素。文学研究恰恰在这一点上是比较模糊的，它更多地承接了古代精神贵族博学型的知识理念，需要调用哲学、心理学、伦理学、文化学、史学、文献学及语言学等多方面的知识来分析作品。因此，文学及文学史由于不具备"科学知识的外延性"而被分析哲学家们剥夺了作为一门独立的现代学科的合法性。然而，诚如德国文学史家凯·贝尔塞所称："伟大的小说总是将具体可感的真实与对这种真实所做的综合的人性的评价结合起来。"文学与人性的关系，成了双方都无法否定的平台。西方这次讨论以及由此引发的种种文学史观对当今中国文学研究仍产生着影响。二十世纪八十年代后期的"重写文学史"讨论及各种新型文学史的编纂与出版，既是对此前极左思潮的一个"拨乱反正"，又是在"思想解放"背景下展开的一次新型的学术探索。从这一背景看，《新著》对人性的关注，从人性发展史层面研究古代文学史，实际上也是将中国古代文学纳入世界文学史体系中考察，为中国古代文学研究探索出一种"全球化"的对话话语。

本书对人性问题的关注与阐述，并不是对西方近代人性论思想的简单套用与求证，而是出于对中国文学特征的认识。这就是从文学的情感性上强调人性对于文学史研究的意义，以文学作品的情感世界为中心，探究人性、人心的问题。本书《导论》引用了柏格森之论强调情感与文学中人性的关系，开篇就阐明了中国古代文学以抒情为主的基本特征。中国并不存在全民化的神学时代，文学也不是从神学中独立出来的，文学的独立与发展也不似西方那样具有明显的反神学精神，相比于西方发达的多重理性的神、法之学，中国古代更重情感表达的礼乐之义，古人对文学特点的认识更多地集中在语言表达与情感、思想的关系上，也即萧统所说的"事出于沉思，义归乎翰藻"。文学创作在中国古代长期都是非职业性的活动，文人咏诗作赋多缘于感发意志的需要，文学作品往往充当着作者与读者之间情感交流的工具，因而情感与艺术化的表达才是真正关乎中国文学"文学性"的核心问题。如汉初邹阳、贾谊、晁错等人的文章多属政论文，其内容与现代文学理论完全不符，但在中国传统的文学观念里，它们与汉赋一样属于早期文学范式之一。本书作者通过分析那些信函与公文行文的语言艺术，说明其中体现出的作者的精神风貌与感情色彩以及作者以文抒情的倾向，从这一角度强调了它们的"文学性"。如刘勰所言"缀文者情动而辞发，观文者披文以入情"，《新著》多通过分析作者情感、作品情态以及接受者情绪等方面因素，说明其中的人性意向，从而将现代人性理念与传统的文学意识有机地整合为一个整体，突破了用现代文学观念机械切割古代文学的思维模式与话语套路。

另外，本书注重开掘人的内心世界的深度，既关注作品人性意识的发展，也注意到人性扭曲、退化的内容，展示了文学作品人性世界的真实性、丰富性。如书中关于《诗经》中的爱情诗的分析，不再只是强调其中反礼教的精神，而是具体说明诗中所体现出的复杂的心理状态，展现上古时代人的精神史与情感史，突破了以往"现代《诗经》学"中概念化的阐释模式。又如作者吸收了吉川幸次郎之说，也认为与唐诗相比，宋代诗坛"在文学上占据主流地位的诗也处于儒家思想的笼罩下，执着于自我的、感情热烈的作品极其罕见"。从文化背景与主体思想的演变上，说明了唐宋诗的区别。作者又通过考索朱元璋父子对于江南城市商业经济的摧残、对思想文化的整肃、对士大夫的迫害等历史因素，具体分析了明初文学的倒退和挣扎的状况，描述了一代士人可悲而扭曲的心理特征。这些论述已将文学史问题上升到文化思想史的层面，展现了古人的精神与情感状态，知识型的叙述中又带有文化反思，突破了以往教科书中标签化的阐释模式。

这一视角有助于读者从心灵史角度探求古典作品的深度，并能发现一些作品在形成古典情态方面的特殊作用。如其论《诗经·蟋蟀》言："《蟋蟀》诗的作者，由蟋蟀进入堂上，感到岁月的流逝，从而觉悟到如今若不获取欢乐，则时日既迈，不可复追。虽然加上了'好乐无荒'的限制，但却在我国历史上第一次提出了生命有限、不应舍弃行乐的观念。在《山有枢》中，我们更进而看到了矗立在这种观念背后的死亡的阴影。总之，流动在这两首诗的根底里的，乃是对个人生命的珍惜和留恋。这是一种可以导致个人意识的成分。因此，在今天看来，这两首诗在艺术上虽还比较稚拙，但对个人生命的珍惜和留恋，在那个时代却是能打动人的。"建安之后关于"生命无常"的咏叹成为中古诗歌的一个中心内容，这种由死亡恐惧心理而引发的生命意识，是"人的自觉"意识走向觉醒的一种表现，作者对本诗的阐述表明这种觉醒意识不是中世文人的发明，而是对传统的一种发展与开拓，只是在传统经学体系里，《诗经》中的生命意识长期被汉儒教化诗学遮蔽了。又如书中论吴伟业《圆圆曲》："倘与吴伟业之前的诗歌相比较，就可发现：其前的诗人从无如此广泛而深入地倾诉个人——以个人为本位——的悲惨命运的，更没有创作过类似《圆圆曲》那样揭示个人困境的作品。吴伟业之所以能做到这一点，除了个人的条件以外，自金元以来，特别是晚明以来的个人意识的进展无疑起了重要的作用。"这种判断自然引导我们联想此前蔡琰的《悲愤诗》、韦庄的《秦妇吟》，在题材上它们都属丧乱之叹，但《圆圆曲》中人物内心世界更加细腻，时世之悲与心理之痛交织在一起，形成了一种哀婉凄艳之调。这一判断展示了这种情感形态在古典诗歌发展变化过程中的重要意义，也说明人性视角对于文学史解读的深刻性。《新著》由人性角度研究文学史，虽不免多有近代启蒙思想色彩，但是立足于作品的情感分析、探究文学的心灵世界，同样也展示出了文学史作为精神文化史的丰富性。

二、察微之识与通变之观的结合

文学史的特殊性在于它不只是对既往的文学现象、作家活动和作品反响的陈述，同时要揭示一系列作品体现出来的一种精神运势，要在众多文学现象与文学作品中发现传统，并诠释这一传统形成发展的过程。文学史家既要能准确判断各种文学现象所体现的主流倾向以及各种文学思潮的精神指向；同时，还需要具有一种"知识考古学"的学术精神与技能，见微知萌，善于从各种表象中看出实质性的联系，找出由量变到质变的临界点，于纷繁的文献中发现每一种思潮的承继关系，展开一代文学的精神世界。《新著》在这方面进行了成功的探索，既对文学史总体发展作了富有创意的梳理，又在一些关键环节上进行了原创性的学术发掘。

作者近年来一再倡导古今贯通的文学史视野，本书也体现了这一学术特色。这一文学史观念固然缘于一个学者的博识，又在于他的文化反思精神，体现出一个学者的"文化关怀"与"当代参与"意识。如本书对中国文学史的分期，汲取了日本学者的观点，采用近代西方史学的分期方法，分为上古、中世、近世三段，但又不是对西方史的简单比附，而是出于作者对中国文化发展的独具个性的思考。如作者认为中国近世文学与现代新文学存在相当大的距离，"这种局面的形成，就文学本身来说，一方面是明初以来所遭受的巨大挫折使得直到元代为止仍不弱于世界上其他国家的我国文学在百年左右的时间里走了一条与西方国家的文学发展相反的道路——西方的文艺复兴运动当时正在不断地扩展和深入，我国的文艺园地却经历着前所未有的荒凉与萧索；另一方面是进入复兴期后我国近世文学的行进仍一再发生曲折，它在万历时期形成了高潮，但从万历三十年（1602）前后就开始回落。从那以来，文学的发展就长期处于徘徊状态，直到乾隆中后期才又重振。这就使近世文学的发展在总体上更趋迟缓"。由这里我们可以看出，本书的分期含有作者对中国古代文学一种全球化的文化观照与思辨意识。又如作者辨析了《玉娇梨》这类才子佳人小说中的女性意识，指出："此类才子佳人小说的大量出现及其畅销，意味着男女青年——至少是其中的才子佳人——的婚恋自主的要求已得到了社会上为数不少的一部分人的承认。就此点而言，其同时代的《聊斋志异》中有不少美丽的爱情故事，在其百余年以后出现《红楼梦》所写的贾宝玉、林黛玉那样的爱情悲剧并引起普遍的同情，原都是顺理成章的事。也可以说，'五四'新文学中的大量爱情作品实在是植根于这样的传统土壤之中的，而并不仅仅是外来影响的产物。"这就指出这类商业小说及流行现象在文学上的特殊意义，揭示了近世文学与现代文学在思想上的相通性。又如作者由袁宏道诗歌艺术创新的失败，认识到"到了袁宏道的时代，最能使诗人激动的新的感情内涵已经超出了诗歌的传统形式所能提供的美感的范围；因此，创造一种能与这样的感情内涵相适应的诗歌的美已提上了议事日程，而袁宏道的试验则是在这方面所作的最早的集中努力。不过，在袁宏道以后（更确切地说是从袁宏道后期开始），这种试验就停止了。再次进行试验，严格说来已是新诗时期了；在新诗以前的梁启超等人进行的'诗界革命'，明确要求'以古人之风格入之'，那就仍不免是'似唐之诗'或似唐以外的其他古人之诗，与袁宏道的'求自得'存在距离"。这种通古知今的研究意识，拉近了现代与古典的距离，也照亮了文学传统在现代文学中的生命力。

这一宏通意识使得本书保持了一种整体观，改变了此前以朝代或体裁演变分期的板块格局，突出古代文学精神的完整运势。如书中以杜甫为中世文学分化期的第一人，认为"他在安史之乱以前所写的诗，无论是述说个人的痛苦或民众的不幸都无所遮隐。但安史之乱爆发以后所写，就有为了国家利益而控制自己感情之处，甚至自欺欺人。及至时局稍稍平定，他又回到了原先的道路，只是在表现形态上有所不同。因此，从中唐开始形成的这两种不同倾向，最早是在杜甫身上同时体现出来的"。中唐到宋代，诗歌中忧世之愤明显增多，这种诗歌多为了国家安危而隐忍个体情绪，本书作者以之为中世文学分化后的一种典型性精神现象，以杜甫为首，正是从这一层面上突出了杜甫在中唐两宋文学史上的意义，暂不论对错，仅从对这一现象的发现来说，应是极具启发性的。又如本书把明代及清前期作为近世文学的第二阶段，分为受挫期、复兴期和徘徊期三个阶段，既没有将诗、词、文、曲、小说分割开来，也没有独重俗文学这一方面，而是以明代中后期文学思潮为中心，将诗文与戏曲小说整合在一起，着重表现这一时期个性化的文学精神受挫、高潮、徘徊这一过程，展现了这一时期文学的艺术精神。如书中认为明初文化受挫后文学的僵化，既表现在"台阁体"上，又表现在政治教化类杂剧传奇上。同样，在文学复兴的高潮时期，前后七子的诗文注重真情的意识，也反映在其时戏曲作品上。这种整体观使得本书能关注到文学史中的关键环节。如书中"素政堂主人的商业性出版与才子佳人小说"一小节，以比较细密的考证说明了其时出版业与才子佳人小说流行的关系，不仅填补了一个学术空白，而且透示出其时出版业、娱乐业与文学的关系以及近代文学市场化的趋势，展现了近世文学主体由文人自赏型向商业传播转化的走向，显示了上层精英的人性意识与世俗审美观的互动关系。

真正的宏通意识，都来自对于细节准确的把握与丰厚的知识积累，本书中诸多"大判断"多是建立在具体细微的实证基础之上的。如书中关于《诗经》的论述，不再拘泥于传统的风、雅、颂三类分叙，也不是依照爱情、农事、征役等主题分论，而是把整个《诗经》作品划分为西周前期、西周中后期、东周时期三个时间段来分析。这种划分对于文学史研究是非常必要的，它涉及对于上古五百余年文学史的认识，但这一工作的难度也是显而易见的。因为《诗经》中多数作品难以编年。一方面，作者走出"疑古时代"的偏见，尽可能利用汉儒之论，如《史记·孔子世家》及"毛传""郑笺"等关于《诗经》编年的说法，因为这是最早的也是流行最广的说法，在无确凿材料之前，只能给予充分的尊重。另一方面，作者又充分汲取近现代各家实证成果，如对陈奂、王先谦关于"商颂"之论多有采用，对疑古派"推迟说"的武断之处则加以纠正。同时，作者还关注到最新的出土文献，对"孔子删诗说"作了新的补充。作者用力最多的是通过对《诗经》文本的研读，分析其中先后相承关系，为其分期提供新的可信的说明。如利用郑笺之说，断定《豳风·东山》《豳风·七月》皆属西周之作，《七月》则成于周初。《东山》《破斧》是周公东征时作品，时间上有先后之别。另外，作者又根据艺术感觉印证"《东山》较之《七月》在艺术上具有明显的进步。题旨明确，诗意集中，层次也较分明，且已有较细的心理活动"。作者在各类作品中发现了一些类似语句并利用这个现象判定作品的时间："因《草虫》的有些诗句已为周宣王时的《出车》所袭取，其形成必在《出车》之前，而且《召南》是季札所谓'始基之矣'的诗，其时代本就甚早，所以此诗也当出于西周前期。"这种内证法，不一定都是定论，但足可启人思路，为《诗经》乃至上古文学研究提供了范例。

又如，本书将明中叶文学复兴与王、李这一异端思潮的流变联系在一起考察，不仅对吉川幸次郎的考证成果加以扩充，还从身世与社会交往上证实了李贽与商人社会的关系，又进一步考察了李梦阳的思想与之相通之处，说明李贽的异端之说在明前期已有渊源与萌芽了。作者从李梦阳真情之论中，看出"这种认为真情可以不受'理'的束缚的观点，给予个人的心灵活动以较前广大的空间，也是自我意识的觉醒程度较前提高的表现。到了晚明时期，又发展为'第云理之所必无，安知情之所必有耶'（汤显祖《牡丹亭》题词）的进一步崇情抑理的理论"。作者通过对李梦阳诗论的梳理与辨析，论证明代诗文复古运动实质是明人从文学方面对正统化宋儒理学的挑战与批判，与王阳明、李贽异端思潮具有相近的精神指向。作者还发掘出袁宏道肯定何、李的材料，指出袁宏道的"当代无文字，同巷有真诗"与李梦阳的"真诗在民间"之说也一脉相承，将以袁宏道为代表的性灵派文学思想与李梦阳、李贽思想联系起来。再以袁宏道对此学说态度转变为界标，指出明代文学复兴运动的退潮与低落的过程。作者从纷繁的文学现象中，勾勒出中国近世人文主义复兴的心路历程，其中细微之处显示了对一代文学文献深厚的积累。

近年来，随着"文化相对论"日渐流行，文化保守意识也不断上升，文学史"本土化"意愿似乎更强于"现代化"的要求，传统研究模式也日渐强于现代阐释。其实，身处全球化的时代，是无法拒绝共同的价值体系的，文化发展的相对性并不能成为拒绝文化批判的理由。对于近代中国来说，现代化不仅仅是一个时间概念，也是空间问题，吸取异域先进文化要素并融入世界先进文化体系，正是现代化一个主要内容。从这一角度看，本书对于文学史的分期及古今相通的学术意识，就是在古今中外文学的坐标系中考察中国古代文学并给予准确的定位，更加清楚地说明了古代文学传统在现代的意义。

三、读者体验与学者考辨的合一

文学史上的经典是指那些具有原创性、典范性和影响恒久性的伟大作品，这类经典在文学史中具有不可替代的作用，它们既承载着特定时期的审美文化信息，又具有超越具体时空的解读空间。因此，它们总处在被解读、传承和重构的过程中。成功的文学史应该首先满足人们解读经典、传承经典的新需求，能够以当代人的学术意识发现并诠释经典中与当代审美意识相通的艺术精神，《新著》在这方面颇有创新之意，显示了回归经典的学术活力。

首先，作者保持了读者敏感的眼光与新鲜的阅读体验。依接受美学原理看，作品的意义首先存在于接受者的阅读心理中。本书作者既以学者的科学态度考察经典文本产生的具体背景，揭示作品的原始本意，准确交代相关的知识信息；又以读者的身份面对经典，描述出一个读者在接受经典时那种鲜活的阅读体会，以现代人的思维感知经典。如本书认为李白描写瑰奇景色的诗篇，"表达出他在直观自然时的深刻感受。诗篇里的一草一木、一山一水，都经过诗人感情的锤炼，凝结着他的追求自由、不顾一切地冲破束缚的精神，具有一种雄伟的气势，从侧面显示出他对那些狭隘的、'拘挛而守常'的生活的厌倦和憎恶，渗透着行动的渴望"。书中以《蜀道难》来印证这一说法："这首诗所写的蜀道，确实非常险峻，但它却不使人畏缩，而是使人产生一种要想身历其境的冲动、攀缘登临的渴望。这是因为诗人自己并没有被它所吓倒。他在问'嗟尔远道之人，胡为乎来哉'的时候，给人的感觉是他已经越过了这些险境，正在自豪地向别人提问。因此，诗里所写的这一切，是作为已经被克服的东西而出现的。越是写得高峻艰险，诗篇本身也就越显得气势磅礴，越具有一种挑战的意味。"关于《蜀道难》的主题，旧的笺解甚多，多纠缠于诗之本意与本事。其实，在上千年的流传过程中，本诗留给读者的不在于它的本意、本事，而在于那种出入于险怪神奇之中的激情。本书的这种解释还原了读者的一种接受心理，也突出了这首名诗对于现代读者的审美意义。

其次，本书对经典多作较为精细的文本分析，贡献了一些原创性的发现。如作者通过分析《九歌·山鬼》中自然景象的描写，说明其具有象征意味，指出："虽然在《诗经》中已有若干情景交融的描写，但运用象征的手法，以如此集中的自然景象来制造强烈的刺激，形成令人震撼的气氛，却是从《山鬼》开始的。"这就在一首诗的细读中抉出了一种文学手法的源头。另外，作者又发现上诗中

"离忧"一词与《离骚》题意相同，依据《史记·屈贾列传》所解，屈原在心理上已落入了与山鬼类似的境地。将"留灵修兮憺忘归，岁既晏兮孰华予"两句中的"灵修"一词与《离骚》中对"灵修"一词进行比较，认为《山鬼》的主人公与屈原都有对"灵修"的深厚感情，都因被"灵修"所遗弃而深感悲伤。最后，将这些词语与情景的比较联系起来，说明"屈原在写山鬼时，融入了自己在政治生活中的感受和痛苦"。这一解读的成功之处，就在于作者能以细读文本为基础，以审美的方式将文本信息组合起来并形成极具个性化的文本世界。又如作者在分析杜甫《佳人》《初月》时言："像这样的对群体的疏离，或者说像这样的高洁、寂寞与凄清，是以前的诗歌乃至其他文学作品所没有的。陶渊明和王维在回归自然之后，所感到的是自然的宁静的美，甚至从中领悟到了生命的意义。杜甫却是有强烈的事业心的人，虽然由于与现实的不协调，为了保持自我的高洁而与群体疏离，但事业心并未真正消失，因而不免有寂寞之感，在陶渊明、王维眼中的自然界的宁谧的美在杜甫那里也就转为凄清。值得注意的是，这也是中唐时许多诗人所共同追求的美。"作者通过对诗境的深入分析，才解读出了中唐后诗人的心境。又如其释杜甫《登岳阳楼》："在此种精神世界的光照下，后半的'亲朋'二句并不显得是无告的哀诉，倒反而有一种兀傲感。何况'老病有孤舟'的'有'字，本就隐含了他仍要也仍可依靠自己来奋斗的决心和信心，哪怕这是一种必然要失败的拼搏。"作者又从一字之中，揭示了诗人奇崛的心理。细密的文本分析，支撑了新颖的判断，拓深了对作品的认识。这种方法与现代西方流行的文本批评颇相近，充分利用文本自身的信息提炼并创造出文本的新意，着重于文本自身语言系统，发掘文本自在的美感，展示出了经典可超时空阅读的永恒性。

再次，作者在研读经典时努力将读者带入具体的创作情境，拓展了阐释空间。本书在作家生平方面花的笔墨不多，将精力更多地投向了文本所展示的具体的创作心理，揣摩作者的艺术构思。如本书在分析《离骚》一诗时注意到"他对灵氛和巫咸的态度很不一样。对灵氛是'命'，对巫咸却是怀着礼物——'椒糈'——去邀请。而且巫咸降临时的气派又如此之大。这就显示了两人的身份很不相同，同时也说明了诗人为什么在灵氛占卜以后要请巫咸去作最后的决定。所以，他的这种写法有两大好处：第一，倘若写巫咸像写灵氛那样简单，会在读者中造成雷同、单调之感；现在的这种写法则显得灵动多变。第二，由于这种写法已使读者对巫咸的身份有了认识，读者自也会感到巫咸即将决定诗人的下一步行动，从而进一步引起对其所说'吉故'的重视和兴味。可见其即使写灵氛、巫咸两人，也都经过精心构造，安排得错落有致"。对两次占卜描写的深解，可将读者带入具体的写作情景中，更准确地解析诗人在结构安排上的用心，也纠正了以往的"随意敷陈"之说的误读。又如本书在比较李白、杜甫时发现，两人都写有关于天宝征兵事的作品，两者都用回答的手法展开内容，但两诗的角度却颇不相同。李白"完全是被征人临出发时的悲惨情景所打动：他充分地体会到他们对死亡的恐惧、和亲人告别时的摧心的痛苦，他的心也在流血。杜甫虽然用了'牵衣顿足拦道哭，哭声直上干云霄'这样的句子来叙述那凄绝的告别场面，但与李白的'长号'四句相比较，就显得表面化而缺乏深度了。就这点说，其感情实在不如李白的强烈。但杜甫却比李白更善于思考。他意识到了这一事件的原因——'武皇开边意未已'，更认识到了这种原因必将造成的种种恶果"。作者先设想出诗人具体的创作情境，细析他们两人对社会悲剧反应的不同，再作出这种重情与重理的风格判断。又如作者在分析杜甫的"三吏三别"时发现杜甫为维护唐王朝，只得出以矫饰的手法，使得诗歌前后矛盾或者脱离事实，指出："连杜甫这样具有高度社会责任感的士大夫，在其任华州司功参军时尚且因那一带地区发生饥荒而弃官离去，足见在他的心目中，维持自己的生命实比承担社会责任来得重要；那些接受忠君爱国教育远比杜甫要少的老翁、少妇，怎会置自己或丈夫的生命于不顾，毫无怨尤地、自觉地去承担社会责任呢？"作者认为杜诗中所表现的百姓悲剧与这种态度出现了明显的矛盾。"（《新安吏》）'眼枯即见骨，天地终无情'……即使不是隐喻朝廷，也是用《老子》'天地不仁，以万物为刍狗；圣人不仁，以百姓为刍狗'的典故隐喻'圣人'——这在杜甫的时代也是对皇帝的称呼。而对于'穷年忧黎元，叹息肠内热'的杜甫来说，这样的'无情'却是绝对不能忍受的。因此，他并不是没有意识到唐王朝对百姓的'无情'或不仁，他在字里行间流露的悲愤与其为唐王朝所作的开脱、对民众进行的自欺欺人的安慰，其实是互相冲突的。"这种批评似有苛责之嫌，但由具体的创作情景出发，作者所发现的矛盾显然是事实。

文学史中的经典问题，是近年文学理论讨论中一个比较突出的话题，"解散经典""开放经典""重组经典"的说法受到关注，文学史研究中，"回避经典""漠视经典"现象也愈发让人担忧。如何回归经典正成为文学史研究的一大课题。本书所体现的细读精神与阅读体验，再次展现了经典的审美魅力，显示出回归经典研究的必要性。

当下学术正处于一个跳跃与迷惘并存的时代，一个世纪的文学思潮似乎带着学者转了个圆圈又回到原地。它由二十世纪初俄国形式主义、英国新批评开始，不断提升文学研究的独立性与唯一性，但到了二十世纪末却以强调文本与历史关系的"新历史主义"收场，又将文学史与社会史缠绕在一处。二十年前，我们还只是以旁观者的态度把"后现代"作为西方文化怪胎来介绍。现在，影视、网络、手机等大众传媒对传统文学理论模式构成了强大的挑战。十几年前，我们对于文学史更新的需求多集中于文学独立性这一点上，现在，文学史教科书已分化为知识型、文化型、鉴赏型等多种模式。近年来，文学史研究中非文学化现象比较突出，知识性解读取代了思想性诠释。以文献的考证取代了对作品本身的分析，以文化现象的追溯取代了文学本体研究（实质上是以文学作品作为文化史研究的注脚）。盲信考证，拒绝思辨，学术话语匮乏，手法单一，以至于文学史研究的整体格局进展不大，在当代文化建设中自甘边缘化与平庸化。产生这一现象的原因固然很复杂，从学理层面看，应缘于学者人文意识的贫弱，在强调文学史学科的规范性与客观性的同时，忽视了文学中以心为本的人文精神。从这一方面看，本书显示出的人性思想、通变思维、经典意识以及"现实关怀"精神，对于推进文学史学科建设的现代化、提升文学史研究的格局，应是很有启发意义的。虽然，作者所追求的只是"对原有中国文学史模式的进一步突破"，其中的不足之处也如其优点一样明显。但是，文学史永远不会有终结版，每一步成功的探索都是在不断修正中接近真理，从这个意义上讲，书中体现的学术追求应是值得关注的。

本文原与苗田先生合作，发表于《上海大学学报》2008年第6期。原题《作为审美的、人性的及当下话语参与的文学史写作——读章培恒、骆玉明〈中国文学史新著（增订本）〉》，现恢复到合作前状态

新义雅集建高台
——评《新宋学》第一辑

2001 年，新春伊始，上海辞书出版社推出了王水照先生主编的《新宋学》第一辑，封面由饶宗颐先生题签，衬以宋画，古雅隽秀的装帧表现出了这份学刊厚重清新的风格。

以《新宋学》作为宋代文学学会会刊，是 2000 年 4 月首届宋代文学国际研讨会的一个成果。如卷首语所述，会刊名"新宋学"，乃取自陈寅恪对近现代学术的命意："吾国近年之学术，如考古、历史、文艺及思想史等，以世局激荡及外缘薰习之故，咸有显著之变迁。将来所止之境，今固未敢断论。惟可一言蔽之曰：宋代学术之复兴，或新宋学之建立是已。"（《邓广铭〈宋史职官志考证〉序》）编者标举"新宋学"，一方面希望接承陈寅恪所揭示的现代学术传统，以中西会通的眼光力预世界学术之流；另一方面也想以综合性的"新宋学"概念为宋代文学研究拓展新的学术空间。编者以为宋代文学研究如果要在理论观念、学术格局、研究视野上深入发展，尚需依托相邻学科的支撑。因此，作为宋代文学研究的专业学刊，不仅强调多学科交叉研究的方法，同时也关注其他学科中与文学相关的新成果。本辑共刊载了二十五篇论文，其中最引人关注的当是《钱锺书先生未刊稿〈宋诗纪事补正〉摘钞》。读过钱先生《宋诗选注》等书的人无不惊服他对宋代文献的精熟，本文则更具体地展现了钱先生这一神采，让人感受到"操千曲而后晓声，观千剑而后识器"的学养，更真切地体味到那种渊博、严谨、精细的学术精神。

王水照主编《新宋学》第一辑，上海辞书出版社 2001 年版

实证性论文在本辑中占有相当的比重，如《陈乐素先生未刊稿〈宋史艺文志考证〉摘钞》首次对这部正史目录

志作了匡补；王兆鹏、陈为民的《邓肃年谱》，陈福康的《郑思肖诗文考述》也对宋代两位特殊人物的生平与著述作了具体考证；刘荣平《释"知君种年星在尾"》由细解一句诗来考释元初遗民一次活动的时间，此事已经黄宗羲、万斯同、夏承焘等名家多次发覆，但作者仍能运用古天文学及现代天文学资料提出新见；李剑国《秦醇〈赵飞燕别传〉考论》通过考证，将这篇传奇的著作权完全还给了宋人，进而分析了这类托名传奇的创作特点；王伟勇《唐诗校勘宋词示例——以北宋词为例》，以一些成功的校勘个案说明唐诗在宋词的校勘上的特殊意义，并总结出具体的操作方法。尤其值得注意的是薛瑞生、孙虹的《清真事迹新证》这一篇洋洋四万余言的论文，全面检讨古今关于周邦彦生平的史料与研究，对其生平事迹作了更细密的考证，匡正了自王国维以来诸多误说，堪称近年清真研究中的力作。原创性的发现本身是学术研究本体，回归这一学术本体也是近年来学界强烈呼吁的问题，实证性与原创性，也应是实践新宋学精神的首要之务。

又如关于宋代科举与文学的关系，此前较少有人作深入研究，可能是因为科举制至宋代已成熟定型，可探索的话题不多。在本刊中，傅璇琮、龚延明《〈宋登科记考〉札记》，朱刚《论秦观贤良进策》，祝尚书《论北宋科举改制与南宋文学走向》三篇论文都表明了这一课题对于宋代文学研究仍极有价值。傅文介绍了他们从事近十年的重大工程——《宋登科记考》，对宋科举制度变迁及相关史料作了考辨。这项工作，如同实物考古一样，不仅善于发现直接文献，而且还能在其他文献中获取有关信息，复原宋朝这一盛制的原始形态。作者指出在两宋一百一十八场考试中登第人数达十万至十一万之多，而可考人物已达四万，令人叹服；朱文从考定少游进策时间及与苏轼关系入手，以翔实的史料勾勒了元祐三年科场内外复杂的关系，还原了一幕逼真的历史场景；祝文分析了两宋举试中诗赋的罢禁与恢复对宋代文学的影响，其中于南宋四六文之再兴原因的分析确实切中肯綮，揭示了这一文体在唐宋古文运动后得以绍续与兴盛的原因。其他如周裕锴的《元祐诗风的趋同性及其文化意义》，从诗论、创作及学术背景方面解释元祐诗风的形成原因，表明作为"三元"之一的元祐诗风即一代才子有意追求的结果；赵维江的《论12至13世纪南北词坛的不同走向与互动关系》，从词风地域特征方面分析了南北文学交流的问题；施议对的《以批评模式看宋代文学研究》，以词学研究中的具体实例分析了现代词学批评模式的演变及宋代文学研究的发展趋势，强调了解读词体结构的意义。这些文章体现了学刊思辨与实证并取的学术取向。

本辑中有几篇"非纯文学"论文，也反映了编者注重多学科渗透的用心。如诸葛忆兵《论宋代三省制之演变》、党芳莉《论宋元之际吕洞宾传说的兴盛》、陶丰《王安石新学兴废述》、曾亦《从朱子与湖湘学者论知行关系看阳明对朱子"知而不行"的批评》等，或论职官制度，或论民俗，或论学派传承。作者多能不受专业局限，由文献自身中发现问题，将研究对象落实到文献自身，而不只是由专业分工来预设命题，切割材料。受西方文学观念影响，在现代学术史上，文学研究可能最早脱离了传统学术模式，然而片面追求学科的独立性，也使得现代古典文学研究的空间日趋狭窄，主观化的形异实同的重复结论越来越多。其实，文学创作的独立意识与学术研究的规则是两个不同领域里的话语。作为学术研究，古典文学在本质上与传统考据学仍是不可分割的，学术的"文学化"与文学的"学术化"一样是不可取的。因此，现阶段强调文学研究与史学、哲学等学科的交叉，不只是拓展文学背景的研究，同时也是强调对传统学术的回归与检讨，全面汲取古典文本资源。

近年来，宋代文学也一直受到国际学术界的持续关注，二十世纪七十年代后，战后新生代汉学家持续的研究已使宋元研究在国际汉学中有后来居上的势头，他们各有不同的学术背景，多用新型历史观来解析宋代文学，往往能新人耳目。如贡布里希的艺术史理论在西方学院派艺术理论中影响甚大，他既注重以艺术的外在条件如文化交流、制作工具、生活方式等因素分析各时期的艺术风格，也重视分析艺术形式诸要素中所反映的社会文化变迁信息，这种互动式研究对于文学史研究确实是具有启发意义的。本辑刊发的傅君劢《中国诗歌经验的理论阐释：对宋诗史的反思绪言》一文，极自然地将这一研究模式导入到文学研究中。作者先以康德审美判断力及天才艺术论阐释贡布里希艺术风格论，再分析唐宋文人的情感意识与诗歌模式的构成与变化，并提出了宋诗的"美学史"问题，认为诗歌的审美要素反映了经验的可释性，应从作品形式要素作具体分析。又如内山精也《苏轼文学与传播媒介——试论同时代文学与印刷媒体的关系》，运用印刷史相关成果，分析了苏集在宋代广为流传的历史现象，以传播学的观念说明印刷时代文学创作的一些新特点；浅见洋二《标题的诗学：论宋代文人的"著题"论及其源流》，分析了宋人诗论中关于诗题的看法与源流，作者由苏轼画论入手，将这一"著题"与诗话诗格中"形似说"相联系，从题目与内容的角度对"形似说"作出了新解释。他们都善于选取细小常见而又未曾为人说透的问题，不仅角度新，而且考释文献也较细密。另外，如萩原正树的《森川竹溪的词牌研究》，介绍了日本近代词宗森川竹溪的《词律大成》中所收词牌的特点与价值，森川一书虽未全部刊行，然由本文介绍看，作者以后学之精与新见资料之长对万树《词律》作了新的补正，如其中引用了中国学者不太关注的《高丽史·乐志》等材料，就很有价值；又如金贞熙《对几种朝鲜宫廷舞的源流之考察——唐宋乐舞流入高丽研究》也是利用《高丽史》及其他韩籍中的记载，说明了北宋大晟乐舞传至高丽的情况，从中我们可以了解到一些在中国典籍已失载词曲的表演特征；曹圭百《宋朝苏东坡与李朝金秋史比较研究——以苏东坡海南岛与金秋史济州岛流配文学为中心》将两种同质异时的文学家作比较，由此亦可见出东坡在韩国的影响。这些都显示了域外汉籍对于研究宋代文学的意义。

慧心相通传纯学

——读王水照师《钱锺书的学术人生》

"钱学"自二十世纪末初兴，至今已成显学。二十多年里，王水照先生一直是这个领域里公认的权威。为纪念钱先生诞辰一百一十周年，王先生日前出版了《钱锺书的学术人生》一书，这是他多年研究的结晶。本书甚得钱氏学术之精神，有钱氏学术之风格，远过王先生自谦的"半肖"。其神似之处有三：

一是以为己之学创造为人之益。朱熹、吕祖谦《近思录》卷二："古之学者为己，欲得之于己也；今之学者为人，欲见知于人也，说见《论语》。为己者如食之求饱，衣之求温，温饱在己，非为人也。为人者但求在外之美观，非关在我之实用，故学而为己，则所得者皆实得，学而为人则虽或为善，亦非诚心，况乎志存务外，自为欺诳，善日消而恶日长矣。"钱先生《谈艺录》《管锥编》首先展示的是自己的读书乐趣，是真正的为己之学。如他所说："大抵学问是荒江野老屋中二三素心人商量培养之事，朝市之显学必成俗学。""读书人如叫驴推磨，若累了，抬起头来嘶叫两三声，然后又老老实实低下头去，亦复踏陈迹也。"本书亦有此风，王先生多年亲炙钱先生，与钱、杨二先生长期保持着密切关系。但是，先生并不以这些秘学私授炫世，所论多不用"耳食"之资，主要征引文本文献，多是有案可稽之论。本书首要之义是系统总结自己读钱著时点点滴滴的感受。如关于钱氏选删左纬诗的分析，既解读钱氏在特定政治空气里的隐曲心迹，又由钱特重左诗"不摹仿杜甫""开南宋人之晚唐体"一事，推绎其宋诗观与诗学理论。作者是以严肃的态度与规范的学术操作来推进研究，是要将个人感受学理化。真正的为己之学也是有益于人之学。因为这是真正解决问题的学问，解己之惑就能授人以学。

王水照《钱锺书的学术人生》，中华书局 2020 年版

二是本书有以小见大、由散到聚的学术效果。钱先生在《读拉奥孔》中说："许多严密周全的哲学系统经不起历史的推排消蚀，在整体上都已垮塌了，但是它们的一些个别见解还为后世所采取而流传……往往整个理论体系剩下来的有价值的东西只是一些片断思想。脱离了系统的片断思想和未及构成系统的片断思想，彼此同样是零碎的。所以，眼里只有长篇大论，瞧不起片言只语，那是一种粗浅甚至庸俗的看法——假使不是懒惰疏忽的借口。"本书由四个部分二十余篇文章构成，所论多是具体而微的问题，看似松散，实则从各角度聚焦于钱先生的学术事业，所思所考都是钱先生文学研究的观念、方法与特色。作者发现钱先生与陈寅恪先生一样都是拒绝理论与体系的前辈。陈先生说："其言论愈有条理统系，则去古人学说之真相愈远。"（《冯友兰〈中国哲学史上册〉审查报告》）钱先生也言："我有兴趣的是具体的文艺鉴赏和评判。"作者认为，这些散论"理在事中"，"只有经过条理化和理论化的认真梳理与概括，才能加深体认和领悟，也才能在更深广的范围内发挥其作用"。王先生认为钱学的重点是"从其学术著作中努力阐发其义蕴，寻绎其本身固有的'自觉的周密理论'"。并认为这是一项需花大力气进行的严肃困难的科学工作。做这样的研究就需要对钱先生广博纷繁的札记有全面精熟的把握，才能理出其中的精神关联，达到条理化、学理化的目标。如王先生留意到钱先生特别注目于唐庚《白鹭》和罗公升《送归使》两诗：

> 说与门前白鹭群，也宜从此断知闻。诸公有意除钩党，甲乙推求恐到君。（唐庚《白鹭》）
>
> 鱼鳖甘贻祸，鸡豚饱自焚。莫云鸥鹭瘦，馋口不饶君。（罗公升《送归使》）

书中先引《管锥编》第一册第348页对唐庚《白鹭》的引用和评论，再引《管锥编》第四册第1470页对罗公升《送归使》的引用和评论，最后举出《容安馆札记》第二卷第1200页的记述。在《容安馆札记》中，钱锺书评罗诗云："按，沉痛语。盖言易代之际，虽洁身远引，亦不能自全也。"紧接着引唐庚《白鹭》诗，评云："机杼差类而语气尚出以嬉笑耳。"作者由钱将二诗"捉置一处"，见出其"别有会心"。指出钱锺书关注诗中种种罗织、诬陷、告密、伪证等情事，与他曾经横遭的青蝇之玷联系起来看，不难读出一点"潜通暗合的消息"。这些论述，对于理解钱先生学术人生化、人生学术化的价值观念与学术精神是极有启发意义的。

三是本书体现了作者对当前学术的深度思考与现实关怀。钱先生在抗战时著《谈艺录》，"文革"中写《管锥编》，貌似避世之举，实际上于字里行间，时常显露出对当下时世的关怀，时时表达对中外文化比较与中国文化走向的沉思，本书亦多有这方面的思考。在当今学术日渐功利化、程式化、数字化的背景下，文学艺术研究渐趋边缘化，文史不分家的学术观念中的融通性已为文学研究的史学化所取代。王先生在作陈寅恪、钱锺书学术旨趣之比较时，以钱对陈的评论，说明文学与史学之区别：史需征实，文可凿空；史究已往之事实，强调文与事的对证，文察内在之人心，更重写文之人出语之动机与方法。研究对象不同，研究方法也当有别。由此，拈出了文学研究应以文学为本位的学术命题，发出文学研究要回归文学的呼唤。这是切中时弊的论点，显示了王先生对当下学术的关怀与忧思，值得我们认真研读。

原载《中华读书报》2021 年 01 月 06 日

第二辑　学林撷英

义门之法探龙门

——评邓小军《唐代文学的文化精神》

　　二十世纪八十年代中期学术界兴起的"文化热"，也曾影响到古典文学研究。有的学者开始从文化学角度对古典文学作新的审视，形成了"大文学史观"的研究模式，从方法论层面上提出一些令人耳目一新的概念。但是，多数研究也仅停留在概念演绎这一层次，只开花，不结果，坚实的成果不多，标签化、空洞化之弊日益突出。随着技能化、竞技化的学术模式流行，这股玄虚化的"文化热"也就退潮了。这不仅是因为古典文学这一传统学科天然的保守性，还是因为文化学与古典文学研究结合有一定的学术难度，它要求研究者除精通本专业之外，还需消化吸收现代文化学的研究成果。交叉学科的研究并不是将两个学科的知识简单拼接，而是要求研究者对两者都能有新的创见，唯因有如此难度与高度的门坎，浅尝辄止者有之，望而却步者更多。但是，交叉课题所展示的新的学术空间也激发了不少学者挑战的勇气，其中也有不少学者能以冷静的思考与扎实的功底将这类研究导向深入。目前，这类研究正沿着两种思路展开，一是研究一些文化现象、文化载体（如宗教、风俗、家族、传播方式等）与文学的关系；一是从思想文化的角度探求文学内在的文化性格与文化精神。前者偏文化史，后者偏思想史，与早期的宏观泛论已有所不同。邓小军博士论文《唐代文学的文化精神》就是后一类研究中较为成功的一部著作，体现了这类研究的深度。

一

在现代学术史上，从文化史角度观照古代文学史，陈寅恪先生堪称第一人。陈先生治唐史多从文化的角度究根穷源，也为我们勾勒出唐代多方面、多层次的文化构成，其中也论及了唐代的文学现象。如他由隋唐"关陇本位制"的衰落看进士科诗赋取士发达的原因，以山东士族文化与新兴进士阶层的文化冲突解释中唐诗风的特色，由唐代前后期文化的转变看韩愈古文运动的文化意义等，都为唐代文学的研究提供了新的思路，开拓了新的天地。作者取法乎此，思路与方法多体现了这一学术精神。本书研究的课题是唐代文学的文化精神，作者将这一命题置于整个唐代的文化背景中，从唐代的政治文化、社会思潮、作家活动、作品风格来探索唐人的文化追求与思想趋向，这实际上是借文学史来探讨唐代学人的心灵史。

本书首论贞观之治与河汾之学的关系，通过对唐太宗君臣政治思想的分析，对大唐盛世的文化品位与文化精神作出界定与说明，认为贞观之治是儒家思想在唐初政治上的大体落实，作为政治文化，这是唐代文化的第一个主峰，亦是中国传统文化精神在唐代文化中的第一次重大的体现。就其政治层面来讲，这一精神是民本，是仁政，而就其根源和意义来讲，乃是人性，是"仁"的人性观念。这就将这一盛世的文化精神与古代文化传统的内在精神相联系，说明贞观盛世的出现绝非明君贤臣偶合的结果，乃是儒家崇尚仁政的传统文化精神在特定历史时期鼓荡、高涨的体现。作者不仅从思想形态上阐述贞观之治与儒家文化的关系，而且还以史家的态度，具体论证它与当时的儒学传人——王通及河汾之学的关系。在系统分析王通的精神品格、哲学思想、政治思想后，又将之与《贞观政要》所述唐太宗、魏徵等人的政治思想相比较，考察河汾弟子与贞观之治的关系，指出隋末河汾之学高度体现了隋唐之际的文化精神，即实现有道政治的普遍愿望和重新发扬儒学的文化要求，而贞观之治正体现了这一历史时期的文化精神与文化趋向。作者认为"就贞观之治的文化精神而论，应当说，唐源流出于河汾"，从思想渊源与历史关系两方面导绎出唐代政治文化的本源。陈寅恪先生在对隋唐制度渊源的研究中就极为重视具体的历史人物对当时文化沿革、传播的作用，并论证了王肃北奔、山东士族私学、河西民间儒学对北朝、隋唐文化的影响。本书论及的河汾之学也应属于这一类儒学传统。传统文化精神并不只是以理论的、文字的形式存在着，还应有具体的传播者。如此，它才是一个富有生命力的文化存在。作者以河汾之学作为贞观之治的思想渊源，并以此为基础，考察了唐代文学精神的运行轨迹，揭示了这一时期文化传承的特色，据此分别论述初、盛、中、晚唐四个阶段的诗风，研究各阶段诗风的内在精神与文化依据。作者认为"跃动于初唐诗中的积极进取、刚健有为的人生精神，确立了唐诗的风骨，也重建了中国诗为人生而艺术的传统"；盛唐诗是"自然意象优势与刚健的时代精神有机融合"，其诗歌繁荣的历史是魏晋以来人的再发现的社会思潮，表现为人普遍存在的诗歌才能的再发现，其自然意象优势又是根源于诗人对自然美的再发现与天人合一的文化观念；中唐对盛唐诗最重要的发展是"诗人群体人性人道与淑世情怀的高扬"，具体表现为新乐府诗人发于良知良心的情感与谪贬诗人以人性人道为根底的政治参与品格；晚唐诗幽情的追寻，"无论是爱情相思之幽情，或是思古之幽情，山水之幽情，也无论是多么令人沉醉或忘情，其实都不能真正安放得生命。晚唐诗主要取向乃是风骨的挺立，即士人风骨的挺立在诗歌中的艺术投射。这是晚唐诗的真精神"。作者对整个唐代诗歌史的考察是宏观性、总体式的把握，既能捕捉到各阶段诗歌的美感特征，又能从其美学风貌中寻觅出它内在的前后相承的文化精神，这就是作者概括出来的人性——人道的思想情感。他将唐代诗歌视为文化精神的历史载体，从文化思想史角度分析唐诗的意义。这一研究模式是对陈寅恪先生"以诗证史"学术方式的继承，而其研究角度与研究课题又对先哲的研究范围作了新的拓展，可以说作者是在先哲的学术精神烛照下开辟了一个新的研究领域，突破了传统的仅分析思想内容与艺术形式的研究模式，对诗人、作品与诗风三个方面作综合考察，着重从文化思想史层面探讨作家作品的内在精神。作者立论既注重把握各家、各个时期的艺术风貌，更注重从这些文化表象里寻绎作家的人生信仰、人格观念以及作品所体现的美学风貌与文化本源的关系。这一新的视角使得作者能在熟悉的资料中开掘出新意。

如关于"盛唐气象"，后人多据殷璠所说的"兴象""风骨"两方面来把握它的具体内容，又据严羽"透彻玲珑，不可凑泊"之论阐释其特点。今人又从时代风格上提出新论，指出盛唐诗特色是朝气蓬勃的时代精神与自然、平易、开朗的艺术风格的结合，或从美学角度指出盛唐诗是走向情景交融的时代，是意境艺术成熟的时代，显示出这一传统命题在现代的特殊魅力。本书作者则进一步提出："自然意象优势与刚健的时代精神，由于内在的同一性而有机融合，乃是盛唐诗的特殊性质，以自然意象优势表现情感精神，乃是盛唐诗艺术的根本大法。"作者又着意在"内在同一性"与"有机融合"上下功夫，探索它的文化底蕴，既运用现代心理学格式塔完形理论阐释情景异质同构的关系，又认为："如果光用西方审美心理学理论来解释盛唐诗，至多只能就诗论诗，更不可能深入到盛唐诗的内在深度，上升到它的宏观高度，而要达到这样的高度与深度，就必须了解作为盛唐诗的渊源与背景的固有的中国文化，特别是作为中国文化的灵魂的中国哲学思想。"因此，作者又论述了《周易·系辞》等儒家"人与自然同一"的文化观念与这一艺术境界的文化渊源关系，指出："在这种影响至深至远的文化思想哺育下成长起来的盛唐诗人们，或者自觉地，或者不自觉地，更多地是风会使然地去亲近大自然，体会自然与人的同一，进而以自然意象表现情感精神，在客观上，就是中国文化思想的一种日常化的实践，一种感性形式的表现。"作者又通过论证盛唐诗人对自然的再发现，进一步具体说明这一文化意识在盛唐的突出表现，揭示了盛唐诗独有的艺术魅力和内在的文化生命力。这是作者因转换视角获得的新认识，它增强了"盛唐气象"这一概念的文化厚度，避免了平面重复的毛病。又如，关于唐诗繁荣原因的讨论已延续多年，作者既研究了崇尚诗歌的社会风气，又具体论证诗赋取士制度在盛唐的确立与影响。但又不满足仅仅说明这一文化现象与社会原因，而是由此论述"人普遍存在的诗歌才能的发现"这一命题，指出在盛唐"人普遍存在的诗歌才能得到社会上下普遍的承认，首先是中央政府的承认，同时也是社会广泛的承认"，进而又说明这一才能的发现也就是人文创造能力的发现，实质上也就是人的再发现。作者又从先秦儒家中"人的发现"到魏晋以来个性发现的发展中追溯它的文化根源与思想潜流，说明"盛唐时期人的诗歌才能的发现，是对晚周时期人性的发现之一大发展，亦是对魏晋时期个性的发现之一大提升"，"是中国文化人文精神的一项重大发展"。作者以为人人皆有天赋的诗歌才能，这一才能能在多大程度、多大范围里得以释放是与整个社会的人文意识以及对人的创造才能的重视密切相关的，盛唐是儒家人文意识高扬的时代，因而也是人们的创造才能（尤其是诗才）得以全面释放的时代。这一逻辑也是符合中古文化走向的。魏晋之后社会思潮已由"圣人崇拜"转向"名士崇拜"，南朝后又转向"才士崇拜"。盛唐诗歌的繁荣正是这一社会意识的积淀与结晶。我们一般多从诗歌艺术的积累、文化教育的发展、其他艺术形式的影响以及政治的开明、经济的发达这些方面来解释盛唐诗繁荣的原因，而本书作者则将盛唐诗与传统文化的命脉相联系，思路新，观点亦新。由此我们不难看出作者拓展的研究思路，对深化唐诗的研究是极有意义的。

二

本书所论的唐代文学文化精神就是儒家文化精神，也就是作者反复强调的仁道，即人性——人道的思想。这一观点既建立在他对唐代文学深层次的考察上，也是基于他对中国文化传统本质的认识。陈寅恪先生云："中国自秦以后，迄于今日，其思想之演变历程，至繁至久。要之，只为一大事因缘，即新儒学之产生，乃其传衍而已。"作者深受此论启发，认为唐代文化精神就是新儒学产生的一个重要阶段。虽然，从总体上看，唐朝是儒佛道三教并举，但由于佛、道两家在唐代都进入高峰期，现代研究唐代思想史者多关注佛、道思潮，以为唐代经学只是汉儒的余绪与尾声，无关宏旨。治文学史者也多研究道教对唐诗想象力扩张的作用，佛学对诗境艺术与意境理论的影响等，都较少关注儒学在唐代的存在与发展。其实，非宗教性是中国古代文化的一个重要特点。因此，无论是武后佞佛，还是玄宗弘道，都受到这一特点的制约，都不能将教权置于皇权之上，在官方意识形态上都是将儒家思想置于正宗地位。唐代经学虽不及汉代发达，但是，儒学文化思想作为一种具有深远文化渊源的传统意识，作为一种文化规范、文化归属与价值取向仍牢固地存在于社会心理中。同时，随着学人主体成分的转变以及佛学新思潮的流行，传统经学在唐代也渐生变化，中唐之前尤其明显，开启了由礼学到理学的转变趋势，出现了新儒学思想的萌芽。作者并不囿于唐代经学衰微这一既定结论，而是透过外在表象抓住唐代文化内在的精神命脉，论述了儒学精神在唐代的地位、作用与发展，认为这一文化精神在隋唐表现为四大文化主峰：河汾之学、贞观之治、杜甫诗歌、古文运动。其中河汾之学可视为唐代文化精神的源流与序曲，而后三者则分别从政治、诗歌、哲学三个层面上全面体现了唐代儒家文化精神的发展。可见，无论是从文学史还是从思想史看，这一学术观点都强调了为学人所忽视的问题，深化了对唐代文化精神本质的认识。

作者着重从人性思想和政治思想两方面把握唐代的儒家文化精神，在论述过程中比较重视梳理这些思想的发展脉络与传承关系，将唐代儒学思想与先秦儒学、宋代新儒学加以比较，显示出唐代儒学的特色，勾勒出它的源与流，并运用现代人文理论发现一些为人所忽视的思想火花。本书认为王通以五常为仁之始、性之本，以道为五常的统一，即重新发明了孟子人性本善的思想。王通所说的"心者非他，穷理者也，故悉本于天"，发挥了原始儒学本体——人性思想，已明确将人性本善的观念归于儒学本体（理）与本源（天）。王通提出"人事修，天地之理得"，"自作天命"，是发展了《易传》"乾道变化，各正性命"的造命史观，突出了本体德的作用；其"不以天下易一民之命"的民本思想，"废昏举明，所以康天下也""不知道，无以为人臣，况君乎"的君道观，"仕之行道""从仕养人""遗身庇民"的臣道观，也都是对先秦孟子政治思想的发展。这些理论都指出了河汾之学与两汉经学不同的特色，其中对孟子、《易传》的发明，对"性""理""天命"的论述都显示了儒学新变的思想萌芽。由于王通其人其事真伪难定，其书内容又较庞杂，现代学者多不大重视对他的研究。作者在考定其真实的基础上，全面论述他在儒学思想发展中的意义，从文化精神方面提高了河汾之学的历史地位，揭示了儒学发展衍变的一个重要环节。在传统的哲学史、思想史研究里，治中唐者多重韩轻柳，对柳的研究仍集中于"唯心""唯物"以及佛学影响的问题上。本书韩柳并重，其中对柳的思想的分析尤见功力。作者认为柳的思想特征是由荀子一系转变到孟子一系。本书通过阐释柳的"德最终决定势"的历史观，人与自然和谐的天人观，由作用到本体的中道观，由性恶而性善的人性论以及包容异质、坚持本位的儒佛观，具体说明了柳在中唐儒学复兴中所达到的思想高度。从现存文献看，柳比韩更重哲理思辨，他对思想问题的思考比韩更深邃。韩愈作为道统的承继者、宣传者，更多的是显示儒学传统自身的文化张力与复兴的精神方向；柳则更多的是作为一个探索者、思想家，通过对当时佛、道思想的汲取，丰富了儒学的人生命题与思想方法，显示了儒学由形而下的经学转向形而上的理学运行趋势。只因柳未能像韩那样公开排佛，才受到宋儒的冷落，而实际上宋儒就是以韩的旗帜、柳的思路改造了传统儒学，创建了新的性命之学。本书将柳别立一家，正是从儒学发展史上肯定了柳的不可替代的历史地位。在思想史上杜甫虽不占重要地位，但其诗歌所体现的儒家伦理精神对后世的影响却是独一无二的。本书正是从这一角度看待杜诗的文化地位与思想价值，指出杜诗体现了儒家的仁的人生境界，其政治品格显示了为道自重、道尊于君的道德主体的精神力量，其诗史精神是国身通一、良史实录、庶人议政贬天子、民本、平等五种精神的集大成。本书将杜诗视为唐代文化精神的一个高峰，超越了一般伦理层次的评价。本书与众不同的是从唐代儒学精神的发展中研究杜诗，指出杜甫是中唐儒学复兴运动的先声，认为中唐儒学复兴中心思想的两方面——尊王攘夷、反对以胡化为本质的藩镇割据以及倡导儒学、攘斥佛教，在杜诗中都有表现。作者指出《诸将五首》正是表现这种"由四夷交侵的忧患意识所激发出来的尊王攘夷的思想"，并具体统计出"杜诗指称安史集团为'胡'，凡五十五见"，"由此可见，杜甫对于安史集团胡化性质的认识，是十分深刻的"。本书认为杜甫在去世之年所作的《题衡山县文宣王庙新学堂呈陆宰》诗"乃是他复兴儒学思想的明确表示，不愧为唐代儒学复兴运动的首唱"。本书还从杜诗中发掘诗家的哲人之心，从中发现儒学发展的思想萌芽，认为杜诗"恻隐仁者心""恻隐诛求情"，是重新发明孟子"恻隐之心为仁"的人性思想，认为杜甫对原始儒学的天道人性思想，亦有相应的体认。其诗"廷争酬造化，朴直乞江湖"，表明杜甫晚年不仅是从政治的具体的层面，而且是从形上的、本体的层面，来省察自己当年对唐室君主无道所采取的政治抗议行动的意义。"杜甫认定天道（'造化'）与人性（'朴直'）乃是一致的"。通过对杜诗中思想资料的钩稽与论述，作者展示了中唐儒学复兴前的一个重要的酝酿阶段，利用诗歌补写了一段思想史。

本书对唐代儒佛关系也提出自己的见解。通过研究天台宗、华严宗、禅宗三家教义后指出："在本体论哲学上，并不存在佛教中国化这回事。""事实上，唐代佛教既没有改变由印度佛教而来的缘起性空论、佛性论，也没有改变由印度佛教而来的出家教规，相对于肯定宇宙人生的真实性、价值性和由此而来的入世品格的中国文化，唐代佛教是一种异质文化。"唐代士人对佛教的根本态度是"包容异质文化而不失掉自己"。本书又从维护中国的文化品格、不许佛教凌驾于中国文化之上和保持立体的中国文化品位而不皈依佛教两层意义上展开具体论述，广罗唐人诗文说明士人"三教之中儒最尊"的心态，指出唐代士人是以欣赏、同情、宽容的态度对待佛教，真正信仰佛教的很少，并对柳宗元、白居易信佛说提出质疑，进而说明："唐代士人这种包容异质文化而不失掉自己的根本态度，是中国文化在经过几百年文化交流、冲突的过程后，达到成熟自信的标志，即中国文化能够在一高级异质文化的挑战面前站稳自己的脚跟，以自信、宽容、大度的气派，去回应、融合、改变异质文化。这是民族主体品格和高级智慧的体现，亦是人类文化交流史上所出现的一种绝大艺术。"本书对这一问题的研究并不局限于哲学史上的理论探讨，而是全面考察士人与佛教相关的诗文作品，从士人与佛徒交往的活动中，具体分析他们对佛教的情感与态度，指出唐代士人对佛教的欣赏同情主要表现于对佛家淡泊精神的欣赏，对僧人艰苦生活的同情，对禅宗自主精神的欣赏，对僧人艺术才能的欣赏等，士人与僧人交往都有世俗化倾向。从这些论述中我们可以看出：唐代佛学的繁荣并不意味着儒学精神的失落，士人的好佛也并不等于信佛，他们欣赏这一新兴的文化思潮并不是要放弃源于自身文化血液并植根于现实生存土壤的儒学思想。相反，这一中外文化交流史却体现了以儒家思想为核心的中土文化"厚德载物"的文化品格，也说明它具有开放、兼容的机制与吸收、消化异质文化的能力，从兼融力方面显示了唐代文化精神的生命力。

近年来，国内"儒学热"升温，并与海外"新儒学派"展开对话，共同探讨儒学传统的文化价值与现代走向。本土学人们多有这一文化情结是不难理解的，其中的文化抱负与文化使命感也是值得肯定的。但是，可能过于受"现代化"这一功利性思想左右，其实用主义痕迹比较明显，多偏重先秦孔孟思想与宋明理学，专门研究有理论形态的儒学思想，而忽视对具体的历史时期里儒学精神品位的研究，故其研究方法多是孤立的、静止的、远距离的阐释。其论点亦多悬浮于具体历史环境之上，缺乏坚实的历史感。文化精神是维系一个民族生存、发展的价值观念系统。"它的最高形态是一种文化体系所认同的哲学，而不是一家一派的哲学。它是生活实践、文化创造中的哲学，而不是纯观念的、书斋经院中的哲学。"基于这一认识，本书从唐代的哲学思想、政治文化、诗文创作以及人物活动中探索有唐一代的心灵史，整体地把握唐人的精神命脉，近距离地感受唐人的儒学精神，从而能够从积极向上的大唐盛世，从辉煌灿烂的唐代文化，从朝气蓬勃的唐代诗文，从有血有肉的唐人风貌中，具体地揭示儒学思想的社会功能与文化价值，使其研究具有历史的纵深感与强烈的思想力度。传统文化的价值不在于它与现代哲学有何等的相似，而在于它是一个富有生命力的存在。对这一点的把握，仅仅依靠静态的分析是不够的，还需要对各家学说、思潮的运作过程、作用方式与社会功能有一种立体化的历史体验。因此，本书对唐代文化精神多方面的动态性把握正是对儒学文化的一种生命体验，克服了实用化、片面化、空洞化的倾向。

三

本书不仅以抽象思辨见长，而且还以史实考证取胜。作者往往是在详细考订人物、事件、文献之后，再展开理论论述，对文化精神的思辨多以实证为根据。注重实证是本书的一个特点，由于贴近原始文献，颇有一些新的发现，对前人之说作了一些有益的补充、发展。

关于《中说》与王通的其人其事，自宋以来就是学术史上的一大疑案，本书并不回避这一学术难点，而是将前人之说细加整理，找出各家疑点关键所在：一是《中说》所记唐初名臣与王通生平时间不符；二是《隋书》未载王通事。作者首先研究现存的薛收、陈叔达、吕才、王绩等人的可信的原始文献，论证《中说》一书作于隋末的可信度；又将以上材料与《文中子世家》《中说》对照，确认其中可信的成分，剔去与史实不符的内容；又由王通子王福畤（王勃父）的《王氏家书杂录》考明《中说》一书乃由王福畤最后修订并传于世，说明其中与史实矛盾处应是福畤所为；并以王勃《续书序》、杜甫《水槛》、裴延龄《樊川文集序》、陆龟蒙《甫里先生传》四则材料作为补证，进一步说明其人其事的真实性；最后，综合各种材料详考王通生平，说明王通讲学河汾确有其事，并以地方志及图记材料考明王通讲学的具体地点。对《隋书》不载王通一事，作者认为"怀疑的方向应当指向唐初官修《隋书》的相关背景，而不应当指向隋代真实存在的王通其人"。本书还考出王福畤《录东皋子答陈尚书书》文中有窜入的注文，从而解决了此信的称谓与史实不符的问题。本书还从初唐儒学朝臣与关陇勋戚势力的矛盾看待王通之弟王凝与长孙无忌、高士廉的矛盾，并将《唐会要》记载的材料与《王无功文集序》及王绩诗文相比较，证知王凝、王绩兄弟受排挤打击的史实，由此分析《隋书》作者魏徵对长孙无忌等人的退让态度，最后得出结论：当贞观之初王凝弹劾侯君集而得罪长孙无忌，及贞观五年高士廉贬黜王凝，王氏兄弟皆抑而不用之后，魏徵由于对长孙无忌等人的顾忌与妥协，未能在《隋书》中为王通立传，从而对这一学术疑案作了比较合理的解释。在研究过程中，本书作者将相关材料分为原始文献、后出资料、有疑资料三种，坚持以原始材料为基点，作者还曾两度亲赴山西万荣县通化镇王通故里，看到了王通后人家藏《中说》明刻木版和文中子祠、墓，又深入吕梁山的荒谷中考察已废弃的王通讲学遗址，以其实地所见与《中说》、薛收《隋故征君文中子碣铭》及王绩《游北山赋》对照，以证明文献的真实性。其方法之科学，工作之细致都超越了前人对这一问题的研究范围。

又，关于唐代进士科兼试杂文一事，直接关系到科举与文学发展的问题。今人多取徐松《登科记考》的结论，认为此事始于开元年间，进士科专试诗赋是天宝末年的事。本书作者则通过考证发现进士科试杂文首见于显庆四年，定制于永隆元年；又通过垂拱元年考官标榜举子试赋"多士耸观而名动天下"的记载（见《旧唐书·颜杲卿传》），以及垂拱、长安年间的科举试题说明武后时重进士科、崇尚文学的风气已高涨，从《封氏闻见记》中关于科举的记载以及开元年间科举试题（如开元十二年的《终南山望余雪》等）指出徐松的错误，进而证明进士科试一诗一赋形成于开元年间，以诗赎帖产生于天宝初年，进士科考试制度经逐步演进，在开元、天宝之际形成了以诗取士的制度。陈寅恪先生云："进士之科虽设于隋代，而其特见尊重，以为全国人民出仕之唯一正途，实始于唐高宗之代，即武曌专政之时。及至玄宗，其局势遂成凝定，迄于后代，因而不改。""自武则天专政破格用人后，外廷之显贵多为以文学特见拔擢之人。"作者以扎实的考证将前贤的论述具体化、细致化，并将唐代科举与诗歌关系的研究向前推进了一大步。又，韩愈作《原道》的时间对于研究韩愈思想发展也是一个很重要的问题。多年来，学人已不满足朱熹的推论（朱熹认为"《与兵部李侍郎书》所谓'旧文一卷，扶树教道，有所明白'者，疑即此诸篇也。然则皆是江陵以前所作"）。今人童第德先生在比较《原道》《进学解》对孟、荀的不同评价后，指出《原道》应在《进学解》之后出现。本书作者则于韩文中再补内证，进一步指出韩愈《与孟尚书书》中"故愈尝推尊孟氏，以为功不在禹下者"，与《原道》尊孟思想相符，其自比孟子，尊道斥佛的心态也与《原道》相同，并以"使其道由愈而粗传"等语证知《原道》当作于此文之前，即元和十四年韩愈谏迎佛骨之前，从韩愈当时的活动情况推测《原道》约作于元和八年至元和十二年之间（即韩愈四十六岁到五十岁之间）。此说为理解《原道》写作的文化背景及韩愈思想的发展奠定了坚实的基础。又，本书对啖、赵、陆《春秋》学派的思想源流也进行了研究，考证出柳宗元与陆质的师生关系以及他与这一学派传人吕温的密切关系。又从陆质《删〈东皋子〉序》、刘禹锡《王公神道碑》等说明了这一学派与王通思想的关系。本书通过对史料的钩沉，发掘出中唐儒学新变中的一些问题：一，陆质、吕温与永贞革新集团中的柳宗元、刘禹锡等关系密切，其中陆质已成为这一集团的一个成员。这说明当时学术思潮与政治分野是密切相关的；二，这一学派推尊王通思想，也是中唐儒学新变思潮的一个重要的学术渊源。这说明河汾之学在中唐尚有所传，而现传的韩愈、李翱《论语笔解》亦云："王通云：'可不可，天下所共存也。'"这说明本书所论是有切实根据的，而不是一个偶然的现象。类似的发现在本书中还有不少。如关于杜甫为何不赴召的问题，韩偓最终留在闽中的真相等，都是在对原始材料作过深入甄辨的基础上提出自己独到的见解，显示出作者厚实的功力。

研究古代文学的文化精神，目前还是一个新兴的学术课题。本书作者的研究也处于探索阶段，故其说必然难以尽如人意。文化精神是一个社会流动的生命力，作者虽注重全面的把握，捕捉每一阶段的主体风貌，但对具体的作家群及文人的精神生活的分析尚不够深入，仍有偏重理论形态的倾向；书中对一些作家作品的分析也未能与文化精神这一主旨完全融合；全书的构架似乎尚欠精审，部分内容多次重复，体例稍嫌庞杂，以至于冲淡了书中的精华。另外，有些说法似尚需多加斟酌，如刘允济《见道边死人》"魂兮不可问，应为直如弦"，很明显是化用汉乐府"直如弦，死道边"之句，而本书作者仅论述其中"直道""人性"之含义，似失之空疏；再如房琯获罪的主要原因显然在于军事失误以及他与将官不和，杜甫上疏救房琯正是反映出这类文臣受轻视的情绪，本书作者完全以肃宗排斥玄宗之臣解释此事，未尽合理与全面；又如作者解释《原道》的"故其言长"，以为"不是流传的意思，而是深长（意味深长）的意思"，似并不尽合文章原意。或许是我们对本书爱之深，才会提出如此多的苛求。从总体上看，作者邓小军博士具有现代学人的文化使命感与强烈的思辨精神，我们相信有此起点，今后一定会取得更辉煌的学术成果，为我们的时代提供更成熟、更精粹的学术思想。

本文与我的博士生导师郁贤皓先生合作完成，原题《在微观考证基础上建立宏观理论体系的佳作——评邓小军〈唐代文学的文化精神〉》，初在《文学遗产》发表了节录，后于《杜甫研究学刊》1995 年第 3 期刊发全文

恨血千年土中碧

——评胡可先唐人墓志研究二书

《出土文献与唐代诗学研究》评介

自宋代起，历代学者对于渐次出土的唐代石刻文献进行了持续的收集与整理，于传世文献之外逐渐形成了一个规模宏富且不断壮大的唐代石刻文献资料库。十九世纪末迄今的百余年，特别是近二三十年，随着修路、建房等土木工程的增多，唐代新文献的出土更是达到了全盛时期，其中占据主体的仍是以碑刻、墓志为代表的石刻文献，就近年来对于唐代墓志的整理成果来看，在数量上已近清修《全唐文》半数之多。有别于在后世流传中多易失真的传世文献，长年埋存于地表之下的新出土文献更多地保留了历史的原初面貌，已成为推动唐代文史研究发展的新的学术增长点，前人在文章的辑集、校录方面已取得了可观的成就，而深论无多，在唐代诗学领域内的实证性研究成果甚少。出土文献中蕴含着极为丰富的诗歌与诗人资料，尚未得到唐代文学研究者的充分重视，已有成果多是个案单篇研究，显得较为稀疏、零散。将出土文献与书面典籍相结合，全面、系统的综合性研究在当代仍属阙如，这一状况与新出文献的规模是不匹配的。因此，梳理与整合已有研究成果，使之系统化，为研究者提供便于利用的工具已是唐代文学研究中亟需解决的一项工程。有鉴于此，胡可先先生《出土文献与唐代诗学研究》一书以出土文献与唐代诗学关系为视角，从全面占有唐代出土文献入手，竭力挖掘关涉唐代诗人与诗歌创作的新资料，充分吸收与整合已有研究成果，在原典实证的基础上进行了交叉式、多侧面的综合研究，适时地填补了唐代诗学研究领域中的空白。

胡可先《出土文献与唐代诗学研究》，中华书局 2012 年版

本书除去《绪论》《附录》外，共分九章，研究内容可简单划为唐代诗人事迹、诗作文本、诗歌背景及诗歌影响等四个方面，集中展示了作者在这一领域内多年耕耘的成果。留意出土文献与唐代文学研究学术动向或是对本书作者在该领域内的研究成果有着持续关注的读者，对于本书中的部分章节内容可能并不陌生，发表于《文学遗产》2005 年第 1 期的《出土文献与唐代文学史新视野》是作者实质性研究的初段成果，作者即以此作为本书《绪论》。此后几年中，作者对于出土文献中所蕴藏的与唐代诗歌史相关资料进行了详细的搜辑与整理，在坚实的材料基础上形成了诸多研究成果，例如发表于《文献》2008 年第2 期的《新出石刻与白居易研究》；发表于《清华大学学报》（哲学社会科学版）2009 年第 4 期的《新出土〈苑咸墓志〉及相关问题研究》；发表于《浙江大学学报》2010 年第 5 期的《唐代诗人事迹新证》；发表于《台湾师大学报》2012 年第 2 期的《新出墓志与唐代崔氏文学家族研究》以及刊登在 2009 年出版的《中国典籍与文化论丛》（第11 辑）上的《新出土〈裴夷直墓志〉考论》、2011 年出版的《中国文章学的成立与展开》上的《韩愈〈窦牟墓志〉考论》、2010 年出版的《唐代文学研究》（第 13 辑）上的《薛元超墓志与初唐宫廷文学研究》、2011 年出版的《唐研究》（第 17 卷）上的《新出土唐代诗人碑志综论》等个案或专题成果都成为本书章节架构的重要组成部分，开拓了唐代诗学研究的新视野，丰富了人们对于唐诗及其思想文化背景的认识，解决了唐代诗歌研究中一些悬而未决的问题，更新了人们关于唐诗典籍校读相关问题的认识。其长处与特色主要体现在如下几个方面：

一、全面清理与整合出土文献中的唐诗相关材料，工具性与资料价值甚大。近几十年来新出土的唐代文献材料数量极为丰硕，新材料被不断地发现、报告、著录与整理，既为唐代文史研究提供了更加充实的材料，又对学者的及时跟踪与全面掌握文献提出了更高要求。本书绪论部分较为详细地列举了近年来对于新出墓志进行著录与整理的成果专著，而作者在研究中实际运用到的文献并不止于此，一些以专题论文、考古报告形式刊布在期刊、论文集之中的零散材料也多为作者所摄取利用。以本书第二章第二节《新出墓志与崔氏文学家族》研究为例，崔氏家族诗人墓志的出土情况较为纷繁，作者一一细述了崔尚、崔翘、崔元略、崔泰之、崔沔、崔备、崔安潜等人墓志的出土情况，不仅运用了《千唐志斋藏志》《新中国出土墓志》《北京图书馆藏中国历代石刻拓本汇编》《河洛墓刻拾零》《洛阳新获墓志》《洛阳新获墓志续编》等较为常用的墓志专书，亦取材于《文物》《书法丛刊》《碑林集刊》等期刊上所刊载的崔氏家族成员及其署名撰、书的墓志，其搜辑用力之勤、范围之广自不待言。而且，作者对于具体一方墓志的出土、收藏及录文情况多有明晰的介绍与评判，例如

《苑咸墓志》首次揭载于《洛阳新出土墓志释录》，此书与《全唐文补遗》第九辑并有录文，作者在据拓本释录志文后，又指出"然所录均有所脱误"这一实际情况。检视《释录》第156页录文一段重要文字的释读标点颇有歧误，录文者作："天宝中，有若韦临汝斌齐太常瀚、杨司空绾数公，颇为之名矣，公与之游，有忘形之深，则德行可知也。"受其影响，考释文章错将韦斌、齐瀚二人认作韦瀚一人，以致云其"事迹不详"。此外，本书附录之《唐代诗人碑志略表》《〈全唐诗〉所收唐代挽歌》及《唐诗石本考证》等诸项成果均是经由艰辛的披沙拣金式的淘选才取得的，作者由实证层面初步建构起了出土文献与唐代诗学研究的宏大体系，为唐代诗学研究提供了一批丰实而新颖的材料，也为今后的学术研究提供了极大的便利。

二、发覆正误与补遗拾阙并举，对出土文献有原创性的研究。本书作者对诗人的社会、政治、经济、文化背景进行了全方位研究，提出了许多前人未及的新见解，纠正了前人认识的偏颇。例如李德裕为公认的晚唐良相，本书结合史籍记载与《令狐梅墓志》所书内容，指出了李德裕在晚唐党争中亦有排斥异己、任人唯私的恶习；通过对诸多诗人墓志的研究，解决和补正了长期以来文学史上悬而未决的诗人名字、籍贯、世系、官历、事迹、交游等疑难问题，如通过对韦氏文学家族的一系列墓志的研究，解决了韦氏家族的世系、婚姻情况及韦承庆、韦济等人的文学成就、韦应物的仕历及诗文评价等问题；通过出土文献与典籍的对照研究，订正和补充了过去未知或存有讹误的诗人事迹，如通过对《卢照己墓志》的研究，订正了传世典籍中对于卢照邻世系、籍贯、名字、生年的错误记载；通过对刘长卿所撰墓志的研究，考出刘长卿曾任职陈留浚仪县尉这一前人未知的事实；通过对石刻资料的发掘，提供了许多过去未知的唐人著作、唐人诗集和佚诗，并进行了成书、作年、作地的考订，再与传世典籍进行校勘、互证，为研究唐诗和唐代诗人提供了许多可靠的新资料。作者还善于在墓志中发现一些与唐代诗学发展密切相关的重大问题，提升了相关出土文献在唐代诗学研究中的地位与意义。例如，关于玄宗朝的诗坛背景，传统文学史多论及张说、张九龄的作用，而于李林甫执政影响颇少涉及。我们由《国秀集》可以看出其时京城创作活动仍较为频繁，朝堂因其特殊的影响力与传播效应依旧是诗坛的中心，史家因对李林甫当权后政局的不满，而对这一事实叙载不多，关于盛唐京城诗坛的构成与活动方式也少见有具体的描述。作者于《苑咸墓志》中发现了志主在玄宗朝文学发展中的重要地位，并利用墓志材料钩稽出其时京城中一个诗人活动群体。"天宝中，有若韦临汝斌、齐太常瀚、杨司空绾，数公颇为之名矣。公与之游，有忘形之深，则德行可知也。每接曲江，论文章体要，亦尝代为之文。洎王维、卢象、崔国辅、郑审，偏相属和，当时文士，望风不暇，则文学可知也。右相李林甫在台座廿余年，百工称职，四海会同。公尝左右，实有补焉，则政事可知也。"苑咸先后为张九龄、李林甫代笔之事传世史料亦有记载。《新唐书·李林甫传》云："（林甫）善苑咸、郭慎微，使主书记。"《大唐新语》也记《唐六典》经多年而成，"其后张九龄委陆善经，李林甫委苑咸，至二十六年，始奏上，百寮陈贺，迄今行之"。墓志内容可与史料互证。苑咸正因得到李林甫的重用，所以在其时京城文坛具有特殊的地位。墓志言："开元中，声明文物，振迈汉魏，求名之士，难于登天。公当此时，年始弱冠，为曲江公张九龄表荐。玄宗亲临前殿策试，除太子校书，仍留集贤院。上以董仲舒、刘向比之，由是除右拾遗。无何，丁大夫人忧。服阕，历左拾遗、集贤院学士，旋除左补阙，迁起居舍人，仍试知制诰。时有事于南郊，撰册文。封馆陶县开国男，改考功郎中、兼知制诰，拜中书舍人……未及，复除中书舍人。"其时，君臣视苑咸为董仲舒、刘向一样的学者，说明他在朝中掌管类似的工作，这当与李林甫的重用及让其主修《唐六典》一事相关。作者又由苑咸之事联想到李林甫当政时期京城文风之盛，纠正了正统史官有意过滤的内容。将这则墓志与传世史料比照，也可见出史家对李林甫过度妖魔化的倾向。由相关史料看，李林甫为人阴险，嫉贤妒能，但比之后任杨国忠，其处理政事的能力较强。在府兵制趋于瓦解的情况下，李林甫进一步推进军队的职业化程度，又强化了科举取士制度，提升了进士科的地位，使之成为士之入仕正途。史家都称这是李林甫擅权固位的小人之计，然不得不认可他在坚守制度上的特点。《旧唐书》本传称："林甫性沉密，城府深阻，未尝以爱憎见于容色。自处台衡，动循格令，衣冠士子，非常调无仕进之门。所以秉钧二十年，朝野侧目，惮其威权。及国忠诬构，天下以为冤。"相反，俟杨国忠上台则一反林甫所为，率意而行，纲常渐坏，卒至招来安史大乱。天宝儒士讽刺时政之作，多是针对杨国忠及其同党。足见，墓志所透露的信息确实反映了史实之真相。墓志所说的苑咸、王维、卢象、崔国辅等人应是天宝年间朝廷诗坛中非常活跃的群体，而支撑这一群体活动的背后人物应当就是李林甫。作者的这一研究为我们认识天宝诗坛的背景提供了一条非常有意义的信息。记录墓主生前的交往是墓志中常见的内容，作者特别留心这方面的内容，所得成果也颇突出，例如《韦济墓志》云："君风韵高朗，方轨前贤，觞咏言谈，超然出众，其所游者，若吴郡陆景融、范阳张均、彭城刘升、陇西李升期、京兆田宾庭、陇西李道邃、邃之族子岷、河东裴侨卿、范阳卢馔等，皆一时之彦也。"作者又从杜诗等资料中考出其他几位与志主韦济交往而志未叙及的诗人：杜甫、王维、高适。他们与韦济交往的目的更多是希望得到帮助引援，在天宝年间这些诗人的名位尚不足与韦济相提并论，故韦述未将杜甫等人写入墓志之中。

由韦济河南尹的地位、韦述集贤院学士的身份看，他们的文学交往活动是带有世族社交色彩的，在天宝年间这类旧贵族对当时文人的活动仍有着较大的影响。又如《崔尚墓志》云："君国子进士高第，中书令、燕国公张说在考功员外时，深加赏叹。调补秘书省著作局校书郎。校理无阙，鱼鲁则分。作《初入著作局》诗十韵，深为文公所赏。时有知音京兆杜审言、中山刘宪、吴兴沈佺期赞美焉。"将这两则材料联系起来可看出，其时如著作局、集贤院这类机构已成为朝中文人的活动中心。这与初唐时以皇宫王府为主的情状有别。这一社交圈显然更具文学性，是文人的发表中心与评论中心。开元天宝年间，崇文之风甚盛，而具有正宗地位的正统文风导向也是由这样的文学群体决定的，这一导向应与李林甫当政时严格进士科晋身制度有着联系。李白、杜甫、高适等人之不遇也与这一背景相关。本书作者所钩稽的材料与发现的问题，为进一步认识盛唐诗坛展现了另一个更真切的世界。之前，研究者将宫廷、王府、主宾唱和中心的解散，作为盛唐诗风与初唐诗风区别的一个标志。由上述材料看，朝廷诗学中心仍在，只是集中在集贤院、著作局这类文馆中，值得关注。

三、为唐诗研究提供了新思路与新方法。作者关注的重点是诗学问题，故于出土文献中与诗学相关的内容不仅进行了辑佚、辨析工作，而且还进行了深度的阐释，在传统文献实证中体现出一种现代学术意识，揭示了一些颇具启发性的诗学现象，对石刻题诗、墓志挽诗、瓷器题诗三类材料的研究尤为突出。作者借引王昶、钱大昕、陆增祥等人所论，归纳传统金石学的基本方法，再引用胡震亨《唐音癸签》及今人启功先生所论，总结了前人对这类材料的运用与研究经验，具体强调了金石文献较方志等材料更为可靠，如以樊宗师《樊凑墓志》一文进一步证明向来史家对樊宗师文风的概括并不全面。作者又摘录了五则石刻题诗，两则属于墓志引用，另三则分别是李商隐的《题剑阁》、贺知章《醉后逢汾州人寄马使君题抱腹寺□（壁）》《舒□残诗》，材料虽不多，却揭示了唐人流行的一种发表、传播与保存诗歌作品的方式。诗人在什么情况下会刻石，为什么要刻石，这些都是新颖而有趣的学术话题，这本身就展示出了一个等待开拓的学术空间。作者又辑录出唐人墓志挽歌十数首，并借《通典》中葬礼制度与传奇小说《李娃传》中所记丧葬习俗，说明了这类挽歌出现与流行的背景，并且将《全唐诗》中所有挽歌检出列表，为石刻挽歌的研究提供一个比较详尽的参照材料。作者由长沙窑瓷器上唐诗与瓷品图画的关系，分析了唐诗流行与商业文化的关系；又由传世唐诗与长沙窑诗比较，说明文人诗与民间俗诗的联系，并归纳出军旅、闺怨、佛道、劝学、游子等题材类型，显示出这类诗歌世俗化的特色。作者对诗歌语言颇为敏感，发现了石刻挽歌、长沙窑唐诗中一些类似的诗歌语言。如新出土墓志中的几首挽歌在语言上多与于鹄《古挽歌》近似，其中一首"阴风吹黄蒿，挽歌渡西水。车马却归城，孤坟月明里"，几乎是原诗抄录，仅将"秋水"改为"西水"，其他几首都只是在字句上作了个别的分化。作者指出："于鹄是大历、贞元间诗人，而张国清妻石氏葬于大中九年，相距半个世纪以上，故可见于鹄的诗作在中晚唐之际的传播情况。"又会昌年间的一方墓志与咸通年间的两方墓志中挽歌在立意与基本结构上相同，仅文字稍异。"篆石继文清，悲风落泪盈。哀哀传孝道，幽壤万年名。"其原初之作可能也是出自文人之手，这些文人挽歌因其艺术上的成功而获得了较大的传播效应，经由墓志撰人或制作墓志工匠的仿刻改写，成为一个时期挽歌的固定格式，其中一些语言与意境也因这样一种固化方式而得以经典化，成为古典语库素材。如我们都熟悉的苏轼悼亡词《江城子》中"千里孤坟，无处话凄凉""料得年年肠断处，明月夜，短松冈"之语，历来评论者都对词境作出较高的评价。但当我们借助胡可先先生的研究，就有理由相信苏轼这种感人之语可能也是改造挽歌经典"孤坟月明里"一语的结果。又如作者指出长沙窑瓷器上有一首五言诗"一别行千里，来时未有期。月中三十日，无夜不相思"，其与大中十二年（858）蔡辅送日僧圆珍归国所作《大德归京敬奉送别诗四首》之三七言绝句"一别萧萧行千里，来时悠悠未有期。一年三百六十日，无日无夜不相思"相比，改作痕迹明显。研究者尚难判断两诗先后关系，但是由长沙窑诗中对大量文人诗的改造格式看，这首诗也应是对一首文人诗的转录。这首送别诗的意境、结构、语言，得到当时人的肯定，成为一种新经典，蔡辅之作可能也是对它改造的结果。古典诗词是由一系列经典语汇构成，每一种经典语汇都有一个初创、接受、引用、模仿、改造、消化的过程。发现这些语汇，还原这一过程，对于研究古典诗词语言意义甚大，大量的出土文献可提供一些已缺失的语境与语链，其作用不可替代。仅由这一点就不难见出作者这一项研究的独到价值。此外，值得肯定的是作者并不仅仅对现存考古成果加以简单综述，还坚持尽可能研究第一手材料，如关于唐代长沙窑瓷器题诗，考古与文献学者已作了比较充分的挖掘与研究，作者又通过比勘图版重新加以著录与整理，体现了严谨的态度与踏实的学风。

本书创见良多，难以一一详述，有待读者细细品读。笔者尚有如下几点意见，仅供作者参考：一，文献征引广博精详固是本书的一大特色，但有些地方可作适当精简。例如本书第二章第二节《新出墓志与崔氏文学家族》中论述崔融的文学成就与地位，作者征引了《旧唐书·崔融传》中的两段文字："累补宫门丞，兼直崇文馆学士。中宗在春宫，融为侍读，兼侍属文，东朝表疏，多成其手。圣历中，则天幸嵩岳，见融所撰《启母庙碑》，深加叹美，及封禅毕，乃命融撰朝觐碑文。"以及"融为文典丽，当时罕有其比，朝廷所须《洛出宝图颂》《则天哀册文》及诸大手笔，并手敕付融。撰哀册文，用思精苦，遂发病卒"。而在紧承的下一节《新出墓志与薛氏文学世家》中，作者在论述薛元超与崔融之关系时再次引用了这两段相同的文字，前后两处的征引固然出于不同的视角与需求，但后者略显赘复。二，本书作者对于已有研究成果均予以详细列举与充分尊重，例如《郑虔墓志笺证》一节，作者曾以单篇论文《新出土〈郑虔墓志〉考论——兼及郑虔与杜甫的关系》的形式刊载于《杜甫研究学刊》2008年第1期，而在本书中，作者注明"后见陈尚君先生有《〈郑虔墓志〉考释》一文，刊于《传统中国研究集刊》第三辑，上海人民出版社2007年版，为笔者当时所未及见。现参考陈先生文，将拙文加以修订，作为本书的一个章节"，这种诚恳谦持的学风是值得肯定的。近年来，新出土文献愈发得到唐代文学研究者的热衷，研究成果的产出速度比之出土材料的新出速度亦不遑多让，而重要诗人的墓志更是得到诸多学者的集中关注。这一客观情况无疑给学术动向的及时把握与学术信息的全面收集带来了一定的难度。本书于此也存有个别疏漏之处，例如刊登于《西北大学学报》（哲学社会科学版）2010年7月第40卷第4期郜三亲《中晚唐诗人裴夷直生平考》，郜文正是以裴夷直墓志为依托，并结合裴夷直妻李弘、裴夷直之侄裴岩、裴夷直孙裴筠三方墓志加以申论的。与作者2008年发表的《新出土裴夷直墓志考论》相互比照，仍有可以相互补充之处，而作者并没有关注到。三，本书尚有几处误书。例如：第66页第5行在《资治通鉴》注中所说的"览"字当改为"鉴"；第428页"勒能撰《唐故文安郡文安县尉太原王府君墓志铭并序》"，撰者姓名当作"靳能"。综而言之，本书具有史料详实、视野开阔、文史结合、理论创新等诸多方面的优长，具备重大的开拓意义与学术价值，为当今唐代诗学研究提供了丰硕的新成果。本书势必引领更多学者加入对出土文献与唐代诗学的探讨，推动此一领域研究深入发展。

本文原载《书品》2013 年第 3 期，与徐炯博士合作

《新出石刻与唐代文学家族研究》评述

对于我们研究唐代文史的人来说，二十世纪这一代研究者是很幸运的，幸运之处在于本世纪初敦煌文献的发现为唐代文史的研究开了一扇大门，使得敦煌学和唐代文史学成为传统文史学的一大显学。从上世纪末到本世纪初，随着我们国土的大量开发，房地产或者交通、水利工程的繁荣，地下各种各样的石刻文献相继出土，石刻墓志的发现不断增多，它的体量和规模足以和传世文献相匹敌。清人所编的《全唐文》两万多篇，石刻文献现在的发现量大概在一万二千方以上，已经开始成为我们研究唐代文史不可或缺的资料。自清编《全唐文》之后，对新出墓志的辑

录、题跋已成专门之学，近三十年里，墓志出土大增，对其整理研究也成为唐代文史研究的一个热点。在敦煌文献被发现以及"敦煌学"兴起之时，陈寅恪先生就说："一时代之学术，必有其新材料与新问题。取用此材料，以研求问题，则为此时代学术之新潮流。治学之士，得预于此潮流者，谓之预流（借用佛教初果之名）。其未得预者，谓之未入流。此古今学术史之通义，非彼闭门造车之徒，所能同喻者也。"（《金明馆丛稿二编·陈垣〈敦煌劫余录序〉》）对今人来说，运用唐代文史第二大文库即新出墓志去研究唐代文史的问题，应该也叫"预流"。从这个意义上来说，胡可先生近年来以唐人墓志为中心的研究就是"预流"之举，一系列相关的学术作品也算是"预流"之作，新近推出的《新出石刻与唐代文学家族研究》是其多年研究的总结，也为新出墓志研究展开新的学术思路。

这种新的思路就在于以专题化研究突显了这类文献的特殊价值，为唐代文学史与社会史研究展示了新的学术资源。传统金石学对这类文献的整理和研究主要是强调它对传世文献互证的作用，以墓志对正史及传世文献的补充量的大小决定其价值，这种导向忽略了这类文献的自身价值。与系统化的传世文献相比，这些墓志文献所记录的信息是非常零散的，除了少数名人，大多数是名不见经传的，但是，当这类墓志文献成规模呈现时，其意义就不仅仅在于与传世文献的互证，更在于它们可以以一个更原始、更直接的方式展示唐代历史文化信息，使得我们可以更立体化地认识唐代社会与唐人生活，为唐代文史研究开拓新的思维空间。从接近历史原生态的角度看，这类默默无闻的小人物墓志更具原始性，也更具研究价值。因此，对于新出唐人墓志文献的认识，在学术观念、学术价值以及研究方法上应有一个转变，提升传统金石的学术层次。本书作者近年致力于"墓志与唐代文学"重大课题研究，关注墓志中与唐代文学相关的问题，涉及墓主生活、作者本事、文本风格等多方面内容，本书是其支课题。唐人文学家族，就是其中一项重要内容。唐朝基本上仍是世族社会，世族文化本身就是唐人文化的重要内容。与世族地主庄园社会重视聚族而居一样，唐人葬俗也是讲究归葬祖坟，一个家族往往有多方墓志出土。因此，新出墓志是研究唐朝世族文化的重要文献。同时，唐朝也是科举制初兴、发展、盛行时期，科举渐渐成为唐人世族文化的重要内容，并形成种种科举世家。伴随着这样新型的家族增多，世族渐渐有了长于词赋之学的进士科文化传统，家族成员中进士及第者多，这就是所谓的文学家族，这是唐代士人文化中比较突出的现象。从这个意义上看，本书应是一个极有价值的选题。

胡可先《新出石刻与唐代文学家族研究》，北京大学出版社
2017 年版

　　本书点面结合，自成一体。第一章综论墓志与家族
史研究的关系，强调了墓志文献的特殊性。家族研究一直
是唐史研究者关注的话题，成果甚多。本书认为谱牒学是
唐人的专门之学，然至五代北宋随着世族阶级的不存，唐
人谱牒学几已消散，后世对唐人世族社会结构与存在方式
已难有具体的认识。大量的唐人墓志保存了世族社会的原
生状态，有助于研究者近距离接近唐人的世族社会，深度
认识世族社会的内部结构与文化传统。从这一角度，作者
分析了以下几点问题：其一，门阀世族向科举家族转变。
以崔氏为例，列表统计墓志中记录崔氏家族及第者之数

（86），又指出杨氏家族于中唐崛起，当与科举及第者众多相关，这表明在科举制作用下，中世家族文化也开始转型，由先前身份血统的先天优势转变成科场优势。其二，这一因素造成一些世家大族有推重辞赋文才的传统，这体现在很多自撰墓志、家人撰述、夫妻互撰之事上。通过对墓志作者与墓主关系的考察，可具体说明世族重文传统。其三，从世族婚姻之事说明以上问题，具体列述了鸳鸯墓志、夫妻互撰，尤其是妻为夫撰，此前少有人提及。其四，墓志所记世族母教之事，列举出十方墓志，说明这是世族文化中的一个特殊传统。这是值得关注的事，晚唐李甘《寓卫人说》也论述了唐人对母教的重视：

于卫有人焉，污群洁独，师圣友贤，不明于诸子，间或从孟轲游。在贫逃官，将仕不妻，宜若狂然。乡之君子以言谪曰："若虽不明于诸子，然且从轲。轲为书曰：'仕非为贫也，而有时乎为贫；娶妻非为养也，而有时乎为养。'今闻若推养于弟，避媒审禄。圣耶孟轲邪，俱不识也。"对曰："此吾母也。吾母教我曰：'无以贫故不择官，不择官滋汝以偷也；无以养故不择婚，不择婚滋汝以累也。孝在便吾心也，孝不在便吾身也。愉愉授枕者便吾身也，孳孳受道术者便吾心也。若便然。汝不见马牛羊豨乎？同费刍豢也，马牛则免也，羊豨则不免。无他，牛以耕免，马以驾免，岂惟刍豢为然。人有大焉，汝当勤其道者也。'我对曰：'某闻会盟则牲马，宗庙则牺牛，如此不以免，奈何？'吾母嗟曰：'汝诚得列于会盟，荐于宗庙，虽不免，吾言欢。'我固受教于吾母矣。不然，我何以得专此，如牵人言而戾母心，不知其子也。"乡之君子退曰："吾闻曾子能养志者也，若人曾子哉！"（《文苑英华》卷三百六十）

这一现象与传统在唐人墓志中多有体现，如苏岐《晋王廷胤墓志铭》："次子合子，见无所任。衙内已下，皆早闻诗礼，不坠箕裘。深抱古人之风，大播今时之美。悉公与夫人教诲也。"《大唐左千牛卫崔录事（绚）夫人京兆韦氏墓志》："夫人教之以义方，训之以诗礼。"（《全唐文补遗》）这一传统的存在也是文学家族形成与传承的一个重要原因。

第二章至第九章是本书的主体部分，对九个文学家族墓志文献进行了系统整理与综合研究，为唐代世族社会研究以及唐人科举文化研究整理出一批具有实用价值的文献材料，拓宽了唐代文学史的研究路径，深化并细化了家族文化与唐代文学关系的研究。由于文化垄断性与不平衡性，唐朝在近三百年里，形成了一些科举家族，他们依托科举生存，具有科举文化传统与相应的教育手段，诗赋教育则是其中的重要内容，所谓进士家族多有诗赋传家的传统。这一现象在墓志中多有呈现。强调自身家族的这一文化优势与文化传统，推重墓主在词赋上的特殊之才与渊源之深，是这类墓志的主要特色。本书将研究对象确定在其中最具特色的九大家族，各有侧重，对韦氏重其关中氏族人员庞大（涉及墓志七十多方）、网络繁复，对薛氏重其与王室的联姻而生成的特殊身份，对杨氏重其在唐宋转型过程中的特殊角色，对杜氏重其家族之学以及与杜甫的关系，对王氏重其与王之涣、王勃、王维之关系，对崔氏重其山东世族文化特点，对卢氏重其北方世族结构及与卢照邻、卢藏用之关系，对姚氏重其家族文化的传承及与姚崇、姚合之关系，从各个方面突显了墓志文献的特殊价值，又具体说明了以下诸问题：

其一，展示唐代文学特殊土壤与诗学网络。

对每一姓氏，依《新唐书·宰相世系表》分房支归类，在世系关系梳理的基础上，着重说明墓志提及的各家族与文学相关的家族文化传统，以及家族内部的文学网络。如对韦氏列举墓志七十余方，理清韦氏逍遥公、小逍遥公、勋公房几大房支谱系关系与繁复的家族房支关系，整理出家族内部的文学传统网络，读者以此为基础会更清楚地见出韦应物、韦济、韦述、韦陟这些知名文人形成与活动的文化土壤。如关于韦应物，之前仅据其诗《逢杨开府》中所叙：

少事武皇帝，无赖恃恩私。身作里中横，家藏亡命儿。朝持樗蒲局，暮窃东邻姬。司隶不敢捕，立在白玉墀。骊山风雪夜，长杨羽猎时。一字都不识，饮酒肆顽痴。武皇升仙去，憔悴被人欺。读书事已晚，把笔学题诗。两府始收迹，南宫谬见推。非才果不容，出守抚惸嫠。忽逢杨开府，论旧涕俱垂。坐客何由识，惟有故人知。

他出身高门贵族，少年时即为玄宗御前侍卫，过着飞扬跋扈、纸醉金迷的生活。本书介绍的《韦氏逍遥公房韦冲一房系新出墓志》有十三方之多，其他如韦康系、韦璀系、韦艺系也有多方，由各自陈述的家史看，确如《旧唐书·韦述传》所言："议者云：自唐以来，氏族之盛，无逾于韦氏。"尤其韦待价自身即为江夏王李道宗女婿，又贵为宰相，姐姐为唐太宗第五子李祐妃，其族人丁兴盛，达宦权贵甚多，直系当中有儿子韦令仪宗正卿，孙韦銮宣州司法参军。韦待价岳父江夏王李道宗乃唐高祖李渊堂侄，初唐战将，屡建战功，韦待价也是依军功晋身。由韦应物（737—792）父韦銮（689—740）墓志看，其父终官宣州司法参军，职阶非高且在其四岁时已亡，韦应物能自少即入侍君王，当缘于其祖辈与王室姻亲关系，家族有军籍。书中亦列出韦应物父銮、叔銮二人墓志，前者曰："君讳銮，字和声，京兆茂陵人也。五代祖周处士逍遥公琼，高祖隋民部尚书世冲，曾祖唐御史大夫挺，祖尚书右仆射扶阳元公待价，父梁州都督扶阳肃公令仪，群即肃公第四子也。……嗣子宰、膺、衮等。"后者《大唐故陇州司仓参军京兆韦公墓公墓志铭并序》："公讳銮，字伯明，京兆杜陵人也。……高祖世冲，隋民部尚书。曾祖挺，皇御史大夫兼御史大夫兼刑部尚书，赠润州刺史。祖待价，吏部尚书、右丞相、扶风元公，赠扬州大都督。父令仪，银青光禄大夫、少府监、宗正卿、襄州都督、扶阳肃公。"韦应物墓志言："皇朝梁州都督君讳令仪，生宣州司法参军讳銮，司法府君生左司郎中、苏州刺史讳应物。"韦应物之子韦庆复墓志曰："皇朝梁州都督君讳令仪，生宣州司法参军讳銮，司法府君生左司郎中、苏州刺史讳应物，郎中府君娶河南元氏而生公，公讳庆复，字茂孙。"这都是韦应物直系家族成员。

韦銮、韦鋆二人在张彦远《历代名画记》、朱景玄《唐朝名画记》中有著录：

（荐福寺）院内东廊从北第一房间南壁韦鋆画松树。（《历代名画记》卷三）

韦銮官至少监，善图花鸟山水，俱得其深，可为边鸾之亚，韦鉴（鋆）次之，其画并居能品。（《唐朝名画录·能品》）

由墓志看，《唐朝名画录》传世文本有误，误书"鋆"为"鉴"，将兄弟二人名字与职官混写了，为少监者应是韦鋆，而非韦应物父韦銮。然而，韦应物父辈皆善画，表明其家是极具艺术气质的，这对韦应物诗艺的提升当有触类旁通的作用。

又如关于河东薛氏，本书不仅据新出墓志列出新的世系表《河东薛氏家族世系表》，而且详细分析《薛元超墓志》《薛贻矩墓志》具体内容，分析与二方墓志相关的薛道衡之后薛氏以及薛氏与王室通婚的传统，再叙晚唐的薛贻矩之事，由唐太宗对薛收称赞、薛胜《拔河赋》到薛曜《石淙诗》再到薛贻矩状元之事，表明这一家族有漫长的文学传统。这一研究以具体事实说明以进士科为中心的科举文化已取代了魏晋后以九品中正制为核心的身份贵族即血统贵族意识，"诗书传家"已成为科举家族的新口号，这也是以后地方士绅文化的先声。笔者对此还可补充一点，本书未将郑氏单列一章，近三十年来新出荥阳郑氏墓志六十多方，其中就有多人进士，家族中也有多人担任著作郎，由其墓志统计看，这一传统型的山东世族约在开元天宝间就开始了文化转型，所以有了像郑虔这样的诗书画三绝的弘文馆学士。中唐之后，明经、进士及第者代不乏人，俨然成为科举型家族。因为有了这样的基础与传统，才出现了郑因、郑余庆、郑覃、郑朗、郑熏这样的政治人物以及像郑谷这样精于律诗的诗人。

又如，本书更关注新出《薛贻矩墓志》，依其中所叙薛氏家族史，详析其中重要人物相关信息，将其与《薛元超墓志》联系，可见从初唐到唐末薛氏家族都很活跃。墓志言："曾祖胜，皇任大理□□，□姓陇西李氏。"证得这是薛元超之后，曾祖薛胜，祖父薛存诚。薛胜为初唐名家，书中援用新出薛氏墓《唐故昭义军节度判官检校尚书主客员外郎并侍御史韦府君夫人河东薛氏墓志铭并序》："祖胜，皇大理评事，赠礼部侍郎。皇朝文章，最为繁茂，礼部意语天得，跳脱群辈，至今辞赋传在人口。"由所叙看，薛氏家族非常看重薛胜的文学地位。本书引薛胜《拔河赋》，指出其功能已与汉大赋一样，"在于弘扬大唐帝国的赫赫声威"。再引《旧唐书·薛存诚传》："父胜能文，尝作《拔河赋》，词致浏亮，为时所称。"封演《封氏闻见记》："玄宗数御楼设此戏，挽者至千余人，喧呼动地，蕃客士庶观者莫不震骇。进士河东薛胜为《拔河赋》，其辞甚美，时人竞传之。"《全唐文》中仅收二篇薛胜作品，借助墓志，可以知晓薛胜的《拔河赋》已成为薛氏家族骄傲的历史，这也是《拔河赋》这篇名作流传史的重要背景。

再如，本书利用《杜并墓志》所叙世系：鱼石（隋怀州司功、获嘉县令）——依艺（雍州司法、洛州巩县令）——审言（洛州洛阳县丞），再由《元和姓纂》卷六推出杜甫家族渊源：耽（凉州刺史）—顾（西海太守）—逊（居襄阳）—乾光—？—叔毗（周峡州刺史）—鱼石—依艺（巩县令）—审言（膳部员外）—闲（武功尉、奉天令）—甫（左拾遗）。原文为：

当阳侯元凯少子耽，晋凉州刺史；生顾，西海太守；生逊，过江，随元帝南迁，居襄阳。逊官至魏兴太守，生灵启、乾元。灵启生怀瑌、怀瑶。怀瑌六代孙文范，唐中书舍人，御史中丞。怀瑶，蔡州刺史，生岑、嶷、岩、毢、岸、崱、幼安。毢，梁西荆州刺史。岸，梁州刺史。崱，江州刺史。崱生中规、孝友。友孙行纪、行绎。行纪曾孙某，河南尉。荆州刺史。岩，梁州刺史。兄弟父伯并梁州有传。孙懿宗，唐吏部员外。乾光孙叔毗，周峡州刺史，生廉卿、凭石、安石、鱼石、黄石。凭石生依德，蓬州咸安令；生易简，考功员外。安石生贤，仓部郎中。鱼石生依艺，巩县令。依艺生审言，膳部员外。审言生闲，武功尉、奉天令。闲生甫，检校工部员外。甫生宗武。宗武生嗣业，贫无以给葬，收拾乞丐，云甫殁四十年，启子美枢祔于偃师。惇六代孙恒，隋水部郎中；生安期，唐亳州刺史。安期生利宾，雍州司法。

对于研究杜甫家族文化来说，强调这一点非常重要，这条材料确定了杜甫为襄阳杜氏的族系，杜甫自称当阳侯杜预之后，杜陵布衣，由其族系看，他并不出于京兆杜氏的直系，杜预及其经学传统对杜甫来说，更多的是一种精神文化信仰，也是一种家族精神符号。其家族居襄阳，或多受南朝辞赋文化的影响。其次，这一族系中杜叔毗、杜并先后有血亲复仇之事，表明重孝悌的儒家人格观念已成为这一家族的族训与传统，对于杜甫来说，"奉儒守官，未坠素业""不敢忘本，不敢违仁"，也是一种家族传统信仰。唯因如此，他才以"乾坤一腐儒"自白。

其二，于墓志文献中，发掘新信息，从家族文化史角度增强了对重要诗人与经典名篇的释读深度。如，对韦氏之韦应物，杜氏之杜甫，王氏之王之涣、王勃、王维等皆有专论，对相关作品多有深解。

又如，作者将韦应物为妻所作墓志与其悼亡诗对照，发现墓志所记之事对于解读韦诗甚有价值，墓志言："始以开元庚辰岁三月四日诞于相之内黄，次以天宝丙申八月廿二日配我于京兆之昭应，中以大历丙辰九月廿日癸时疾终于功曹东厅内院之官舍，永以即岁十一月五日祖载终于太平坊之假第，明日庚申巽时窆于万年县义善乡少陵原先茔外东之直南三百六十余步。"大历十一年九月二十日卒，十一月六日葬，停枢时间有四十多天，作者根据墓志所记的时间，进而推算："送终诗之前五首，是元苹之卒至于安葬之间的悼亡之作，与《元苹墓志》作于同一时段。"因为处于同一时期，诗与墓志都出于同一创作思维，二者内容上多有相关性。如：

（1）墓志言："自我为匹，殆周二纪。容德斯整，燕言莫违。昧然其安，忽焉祸至，方将携手以偕老，不知中路之云诀。"韦诗《伤逝》:"逝去亦不回。结发二十载,宾敬如始来。提携属时屯,契阔忧患灾。""宿昔方同赏,讵知今念昔。"都表达了生活幸福,感情真笃之时,遽然辞世,强调痛苦突然性。

(2)墓志言:"相视之际,奄无一言。母尝居远,永绝憾恨,遗稚绕席,顾不得留。况长未适人,幼方索乳。又可悲者,有小女年始五岁,以其惠淑,偏所恩爱,尝手教书札,口授《千文》。见余哀泣,亦复涕咽。试问知有所失,益不能胜。天乎忍此,夺去如弃。"韦诗《往富平伤怀》:"晨起凌严霜,恸哭临素帷。驾言百里涂,恻怆复何为。昨者仕公府,属城常载驰。出门无所忧,返室亦熙熙。今者掩筠扉,但闻童稚悲。丈夫须出入,顾尔内无依。衔恨已酸骨,何况苦寒时。单车路萧条,回首长逶迟。飘风忽截野,嘹唳雁起飞。昔时同往路,独往今讵知。"都写到了遗老弃小之痛,并都以幼之无知加重伤悲之情。

(3)墓志言:"余年过强仕,晚而易伤。每望昏入门,寒席无主,手泽衣腻,尚识平生,香奁粉囊,犹置故处。器用百物,不忍复视。"韦诗言:"缄室在东厢,遗器不忍觑。柔翰全分意,芳巾尚染泽。残工委筐箧,余素经刀尺。收此还我家,将还复愁惕。永绝携手欢,空存旧行迹。"《过昭国里故第》:"不复见故人,一来过故宅。物变知景暄,心伤觉时寂。池荒野筊合,庭绿幽草积。风散花意谢,鸟还山光夕。宿昔方同赏,讵知今念昔。缄室在东厢，遗器不忍觑。柔翰全分意，芳巾尚染泽。残工委筐篚，余素经刀尺。收此还我家，将还复愁惕。永绝携手欢，空存旧行迹。冥冥独无语，杳杳将何适。唯思今古同，时缓伤与戚。"俱写睹旧物思亡人之痛，以遗衣为道具增添伤痛之情。

自潘岳之后，韦应物的悼亡诗是最有影响力的作品，借由韦应物为妻所作的墓志铭可以见其悼亡诗的写作时间即在妻亡后四十几天里，其思绪一直处于丧妻的痛苦中，墓志文献为今人解读经典提供了新的背景材料。

又如，作者以王绩、王勃、王之涣、王维为例，指出唐朝诗歌之始音发端于太原王氏，盛唐正宗应归功于太原王氏，盛唐文学流派关涉太原王氏。前者指王勃的自然发彩，后者指王维的清丽居宗以及王之涣与王维分居边塞诗派与山水田园诗派之首。在对新见太原王氏墓志作综合考察后，可见出太原王氏这一家族在唐代文学中的特殊地位。王之涣存诗不多，但在当时影响甚大，其墓志言"尝或歌从军，吟出塞，暧兮极关山明月之思，萧兮得易水寒风之声。传乎乐章，布在人口。至夫雅颂发挥之作，诗骚兴喻之致，文在斯矣"。笔者发现白居易《白氏长庆集》卷中《故滁州刺史赠刑部尚书荥阳郑公墓志铭》一文可与之印证："（郑）公尤善五言诗，与王昌龄、王之涣、崔国辅辈联唱迭和，名动一时。"可见在其身后一百多年，唐人仍将其作为盛唐名家。本书列举了王之涣家族从曾祖到孙辈及同辈兄弟九方墓志，由墓志内容看，这是一个文化世族，其中有王隆"隋监察御史，制《兴衰论》七篇"；王□二"皇谏议大夫、泾州刺史，有集廿卷；并文章风雅，行于当时"（《王郅墓志》）；王信"隋国子博士"；王德表"年五岁，日诵《春秋》十纸。贞观十四年，郡县交荐，来宾上国"，"尝注《孝经》及著《春秋异同驳议》三卷，并以《道德上下经》《金刚般若经》有集五卷，并行于世"（《王德表墓志》）。如《王洛客墓志》作者马克廛所说："太原王氏于今为天下冠族者，君之门胄，代则有人。"出身在这样的世代书香门第，不难想象王之涣于诗文也当积累甚厚。所以，王之涣兄弟在当时即以善文著名，《旧唐书·王纬传》："王之咸为长安县尉，与昆弟之贲、之涣皆善属文。"（又见《册府元龟》卷七八三）足见这一家族以善诗文著名已是唐人定评。而且，其家族成员墓志记载，其家有多人在河东蒲州、河北边地任职，如曾祖王信为蒲州安邑县令，祖王德表阳翟丞、瀛州文安县令，王之涣自己也曾补文安郡文安县尉，熟知边塞之事已成家族传统，这一家世背景与经历，对其边塞诗写作补益甚大，与同时代人相比，王之涣《凉州词》《登鹳雀楼》等更有气势，这一气势就在于诗人善于将边塞壮阔之景与将士豪壮之气融为一体，这一艺术手法的形成当与其家族文化的熏染有关，其诗中出现的漳河、蓟庭等都是与墓志中所叙之经历相关的。

再如，本书利用韦述撰写的《韦济墓志》对杜甫《奉寄河南韦尹丈人》《赠韦左丞丈济》《奉赠韦左丞丈二十二韵》系年作出新判断。旧注云：

【鹤注】《旧唐书·韦济传》：天宝七载，为河南尹，迁尚书左丞。《唐·地理志》河南府偃师注云：天宝七载，尹韦济以北坡道迁，自县东山下开新道，通孝义桥。则诗当作于是年。诗云"章甫尚西东"，又云"江湖漂短褐""周流道术空"，可知是时公又去京师而他矣。意在近畿，故云奉寄。是年韦方拜左丞，公又有两诗赠之。谓之赠，则归京师后投赠也。

前贤以为三诗作于同年，都在天宝七载（748），即杜甫三十六岁时。《大唐故正议大夫行仪王傅上柱国奉明县开国子赐紫金鱼袋京兆韦府君（济）墓志铭并序》言：

初以弘文明经，拜太常寺奉礼郎，迁鄠县尉。秩满，调补鄄城令。入谢之日，有恩诏："新授令长者，一切亲加策试。"君文理清丽，特简上心。袖然高标，独为称首。超授醴泉令，以家艰去职，服除，历太子司议，屯田、兵部二员外，库部郎中。时国相宇文公，君之外兄也。举不失亲，屡有闻荐，寻而宇文失位，君亦以此不迁。岁余，出为棣州刺史。未及之任，又以内忧免官。礼阕，除幽州大都督府司马，迁恒州刺史。入为京兆少尹。未几，又迁户部侍郎。……视事六载，迁太原尹，仍充北京留守。……天宝七载，转河南尹，兼水陆运使。……九载，迁尚书左丞，累加正议大夫，封奉明县子。十一载，出为冯翊太守。在郡无几，又除仪王傅。……春秋六十七，以十三载十月十一日，终于京城之兴化里第。

由墓志看，韦济天宝七载为河南尹，九载为尚书左丞，十一载出为冯翊太守。杜甫《奉寄河南韦尹丈人》只能作于天宝七载至九载之间，《赠韦左丞丈济》《奉赠韦左丞丈二十二韵》只能作于天宝九载韦任尚书左丞之后与十一载之前。《奉赠韦左丞丈二十二韵》："窃效贡公喜。"应指韦济初任尚书左丞之时，即天宝九载。杜甫三十九岁时作《进三大礼赋表》："臣生长陛下淳朴之俗，行四十载矣。"其《朝献太清宫赋》说："冬十有一月，天子既纳处士之议，承汉继周，革弊用古，勒崇扬休。明年孟陬，将摅大礼以相籍，越彝伦而莫俦。"此时在天宝九载冬，即天宝十载"三大礼"前，这一年十一月朝廷举办大典，杜甫有献赋之事。其《赠韦左丞丈济》："岁寒仍顾遇，日暮且踟蹰。"即指当年冬，杜甫献赋之后再请韦济相助。《进封西岳赋表》云："臣本杜陵诸生，年过四十，经术浅陋，进无补于明时，退尝困于衣食，盖长安一匹夫耳。顷岁，国家有事于郊庙，幸得奏赋，待罪于集贤，委学官试文章，再降恩泽，仍猥以臣名实相副，送隶有司，参列选序。"这是在天宝十三载所作，表明在韦济帮助下，献赋成功，待制集贤院，类似于"守选"。杜甫所说的"骑驴十三载，旅食京华春"，似是从开元二十七年（739）到天宝十载（751）之间。对于杜甫研究而言，《韦济墓志》只是旁证文献，但是吉光片羽却弥足珍贵，积年之疑，据此可迎刃而解。

其三，考察墓志墓主与文学史上重要人物的交往，发掘出重要的文学活动与文学现象。

如，关于《韦应物墓志》，作者先考析墓志作者丘丹之身世，于《元和姓纂》《郎官石柱题名》中发现了相关著录，其为吴郡人，兄丘为，右常侍，丘丹为仓部员外郎、祠部员外郎。又据日本古籍《延历僧录·淡海居士传》考得丘丹为大理评事时曾与日僧淡海居士有交往，有《送淡海居士》："儒林称祭酒，文籍号先生。不谓辽东士，还成俗下名。十年当甘物，四海本同声。绝域不相识，因答达此情。"表明丘丹在大历年间诗名颇盛。再论丘丹与韦应物的关系，作者曾与吴汝煜先生合编过《唐人交往诗索引》，在此就发挥既往之所长，列出他们的交往诗：丘有《和韦使君秋夜见寄》《奉酬韦苏州使君》《和韦使君听江笛送陈侍御》《奉酬韦使君送归山之作》《奉酬重送归山》；韦有《秋夜寄丘二十二员外》《赠丘员外二首》《复理西斋寄丘员外》《送丘员外还山》《重送丘二十二还临平山居》

《送丘员外归山居》等。这一说明非常有意义，由诗看，韦应物与丘的交往，主要是在苏州，即他任苏州刺史期间，韦最后病逝于苏州官舍，这才有丘丹为其撰写墓志之事。如丘丹在墓志中称他们是诗学密友："余，吴士也，尝忝州牧之旧，又辱诗人之目，登临酬和，动盈卷轴。"由二人唱和诗看，两人皆长于五言，诗学旨趣颇相契合：

韦应物《秋夜寄丘二十二员外》：怀君属秋夜，散步咏凉天。山空松子落，幽人应未眠。

丘丹《和韦使君秋夜见寄》：露滴梧叶鸣，秋风桂花发。中有学仙侣，吹箫弄山月。

韦应物《听江笛送陆侍御同丘员外赋题》：远听江上笛，临觞一送君。还愁独宿夜，更向郡斋闻。

丘丹《和韦使君听江笛送陈侍御》：离樽闻夜笛，寥亮入寒城。月落车马散，悽恻主人情。

韦应物《送丘员外还山》：长栖白云表，暂访高斋宿。还辞郡邑喧，归泛松江渌。结茅隐苍岭，伐薪响深谷。同是山中人，不知往来躅。灵芝非庭草，辽鹤委池鹜。终当署里门，一表高阳族。

丘丹《奉酬韦使君送归山之作》：侧闻郡守至，偶乘黄犊出。不别桃源人，一见经累日。蝉鸣念秋稼，兰酌动离瑟。临水降麾幢，野艇才容膝。参差碧山路，目送江帆疾。涉海得骊珠，栖梧惭凤质。愧非郑公里，归扫蒙笼室。

韦应物《送丘员外归山居》：郡阁始嘉宴，青山忆旧居。为君量革履，且愿住蓝舆。

丘丹《奉酬韦苏州使君》：久作烟霞侣，暂将簪组亲。还同褚伯玉，入馆黍州人。

韦应物《重送丘二十二还临平山居》：岁中始再觐，方来又解携。才留野艇语，已忆故山栖。幽涧人夜汲，深林鸟长啼。还持郡斋酒，慰子霜露凄。

丘丹《奉酬重送归山》：卖药有时至，自知来往疏。遽辞池上酌，新得山中书。步出芙蓉府，归乘鷫鷞车。猥蒙招隐作，岂愧班生庐。

这些酬唱之作，都是同一题材与立意的不同表达，应是韦应物在苏州开拓的"郡斋体"风格典型体现，由二人的诗友关系看，这一风格是在韦主导下并由丘丹等人一起完成的。

又，韦应物《赠丘员外二首》之一言：

高词弃浮靡，贞行表乡闾。未真南宫拜，聊偃东山居。大藩本多事，日与文章疏。每一睹之子，高咏遽起予。宵昼方连燕，烦客亦顿袪。格言雅诲阙，善谑矜数余。久蹋思游旷，穷惨遇阳舒。虎丘惬登眺，吴门怅踌躇。方此恋携手，岂云还旧墟。告诸吴子弟，文学为何如。

他们互相探讨诗歌艺术之事，情感上都有偃卧东山的情怀，有思游旷的隐逸清散之趣，语言上也都有弃浮靡，追求精约省净的风格。他们的诗心是相通的，以高趣清新语推进了大历隐逸诗风。唯因如此，丘丹才能对韦应物诗学成就作出比较深入的评价：

"所著诗赋、议论、铭颂、记序，凡六百余篇行于当时。""公诗原于曹刘，参于鲍谢，加以变态，意凌丹霄，忽造佳境，别开户牖。""文变大雅，节贯秋霜。"

本书作者援用元明清诗话资料，对丘氏所论一一剖析，对韦氏这种师法汉魏晋宋而又转益多师，自铸新辞的艺术创造力进行新的阐释。又引《赵璜墓志》言："先君韦氏之出，堂舅苏州刺史应物，道义相契，篇什相知，舅甥之善，近世少比。"以墓志证墓志，说服力更强。此事在白居易相关诗文中得到印证。

贞元初，韦应物为苏州牧，房孺复为杭州牧，皆豪人也。韦嗜诗，房嗜酒，每与宾友一醉一咏，其风流雅韵，多播于吴中，或目韦、房为诗酒仙。时予始年十四五，旅二郡，以幼贱不得与游宴，尤觉其才调高而郡守尊。以当时心，言异日苏、杭苟获一郡足矣。及今自中书舍人间领二州，去年脱杭印，今年佩苏印，既醉于彼，又吟于此，酬歌狂什，亦往往在人口中，则苏、杭之风景，韦、房之诗酒，兼有之矣。岂始愿及此哉！然二郡之物状人情，与曩时不异，前后相去三十七年，江山是而齿发非，又可嗟矣。韦在此州歌诗甚多，有《郡宴》诗云："兵卫森画戟，燕寝凝清香。"最为警策。今刻此篇于石，传贻将来，因以予《旬宴》一章，亦附于后。虽雅俗不类，各咏一时之志。偶书石背，且偿其初心焉。宝历元年七月二十日，苏州刺史白居易题。（《白氏长庆集》卷六十八《吴郡诗石记》）

夫贵耳贱目，荣古陋今，人之大情也。仆不能远征古旧，如近岁韦苏州歌行，清丽之外，颇近兴讽，其五言诗又高雅闲澹，自成一家之体。今之秉笔者谁能及之？然当苏州在时，人亦未甚爱重，必待身后然后人贵之。（《白氏长庆集》卷四十五《与元九书》）

白居易所论表明，韦应物在苏州的创作活动确有影响，在其身后，影响尤大，其郡斋之作已成为流行的创作范式。所以，将丘氏和韦应物的酬唱诗与丘氏所撰墓志进行比较，可对韦应物在苏创作活动有更深切的了解。韦应物是在丘氏这样的同道称许下与共同的艺术追求中，形成了"弃浮靡""格言雅"这样清晰的创作理念。

如作者关注到《王洛客墓志》所记一事："时有同郡王子安者，文场之宗匠也。力拔今古，气覃诗学，沆其润者，浮天而涸流；闻其风者，抟扶而飙起。君常与其朋游焉，不应州郡宾命，乃同隐于黄颊山谷，后又游白鹿山。每以松醪遁云，樵歌扪月，□行山溜乳精，苏门长啸，有松石意，无宦游情。"此处所叙二人同隐同游之事，是在王勃文名已盛之后，由王勃生平看，可能是王勃在任沛王李贤侍读之后的事，其时王勃因檄鸡文事件而被逐出王府，漫游蜀中之后，曾有一段在家乡绛州龙门隐居的经历。如杨炯《王勃集序》所说："咸亨之初，乃参时选，三府交辟，遇疾辞焉。"时间约在 671 年。这则材料对王勃生平作了重要补充。

又如书中关注到韦氏家族一成员与王维关系密切，王维《大唐故临汝郡太守赠秘书监京兆韦公神道碑铭》是记录陷贼降官的重要文献，引录如下，以作参照：

坑七族而不顾，赴五鼎而如归，徇千载之名，轻一朝之命，烈士之勇也。隐身流涕，狱急不见，南冠而絷，逊词以免，北风忽起，刎颈送君，智士之勇也。种族其家，则废先君之嗣；戮辱及室，则累天子之姻。非苟免以全其生，思得当有以报汉，弃身为饵，俯首入彙，伪就以乱其谋，佯愚以折其僭。谢安伺桓温之亟，蔡邕制董卓之邪，然后吞药自裁，呕血而死，仁者之勇，夫子为之。公讳斌，字某，京兆杜陵人也。……逆贼安禄山，吠尧之犬，驱彼六骡；凭武之狐，犹威百兽。借天子之宠，称天子之官，征天子之兵，逆天子之命。始反幽蓟，稍逼温洛，云诛君侧，尚惑人心。列郡无备，百司安堵，变折冲为贼矣，兼法令而盗之。将逃者已落彀中，谢病者先之死地。密布罗网，遥施陷阱，举足便跌，奋飞即挂。智不能自谋，勇无所致力。贼使其骑，劫之以兵，署之以职，以挈为质，遣吏挟行。公溃其腹心，候其间隙，义覆元恶，以雪大耻。呜呼！上京既骇，法驾大迁。天地不仁，谷洛方斗，凿齿入骨，磨牙食人。君子为投槛之猿，小臣若丧家之狗。伪疾将遁，以猜见囚，勺饮不入者一旬，秽溺不离者十月。白刃临者四至，赤棒守者五人，刀环筑口，戟枝义颈，缚送贼庭。实赖天幸，上帝不降罪疾，逆贼恫瘝在身，无暇戮人，自忧为厉。公哀予微节，私予以诚，推食饭我，致馆休我。毕今日欢，泣数行下，示予佩玦，斫手长吁。座客更衣，附耳而语，指其心曰："积愤攻中，流痛成疾，猥不见戮专车之骨，枭枕鼓之头。焚骸四衢，然脐三日，见子而死，知予此心。"言之明日而卒。(《王右丞集笺注》卷二十三)

王维所叙既出于对韦斌的了解，更含有对自己陷贼之事的体验与感恨，此文与杜甫《哀王孙》《哀江头》等诗一样，真实记录了叛军占领区心系唐室者的情感世界。

关于弘农杨氏家族，本书关注到杨氏活动与长安坊里的关系，发现了《南部新书》卷二所记内容的特殊意义，并利用墓志文献对其多有阐发：

杨氏于静恭一房尤盛，汝士、虞卿、汉公、鲁士是也。……修行即四季也，发、假、收、岩；履道即凭、凌、凝也；新昌即於陵也。后涉入相，即修行房也，制下之日，母氏垂泣不悦，以收故也。

杨氏一族至宋仍兴，是因在中晚唐这一家族就是一个特殊的存在，以至于成为长安坊里的标志。宋敏求《长安志》卷九"靖恭坊"云："工部尚书杨汝士宅，与其弟虞卿、汉公、鲁士同居，号靖恭杨家，为冠盖盛游。"欧阳修《谏议大夫杨公墓志铭》言："太和、开成之间，曰汝士者与虞卿、鲁士、汉公，又以名显于唐，居靖恭坊杨氏者，大以其族著。"新昌坊是以杨嗣复为代表的杨氏族系居处，《长安志》卷八："崔州司马杨收宅。收兄发、假弟严皆显贵，号修行杨家，与靖恭诸杨相比。"履道坊的杨凭、杨凝、杨凌兄弟，先曾居于长安，在永宁坊，《新唐书》卷一百六十："于时（杨）凭治第永宁里，功役丛烦，又幽妓妾于永乐别舍，谤议颇讙。"这一影响至宋仍存，宋刘一止《苕溪集》卷四十八《宋故武功大夫贵州刺史永兴军路马步军副都总管特赠左武大夫光州防御使累赠太师魏国公杨公墓碑》："（杨氏）在唐为尤盛。其仕于朝者，居第列于三坊：曰靖恭、曰修行、曰新昌。子孙分为四院：曰关西、曰蜀中、曰淮南、曰浙中。今散居麟府、雁门等郡者，皆关西院子孙也。在江南闽越者，皆浙中院子孙也。

名卿才大夫、将帅相臣，以勋德著见于史，名字不可疏举。"本书通过分析新出墓志，分别说明了杨氏家族与牛李党争的关系与其婚姻、家族、党援三方面特点。

选杨氏这一家族是很有意义的。由以上介绍看，杨氏家族已不是土著庄园豪族，弘农对他们而言只是一个郡望符号，他们实际的联系纽带，是世居的长安故宅；依宦而存，是他们基本的生存方式。他们是典型的城市宦民，科举入仕已成为他们基本的生存手段。传说刘轲所作《牛羊日历》言：

（杨）虞卿字师皋，祭酒宁之子。弟汉公，兄弟元和中并登进士第。二十年来，上挠宰政，下干有司。若党附者，朝为布衣，暮拾青紫。其或能输金袖璧，可以不读书为名儒，不识字为博学、传业。乃白居易《六帖》以为"不语先生"。常曰："人生一世，成童之后，精气方壮，遽能结客交游，识时知变，倾心面北，事三五要人，可以不下床，使名誉若转丸走坂，又何必如老书生辈，矻矻于笔砚间。暗记六经，思溺诗赋，发白齿落，曾不沾寸禄，而饥穷不暇如此，岂在读书业文乎！"由是轻薄奔走，以关节紧慢为甲乙，而三史六经，曾不一面。风俗颓靡，波及举子，分镳竞路，争趋要害，故有东甲、西甲之说。主司束手，公道尽矣！其或遇文儒之士，则拱默峭揖，深作城池。其私约束，自知不以文学进取，有敢出书论文者，罚之无赦。常嫉不附己者，令其党赤舌而攻之。辇下谓"三杨"为"通天狐"，三十余年，为朝廷之阴蠹。

《牛羊日历》应是牛党政敌编制的，对牛僧孺、杨虞卿多有攻击，对其不实之论需作反向思考，其否定的恰恰反映了杨氏家族的家学特色，这就是：读书成名儒，博学传业，暗记六经，思溺诗赋，以三史六经为教材，以文学进取，常出书论文。其家族之学也较早转换为以辞赋为中心，形成了一套家族特有的科举之学。因为拥有的教育资源有一定的优势，相对其他寒素子弟而言，在科举竞争上，也就有一定的优势，及第之士代不乏人，在残酷的竞技场上显得尤其突出，故而成为科场风波的中心。牛李党争导火线是长庆科场案，复试后被除名者就有杨汝士弟弟杨鲁士以及状元郑朗，从后来的反应看，二人被黜没，并不是水平问题，而是党争的牺牲品，长庆科案不是一般的科场舞弊案件，而是以段文昌、李德裕为代表的世宦家族为争夺科场控制权，对郑、杨等科举家族的挑战。本书作者利用墓志及相关史料，制成《杨氏家族进士科第年表》，统计出在中晚唐时期有三十人进士及第，其中杨嗣复、杨涉都有连年知贡举之事，并据此总结出杨氏家族的科举文化传统：颇重进士科，在科场多受重视，在政治舞台上有举足轻重的作用，并能借助科场影响扩大家族势力。本书以此为背景考察杨氏家族的姻亲关系，发现"白居易官位升迁的关键时刻，往往也是杨氏得势与牛党执政的时期"，检出近五十首白居易与杨氏家族的交往诗，又以柳宗元娶杨凭女、杨凌娶韦应物之女以及李商隐、刘禹锡与杨氏家族成员的密切关系，证明杨氏家族对科举文化的推重。再分别详考新出《杨汉公墓志》《杨收墓志》，参考十多方杨氏墓志，印证这一家族与进士科文化的密切关系。整个研究从杨氏长安居处入手，从中唐叙到北宋，以具体的史料，展示了一个由地方世族转换成以科举生存的文化世族个案，体现了科举之学在唐宋转型中的重要作用。

其四，本书体现了作者对史料由表及里的挖掘能力和去伪存真的甄别能力。以传统观念看，墓志多是格式化的谀颂之辞，缺乏历史的真实性。然而，它们多有客观的真实性，具有后出史料不可替代的原生价值，其是非判断或因主观性目的而失真，但是时间、地点、人物等叙事要素却能保存现场的真实性。这本书的特点就是善于利用石刻文献这种格式化语言中所透露出来的零星的、却能够反映当时历史重大问题的一些信息。比如书中揭载的《卢公亮墓志》，就是一个极其重大的发现。影响中晚唐的一个重大事件就是牛李党争，史家多推演到长庆元年的科场案，司马光、欧阳修都认为两派人争斗不休的根源就是这一科场风波，然而当时直接的史料不多，现在所看到的都是小说记载的，或者是后来宋代的史学家说的，当事人说的情况很少。卢公亮墓志非常直接地展示了这场科场案的背景，因为卢公亮本身就是这场科场案的牺牲者。"长庆元年，得高第于宗伯钱公。钱公与时之内庭臣不协，诬以选第与夺先定。穆宗命重试，公与时之名声显白等十人受黜，而钱公就贬江州。物论冤塞，公处之恬然。"这个文献是厘清牛李党争史源极其重要的史料。墓志文献中涉及唐代的政治事件，有些并不是像卢公亮墓志这样直接叙述，在当时背景下也不能直接叙述，往往闪烁其词，本书能够从墓志闪烁其词的书写中把历史真相还原出来，由小见大，见微知著，多有原创性的发现。

受本书启发，笔者也想到推进墓志研究的几个问题。如从文学史角度看，墓志文本还有流行语标志化的作用。墓志是格式化的文献，就像我们今天的网络流行语一样，每个时期的墓志都有特定的流行词，层次越低的人，墓志作者的水平也就越低，多数职业化墓志作者只能采用一种格式化的文本。这类文本应居墓志文献的主体，但就是在这些低层次的墓志之中，我们可以找到每个时期最流行的话语词汇。又，墓志最真实的内容是注明的写作时间，如果能够做这样一些尝试，把这些格式化的语言按照时间段排列出来，确实可以看出唐代文风前后流转的一些趋势。这需要对大量的墓志文本做一些统计归类工作，以"学行""人伦""孝义""女德"等类目进行归类。这样，就能够直观地发掘出当时流行用语的情况，进而分析各时期的文风演变之事。大量的新出墓志文献，保存了唐人文本原始的状态，没经过后人的选择与加工，也就保存了那个时代最通行的语言，我们把它综合起来考察，就能够感受到当时文风的实际状况。墓志文献的语言是程式化的，它对人物评判的内容是只说好的，不说坏的，对这样一种格式化、礼仪化的语言，如何去挖掘其中有效的、有益的史学信息，探讨与之相关的唐人社会生活的一些问题，这才是我们需要关注的。我们对石刻文献的研究应该要上升一个层次，那就是如何能够把这些零散的、格式化的文献提升到一种专题研究的高度，利用它对某一个专题展开综合性的研究。本书在这方面进行一些探索，但是提升与拓展的空间还是很大的。其次，既言科举家族，所列九姓家族确有代表性，然而，郑氏一族却被忽略了，就墓志而言，新出郑氏墓志就有六十多方，其中就有多位进士，家族中还有多人担任著作郎，其在科场的地位不亚于杨氏，在轰动一时的长庆科场案中，首当其冲的就是状元郑朗，如白行简《李娃传》中男主人公就是郑氏家族的"郑生"，显然，郑氏家族是唐人公认的典型的科举家族，本书略此，或许是因已有了相关研究，但仍有遗珠之憾。

原载《中国社会科学报》2017 年 09 月 05 日，此为修订稿

世系婚姻唐网络

——评谢思炜等《唐代荥阳郑氏家族——世系与婚姻关系考》

　　如果从社会结构上来看，唐代仍是世族化社会。虽然科举制的实施已改变了中古世族制的政治功能，但世族仍是唐人普遍认同的归属，如《隋唐嘉话》载："（唐高宗时）薛中书元超谓所亲曰：'吾不才，富贵过分。然平生有三恨，始不以进士擢第，不得娶五姓女，不得修国史。'"他们追求的是科举才能与世族出身的双重价值，科举功名唯有与世族身份相配才更有光彩。因此，研究唐代社会结构，了解唐人生存方式，仍需以世族为基本细胞。近二十年来，新出的唐人墓志数量渐增，唐人多聚族而葬，故批量出土家族成员墓志的情况也渐多。利用新出石刻文献以补充传世文献的不足，考述相关史实，已成为当代唐朝文史研究的热点，也是继敦煌文书之后，又一个由出土文献带来的学术增长点。即以世族研究一事论，已出现如赵超《新唐书宰相世系表集校》、伊沛霞《早期中华帝国的贵族家庭——博陵崔氏个案研究》等颇有影响的成果。近日，谢思炜等著《唐代荥阳郑氏家族——世系与婚姻关系考》也是这样的成功之作，其突出之处主要体现在以下几点：

谢思炜等《唐代荥阳郑氏家族——世系与婚姻关系考》，上海古籍出版社 2019 年版

一是文献收集全面，材料充实。作者将传世文献与地下新出文献都作了较充分的调查，本书共辑得与郑氏人物有关的碑志材料 365 件，此外，还利用其他各种史料 26 篇，共录得郑氏人物近 600 人，见于书后索引的郑氏人名近 800 人。此前以《新唐书·宰相世系表》所列郑氏人数（1064）为最多，本书已增补一半以上了，应是迄今为止

荥阳郑氏最丰富的史料集成了。从文献学角度看，本书具有很强的工具性，对材料的梳理很有条理，归档清楚，表格、索引齐整，方法科学，为读者提供了极大的便利，既从谱牒学方面补充《新唐书·宰相世系表》及各类郑氏族谱，又列有《荥阳郑氏婚姻关系总表》《荥阳郑氏墓志存目》等，扩展了谱表的功能，展示了郑氏社会网络。与郡望和居地分离的其他家族不同，荥阳郑氏多生活在洛阳周围，墓葬相对比较集中，墓志呈现的家族面貌也较全面。本书所附《荥阳郑氏墓志存目》，不仅仅是列举篇目，而且设制了"出处""墓主""祖（曾、高）父""婚方"等项目，方便实用，提升了文献工具的学术层次。

二是本书对荥阳郑氏发展史中的关键点有较深入的发掘，如作者关注到李肇《国史补》所述"四姓惟郑氏不离荥阳"，发现所谓山东四姓很早已将居住地与郡望所在地分离开了，高门世族庄园都是乘世乱各自经营的结果，而非凭自身高贵血统自然形成。郑氏家族在魏晋后几次鼎革之际，都能抓住时机，通过联姻，扩大家族在权力结构中的比重，提升了家族的地位。如郑冲在晋初显达，郑默被十二郡中正评为与皇家司马炎等第的品级。司马睿纳寡妇郑氏为妃，就是缘于郑氏家族的社会影响。西晋末，"值有晋弗竟，君道陵夷"，郑羲高祖郑略"隐括求全，静居自逸"，加入石勒政权。父郑晔"仁结义徒，绩著宁边"，开始在河南本土经营。至郑羲时已是很有影响的地方实力派了。民有乱，"以羲河南民望，为州郡所信，遣羲乘慰谕。羲到，宣示祸福，重加募赏，旬日之间，众皆归散"。乱世中，他们还与崔、卢、王、李及皇室联姻，形成了稳固的世族联盟。作者提出："郑氏家族始终保有北方世族强大的宗族关系和乡里基础，作为荥阳当地的强宗豪族势倾一方。与北方范阳卢氏等传统强宗相比，在北魏移都洛阳后，荥阳由于接近南北对峙的前线地带，为北魏统治者着意经营，郑氏家族的政治影响力也因此有很大提升。"他们是控制一方的豪强，掌握了一定规模的私人武装。世族不仅仅依士族文化影响，还需有势族的武装实力。当然，世族也为参与政治付出了很大的代价，北魏郑胡墓志出土地有成批的郑氏墓志，作者推断很可能与尔朱荣河阴屠士事件相关。作者又发现由于居地相近，唐代郑氏家族中多人有从仕河北的经历，如郑云达为朱泚掌书记，郑众为王武俊节度巡官，郑晁为康日知司法参军，郑逍为李全略副使等。作者还由墓志发现，在动乱时期，世族成员多成为地方藩镇控制的人质。如郑澡墓志言："从建中初，镇冀之间，自为一秦，颇禁衣冠，不出境界，谓其弃我而欲归还。府君与夫人男女，戢在匪人之土矣。暂谓隔王化于三千里之外，离我戚于五十年间，府君至于身殁，不遂却返。"郑氏士人也能利用自己身份在沟通藩镇与中央的联系中发挥特殊作用，显示出世族与王室同命运的立场，提升了家族在王权政治结构中的地位。

三是本书写出了荥阳郑氏在唐代世族文化中的特色。荥阳郑氏在进入新朝后，一面继续保持与皇室的联姻，多家世代为驸马，仅《新唐书·诸帝公主传》就记有八位公主嫁荥阳郑氏：高祖安定公主嫁郑敬玄；睿宗代国公主嫁郑万钧；睿宗郿国公主嫁郑孝义；玄宗临晋公主嫁郑潜曜；肃宗萧国公主嫁郑巽；肃宗纪国公主嫁郑沛；顺宗梁国恭靖公主嫁郑何；宣宗万寿公主嫁郑颢。同时，也愈发重视科举功名，如《唐摭言》所说："草泽望之起家，簪绂望之继世。孤寒失之，其族馁矣，世禄失之，其族绝矣。"荥阳郑氏顺应了进士科文化上升的趋势，家学传统较早完成了由经学到辞赋之学的转型，累代皆有进士科人才，甚至出现了郑虔这样的专门教授辞科的广文博士。本书第二章关于各房支系的叙录以及第三章"荥阳郑氏宦历与生活"多有这一内容的说明。现知唐代郑氏科举及第者凡158人，其中进士114人（状元13人），主要集中在郑进思、郑邻、郑珣瑜、郑絪这三个家族（参见许友根《唐代郑氏科举家族的初步考察》,《科举学论丛》,2018年第2期）。这在当时世族中是比较突出的，提升了这一家族的社会声望，以至于其时流行的科举故事也多以郑家子弟为素材。本书正是从这一角度专章分析了《李娃传》原型问题，揭示了这一文学作品中的历史真实。又如，新近出现的郑鲂墓志、鲂与妻合葬墓志，比较集中地反映了郑氏家族的文化特征，本书也作了专门论述，认为一方面如郑鲂父以门风标榜，"吾世家能读书为文，保素业，老足矣。焉能求名辈耶？"另一方面，又孜孜以求之，郑鲂从江南到长安求试了四、五年才及第。作者还由此连缀出李景让事，"景庄老于场屋，每被黜，母辄挞景让，然景让终不肯属主司，曰：'朝廷取士自有公道，岂敢效人求关节乎？'"弟考试失利，兄则被母打，并以此出名，博得宰相同情而使弟及第。此事既说明世家家教之严，又表明世族也极重进士科功名。取材典型，饶有趣味。

四是以荥阳郑氏姻亲为中心，钩稽出了唐代世族社会关系网络。本书第五章分别梳理了郑氏与皇室、赵郡李氏、清河崔氏、博陵崔氏、范阳卢氏及其他世族的婚姻关系，列表展示，分列人名、科举、年代、职事官及官品等类目。这应是宋前世族社会形态最直接的揭示，甚有价值。世族在唐代并不是一个制度性存在，而是作为一种社会习俗发生着影响，主要是以婚姻方式形成了一个相对封闭的联盟社会。虽然，唐初李氏王朝曾想以王权法令打破这种联盟体，但是，积俗难改，终唐一朝，五大姓世婚仍相沿不断。这种姻亲关系就是世族在社会生活中的一种存在方式，也是唐代士人社会的活动空间，每人都可在这种关系网中找到自己的坐标点。如书中论及杜甫与郑氏的关系，就是从这一关系网入手深究其事。杜甫有《唐故德仪赠淑妃皇甫氏神道碑》一文，约作于天宝元年。其时，杜甫三十岁，既无官职，又无科举功名，何以能为当朝皇帝淑妃作此文呢？这是因为三王子事件后，皇甫妃作为瑶王母，尊位已有下移；还有一个原因就是杜家与郑家的姻亲关系。杜甫的外祖母是李世民的孙子义阳王李琮的女儿，下嫁到崔家，有二女，一女嫁杜家，生杜甫；一女嫁郑家，生郑宏之，故杜甫与郑氏子弟有姨表亲关系。之前，他与郑宏之曾合写过一篇《祭外祖母文》，"维年月日，外孙荣阳郑宏之、京兆杜甫，谨以寒食庶羞之奠，敢昭告于外王父母之灵"，"宏之等从母昆弟，两家因依。弱岁俱苦，慈颜永违。岂无世亲，不如所爱；岂无舅氏，不知所归"。由文看，郑宏之与杜甫都有早年丧母的经历，故多得外家同情。可能即缘此关系，杜甫与郑家人郑虔、郑潜曜交往颇多。由本书所列《郑氏北祖平简公房世系表》看，郑虔、郑潜曜是堂叔侄关系。潜曜妻是皇甫妃与玄宗的女儿临晋公主，杜甫文中说："甫忝郑庄之宾客，游窦主之园林。以白头之嵇、阮，岂独步于崔、蔡。而野老何知，斯文见托；公子泛爱，壮心未已。不论官阀，游、夏入文学之科；兼叙哀伤，颜、谢有后妃之诔。"虽然自认是无名无位的野老，却又说他是郑氏清客。对照《郑氏北祖平简公房世系表》与《新唐书·宰相世系表》，可发现杜甫与郑氏及皇家之间的关系。

温	晔	茂	胤伯	希儆	道育	穆先	弘简	九辨+杜甫姨	宏之	超	迪
									景	回	
				幼儒	敬道	正则	德秀	行颖	元哲		
					敬德	扐	弼诚	九字辈等			
					德慎	元字辈等	思字辈等	鷊			
								审			
								虔			
									云达		
								万钧	潜曜		
						远思	盖		济	元稹母	

在世家社会观念里，外家侄依托舅姨也是一种生存方式。显然，仅凭《新唐书·宰相世系表》无法看出这些沾亲带故的姻亲，唯有将地下史料与传世文献对照，才可理出这些盘根错节的关系。作者由此表还考证出元稹为杜甫作墓志铭的原因。元稹《叙诗寄乐天书》言："故郑京兆于仆为外诸翁，深赐怜奖，因以所赋呈献京兆，翁深相骇异。……又久之，得杜甫诗数百首，爱其浩荡津涯，处处臻到，始病沈宋不存寄兴，而讶子昂未暇旁备矣。"元稹母是郑家女，此郑京兆即郑云达，为郑虔之侄，与杜甫为同辈，是元稹的外祖父辈人物。可能就是缘于这层关系，元稹才接触到数百首杜诗，了解杜甫，并能为杜作墓志。这一发现是很有意义的事，元稹在杜甫墓志铭末写道："予尝欲条析其文，体别相附，与来者为之准，特病懒未就。适子美之孙嗣业，启子美之枢，襄祔事于偃师。途次于荆，雅知予爱言其大父为文，拜予为志。辞不可绝，予因系其

官阀而铭其卒葬云。……嗣子曰宗武，病不克葬，殁，命其子嗣业。嗣业贫，无以给丧，收拾乞丐，焦劳昼夜，去子美殁后余四十年，然后卒先人之志，亦足为难矣。"杜嗣业为祖父迁坟途经荆州，就能以寒士身份，求得当时科场明星元稹作墓志，显然，其因并不完全如元稹所叙知其好杜诗，而是他们之间存在着这种表亲关系。

如此看来，本书不仅是郑氏家族史的史料补充，还是研究中古社会史的专书，既有全局性历史陈述，展示荥阳郑氏在历史上的演进过程，又能对文献作深度发掘与分析，对一些关节点进行了专题研究，有见微知著，由小视大的史家意识，不仅长于辑录新文献，而且能从新史料中发现易被忽略的盲点，纠正传世史料的讹误，恢复历史真相。因此，无论是从资料性、工具性，还是从知识性、思想性方面看，本书多有值得称道的内容，提升了唐代世族文化研究的学术高度。

同时，本书又贡献了一个关于唐代世族与文学的研究个案，打开了一个极有启发性的探索之门。如杜甫与郑氏多人有交往，从开元天宝到大历初，一直有联系。从杜甫诗文看，他只是与郑宏之有姨表亲关系。郑宏之应是解析杜、郑关系的关键人物，应须深考。《新唐书·宰相世系表》中记其终官定州刺史，《太平广记》卷四四九记有他的故事："唐定州刺史郑宏之解褐为尉……宏之掌寇盗，忽有劫贼数十人入界，止逆旅。黄撅神来告宏之曰：'某处有劫，将行盗，擒之可迁官。'宏之掩之果得，遂迁秩焉。后宏之累任将迁，神必预告。至如昳咎，常令回避，罔有不中，宏之大获其报。宏之自宁州刺史改定州，神与宏之诀去。以是人谓宏之禄尽矣。宏之至州两岁，风疾去官。"他的仕宦经历已成当时的传说。《全唐文补遗》收有郑宏之撰《拓拔寂墓志》，署朝散大夫、使持节都督夏州诸军事、守夏州刺史、上柱国，文作于开元二十五年（737），墓主亡时三十岁，郑宏之称其为兄，郑氏其时年岁也当在此上下。至天宝三载（744）后，郑宏之约四十岁，比杜甫大十余岁。杜甫《壮游》回忆："往昔十四五，出游翰墨场。……脱略小时辈，结交皆老苍。"此句应理解为他从十四五岁起就出游于东都翰墨文场，其所结交的郑氏表亲，如郑虔、郑审、郑潜濯皆年长于他。这些都是超出五服之外的姨表亲关系，杜甫旅食京华时所指责的"富儿"，主要应是这些人。宏之终官定州刺史，小说言其由宁州改定州，墓志言其为夏州刺史，应是他在宁州前的职务。其与杜甫同祭外祖母，可能是在退官闲居之时。又，元朝郑太和编《麟溪集》收有司空图撰《荥阳族系记序》，其言曰："我皇唐之有天下也，仰稽前代族姓之学，下诏高士廉、韦挺、岑文本、令狐德棻，参以天下谱牒，合二百九十二姓，一千六百五十一家，定为九等，号曰《氏族志》，藏之秘阁，副在左户。"唐代谱牒学颇兴，郑氏家族尤重于此。"观陇西郑回《族系记》：'回为定著，桓公至温为上篇，南阳公至回为下篇，且旁稽户部侍郎郑元哲《故家考》。'""回，进士也，宜有以久其传矣。"此处郑元哲、郑回在上表中都有见。郑元哲终官"仪王文学"。《旧唐书·玄宗诸子传》云："仪王璲，玄宗第十二子，开元十三年封为仪王，永泰元年薨。"任仪王文学的郑元哲可能是玄宗时期的人。郑回是其晚辈，是郑宏之侄，由《旧唐书·南诏传》看，郑回天宝中明经，授嶲州西泸县令，嶲州陷，为南诏所虏，成为南诏国六相之一（见张固也《读司空图〈荥阳族系记序〉札记》，《古籍整理研究学刊》，2009 年第 4 期），这些都是新见材料与新的研究成果，本书都未及列入，足见，这里的研究空间尚有待于进一步拓展与充实。

诗求达诂追邻邦

——评文艳蓉《白居易生平与创作实证研究》

二十年前，一日本学者戏言："日本研究中国古典文学的学者一半人都在研究白居易。"虽然是夸大之言，却也反映了日本汉学重视白居易研究的事实。在中国唐代文学研究中，白居易只是被视为在李、杜之下的次级名家，受关注度远不及一流大家。近年来，或许受到了邻邦学风的影响，白居易研究也日渐受到中国学人的重视，成果迭出。在文献整理上，继朱金城《白居易集笺校》、顾学颉《白居易集》等整理本后，谢思炜先生完成《白居易诗集校注》《白居易文集校注》两部力作，全面提升了白居易研究的深度。在研究方法上，近三十年来，受陈寅恪先生《元白诗笺证稿》影响，实证诗学在古典诗学领域日渐兴盛，大大发展了钱谦益以史证诗的研究方法。新近出版的文艳蓉《白居易生平与创作实证研究》也是一例，作者多受胡可先先生学术思域的引导，注重搜罗新见文献，所获甚多。

文艳蓉《白居易生平与创作实证研究》，上海古籍出版社 2016 年版

如新近出土的白居易自撰的《楚王白胜迁神碑》一文，真伪莫辨，作者将其所记与白居易《故巩县令白府君事状》对校，发现后者"代为名将"之"代"为"咸"之误，解决了新见碑与白居易传文的矛盾。又以新出的《白敏中墓志》对照，证其"包"为"邕"之误，确认了《楚王白胜迁神碑》一文的可靠性。此论甚有启发性，但白居易素惜自己的诗文作品，保存尤全，此文若作于大和五年，不可能不被收于文集之中，故此文当非出于白手，且碑文言"裔孙白居易撰，微之书"。在白之后直连"微之"，又未记元稹职名，极不合当时行文通例。然而，碑文称"大和五年正月，余守河南，前相国武昌军节度使元

積书至……其年五月五日安神于龙门之南皐"。元稹暴卒于本年七月，一月来书，五月书碑，于事理可通。作伪者或了解两人情况及关系，或据今已失传之文献，故所述内容与白氏所述多有相合之处。七十卷本《白氏文集》完成于会昌二年，当时已有流行，传抄中已有伪作混入，故《续后集序》中特言："其日本、新罗诸国及两京人家传写者，不在此记。……若集内无而假名流传者，皆谬为耳。"这表明其时他已见到一些不是自己的作品混入各类传写本集中了，在其身后，托名于他的作品应会更多，此碑或许就是在这一背景下产生的，碑非真物，但其中或存白家相传的家史信息，只是作者对碑文的真伪辨析尚少。

关于白居易的姻亲关系，之前或言新旧《唐书》所载白之妻为杨汝士、杨虞卿之从妹，杨虞卿又是牛党骨干，白居易政治立场当归为牛党；或又以白居易几度分司与求外任之举来断定白氏厌恶党争，在牛李之间采取了超然的态度。本书作者不仅全面梳理了白居易与杨氏家族之关系，而且利用前人较少关注的欧阳修撰《杨侃墓志》及新出墓志《杨宁墓志》《杨汉公墓志》、杨汝士撰《唐故濮阳郡夫人吴氏墓志》，对杨氏家族成员的关系进行更准确的说明，指出杨汝士、杨虞卿、杨汉公、杨鲁士本为一家兄弟。再由《白邦彦墓志》看，白氏与杨氏保持了几代姻亲关系，白居易与杨氏兄弟关系密切，其在当时牛李党争冲突中即使想超然也是不容易的。此论可成，则对《北梦琐言》《资治通鉴》所载李德裕排挤白居易之事就不需怀疑了。

作者于白居易交往考述中，对卢载与卢贞之区别用力颇多，运用新出的卢载自撰墓志及卢载夫人墓志，参以穆员所作卢载父墓志中记录的卢氏兄弟之名，论证元白集中所言"卢子蒙"即为卢载，他原为元稹好友，两人都有丧妻之痛，并有悼亡诗交往。又于白集中寻得《览卢子蒙侍御旧诗多与微之唱和感今伤昔因赠子蒙题于卷后》一诗，与"七老会诗"中卢氏职名对应，说明白集中"卢贞"为"卢载"之误。又详考卢载（子蒙）与卢贞（河南尹）之生平及与元白两人的交往，基本将这一疑案断明了。

由于比较关注新资料，本书视角颇新，能于传统课题中开拓出新思路，颇有启发性。如关于白集版本问题，作者不局限于传统的版本叙录，而将各类文献中关于白居易诗文的石刻文献也罗纳其中，整理出一系列材料，从石刻这一传播方式上展示了白氏文本的流传与影响。这些石刻文献有二类，一类是白居易在世时自己刻的，由作者罗列的材料看，白居易从江州到杭州、苏州任职及至洛阳任河南尹，从元和到大和近二十年里，一再有刻石之事，显然，他已有意识地以石刻作为作品的流传方式；另一类是后人对白氏作品的石刻，如《宝刻类编》卷七记："白居易题袍诗。行书。武成元年二月二十三日立。成都。"宋陈舜俞《庐山记》卷二记："今有陈氏祠堂，有保大、中移寺等三碣。好事者刻白乐天《游大林寺》诗并前后序，嵌石于屋壁。"二则材料说明在前蜀、南唐时，白氏诗歌仍非常流行，以至于有人将之刻石。此事也可见出唐末五代时确实存在过追捧白居易的风潮。所以，这类材料对于研究白居易接受史是极有意义的。

本书最大的特色是文献视野开阔，对日本相关的文献收搜较丰。白居易诗在其生前的大和年间就已传到日本，会昌四年慧萼将《白氏文集》七十卷本抄回日本后，历代传抄，流本甚多。这些抄卷、遗迹与著录资料不仅为日本中国古典文学研究者所关注，也是日本中国文学研究的重点内容，积累了丰厚的成果。日本现存的各类白集抄卷，是印刷时代前最原始的书籍资料，其书籍史价值不亚于敦煌文献。本书对此作了较系统的梳理，如小野道风书写的《玉泉帖》、《三体白诗卷》十首，藤原行成书写的《白氏诗卷》八首、《后嵯峨院本白氏诗卷》二十一首，伏见天皇临摹藤原行成本《白氏诗卷》一卷，藤原佐理所书《新乐府》，尊圆亲王临摹本《白氏诗卷》一卷等，共五十四则，多为平安时代遗迹，这些虽是作为书法艺术而流传，但仍具极高的文献价值。如嵯峨院卷本中所录《题文集柜》中"前后七十卷"一句中"前后"，与通行刊本"前有"有别。本诗是白居易结集的重要记录，全文是："破柏作书柜，柜牢柏复坚。收贮谁家集，题云白乐天。我生业文字，自幼及老年。前后七十卷，小大三千篇。诚知终散失，未忍遽弃捐。自开自锁闭，置在书帷前。身是邓伯道，世无王仲宣。只应分付女，留与外孙传。"由本诗在全集中的位置看，本诗约作于大和九年（835）至开成元年（836）间，白居易六十三四岁，在洛阳为太子宾客分司，有《东林寺白氏文集记》一文记其编集事，曰："今余前后所著文大小合二千九百六十四首，勒成六十卷，编次既毕，纳于藏中。……太和九年夏，太子宾客晋阳县开国男太原白居易乐天记。"所提作品的数字与诗相符，但文作"六十卷"，诗作"七十卷"，两者不符。若依诗意，作诗之时，白集已有七十卷，而这又与此后开成元年六十五卷序与开成四年六十七卷序中所叙六十五卷（3255）、六十七卷（3487）篇数有矛盾，故此"七"只能为"六"误，"前后七十卷"正与白集之初分"前集""后集"之事相合，日本传本表明本诗传写确实有异文，为校改误字提供了有力的佐证。当然，在白居易编集中有一个现象也是需要关注的，即不改变卷数，而将后出作品充入原卷之中，如其《与元九书》说在元和十年末已编定《江州集》十五卷，但现存白集前十五卷中存有元和十年后作品，这显然是后来调整的结果。白居易亦有可能在此时已定了七十卷卷数，之后重新作了调整。

又如文中介绍了日本诸多传本，其中有二类尤有价值，一是除了已知的金泽文库抄卷外，又介绍了几种传本校记、识语，这些校本前后相承，保存白集传本诸多信息。如岛田翰所记应安六年（1373）前刊本、林罗山《林家白氏文集跋》、阳明文库藏《白氏文集》校语、蓬左文库本校语等，其中提及的"古本""折本"多是今已失传的宋刊本，如天海校本利用梶原性全本与那波本校对，其中抄录了 1188 年、1121 年校读者的识语，还留存了 1075 年平祐俊本的记录，表明日本流传之白集除了慧萼抄本这一系统外，同时还存有另类传本，宋刊本可能较早即已传入日本，但并没有取代古抄本。另一类是各类白居易集的选本，如《新乐府》类有 1324 年写本，卷中白氏自注极多，多不见于宋刊本中，1288 年写本，卷目标识多存古题式与其他宋刊本相异。又，真福寺藏宽喜三年写本《新乐府略意（第七）》、醍醐寺藏室町初期写本《白氏新乐府略意》二卷、《白氏讽谏》，与敦煌本相近处最多，表明白氏这类诗虽然在白集中数量不多，但影响甚大，曾以单行本流传过。又，镰仓时代《白氏文集要文抄》《重抄管见抄白氏文集》及各类《文集抄》等，都留存了中土已失传的关于白集的流传史料。

在东亚近世文化共同体中，《白氏文集》的流传是一个尤其值得关注的现象。在白集流行之前，新罗、日本取法唐朝，都以《文选》作为学习汉文的范本，这类骈文讲究用典与对偶，学习难度很大，故汉文写作只为少数贵族所掌握。白集流传之后，局面大变，白居易诗文语言讲究显达易懂，语意明了，大大降低了学习的难度，很快就取代了《文选》，成为他们通行的学习汉诗文的范本。因此，白集的流行对于东亚共同书面语的形成具有特殊的作用，对于白居易及《白氏文集》的研究必须将韩、日相关文献及研究成果纳入其中，从这一角度看，本书已作了比较成功的尝试。虽然，部分内容稍嫌芜杂，各章节不尽统一与平衡。但是，从总体上看，已经展示了一个良好的学术方向。

本文初刊于《古籍新书报》，与陈翀教授合作完成

君似当代来日僧

　　——评陈翀《日宋汉籍交流史的诸相——
〈文选〉〈史记〉与〈白氏文集〉》

　　日本广岛大学教授陈翀近日推出新著《日宋汉籍交流史的诸相——〈文选〉〈史记〉与〈白氏文集〉》，作者长年研治日本古文书与汉籍，向以发现日藏新文献而为国内学人关注，本书同样保持了这一特色，约而言之，主要体现在以下三方面：

　　其一，利用古文书档案展示《文选》东渐之后日本学人接受与研读各类注本的信息。在《文选》被唐人确定为习文教材后，"《文选》学"成为唐朝显学，差不多就在同时，日本学人也将此风移植到东瀛。从八世纪中叶到十一世纪初《白氏文集》流行之前，《文选》一直是日本学人必读之物，至今仍保留了六臣注之外的唐人注本，如《文选集注》《文选九条注》等残卷，已成为研究《文选》流传史最珍贵的史料。然而，关于这些书的流传时间以及流传过程，久无定说。作者曾于"正仓院文书"中发现了相关记录："《文选》上帙九卷，纸□□""《文选音义》七卷，纸一百八十一张""《文选》下帙五卷，纸一百廿""《文选音义》三卷，七十五""《文选》上帙音、修行十二年""下道朝臣直言《文选音议（义）》一卷、附下道朝臣福倍送遣也。……天平十八年正月七日召大唐使已讫也""《文选》上帙、用二百卅张""先日宣注《文选》、殷勤欲画申人侍、纸食料笔墨等、备欲求请"。这些文字多是关于宫内用纸与抄写工作的记录，时间在开元十九年（731）至广德二年（764），涉及白文本《文选》与音注、音义以及李善注《文选》等书，表明八世纪前半叶《文选》一书在奈良皇宫中已非常流行。今传注本应多是经此传承下来的。作者又发现《权记》中一则材料："亦先日匡衡朝臣所传《仰注文选》，才所求得四十余卷。非一同，随仰可令进上。" 认为所谓"《仰注文选》"可能就是"《集注文选》"。又，《御堂关白记·道长日记》载："（宽弘元年［1004］十月三日），圆证又送同，乘方朝臣《集注文选》并元白集来，感悦无极，是有闻书等也。"两相对照，推断《文选集注》的流传可能与大江匡衡有关。大江匡衡有《述怀古调诗一百韵》言："执卷授明主，从容冕旒褰。《尚书》十三卷，《老子》亦五千。《文选》六十卷，《毛诗》三百篇。加以孙罗注，加以郑氏笺。搜《史记》滞义，追谢司马迁。叩文集疑阙，仰惭白乐天。"本诗应是东亚中世文化史的重要史料，集中反映了十世纪时日本君臣虔诚吸纳中土经典的情形。上列材料，可为笺解这首诗提供最贴近的史料。其说或可推敲，但所陈列的各类平安文书档案，已提升了《文选》流传史的研究深度，立体地展示了中古三个世纪里东亚学人共读一书的历史。

其二，通过论证平安、镰仓上层贵族对汉籍的垄断权，具体说明了《太平御览》《史记》等书的东传背景与过程。作者梳理了中世平清盛政权与宋朝外交、贸易关系史料，指出千卷大书《太平御览》的传入日本，不是一次偶然的贸易行为，而是在日本文化史上具有里程碑意义的一个大事件。自苏轼关于书禁奏文生效后，宋朝加大了对书籍传出的管控。日本在百余年里仅依靠巡礼僧成寻、商人刘文仲、入宋僧重源等传入一些汉籍。这一情况到南宋后有所改变，随着宋金关系稳定，书禁政策稍有松动，这一变化恰在平清盛夺取王朝大权之时。《太平御览》就是在这一背景下传入日本的。作者找到了本书传入日本最早的记录，即中山忠亲（1131—1195）《山槐记》所言："（治承三年［1179］二月十三日），辛丑，天荫，算博士行衡来云：入道大相国六波罗，可被于献唐书于内云云，其名《太平御览》云，二百六十帖也。入道书留之，可被献折本于内里云，此书未被渡本朝也。""送物，《太平御览》，苏芳村浓浮线绫打着，以玉作之，被里三惮衣，三百之内也，知盛取之，于东户给大进，大进给出纳。"作为一部皇家编撰的千卷大型书籍，它的东传，既是宋王朝有意识的文化输出，也是平家政权对宋文化的用心选择，是平家提振自身文化地位、加强权力的举措。作者又引出其他文献证明此书在日本的影响，如广桥经光（1213—1274）《改元定记》："（宽元元年［1243］二月二十六日），式部大辅云，春秋内事用引文之条不审，现在书目录内无之，春秋未文欤？然者未渡之书欤？仍内相寻，（清原）赖尚真人之处，件书不知名字云云，《太平御览》引文书也。件目六端载之欤，然者未渡之书欤，争可用引文乎，《太平御览》书出之欤，所为不审。"这些否定《太平御览》的言论出现于平清盛身后五十年，正证明重视《太平御览》确实是平清盛个人之举，他欲以此对抗京都贵族以《文选》为中心的知识体系，体现了东亚近古一种特殊的文化走向。

作者又通过对日藏南宋黄善夫刊《史记》的考察，发现其上留有原始装订线孔，由此推断本书是经过改装的，由敦煌册页本以及早期印刷本装订看，这一刊本或有更早的刊刻年代。又从本书原初藏处严岛神社与平清盛政权关系看，这一刊本也反映了平清盛政权借汉籍提振权威的史实。

其三，深度开发日本古抄卷文献价值。这是作者的长项，本书于此多有发明。如此前作者曾据《白氏文集》抄卷识语考察出《白氏文集》抄录过程，本书又于卷十四、卷二十八识语中发现抄写者署名："但马房"，并考证出其人的生世。作者先在《平家物语》中发现了这位"但马房"的踪迹，后又在《圣德太子绘传》签名里也发现了这个"但马房"的身份，此人应在寺院里从事与绘事有关的工作，这表明当时抄卷者多为专业之士；又《白氏文集》中还有二处署"助阿阇梨"。作者通过翻检日本佛教史文献，发现此人与密宗法师有关，是镰仓时代日莲宗弟子，为此又专论新出的建长四年（1252）抄卷中东大寺英宗密乘笔《诸佛要集经》，其卷上背书为《白氏文集·第三新乐府》，作者分析其藏家与同类藏品上的藏书印说明其来源，再详述经卷题记，说明本卷实为中世密宗用品，进而揭示中世名刹有以白居易为文殊菩萨化身的信仰。这一发现甚有意义，具体揭示了白居易在日本文化史中的特殊地位。又如，镰仓抄卷《管见抄》是现存最早的白居易选本，它是对北宋景佑刊本的选抄，抄本只是原书的十分之一，却保留了这一刊本众多信息，这既是印刷史上的重要史料，也是白集校勘的重要文献。然而，对本书自身情况的研究并不多。作者调查了公文书馆所藏《管见抄》形态，还原其拆装之事，追索到原藏地是京都石清水八幡宫田中坊，田中坊为京都派往镰仓的僧人，时间为永仁三年（1293）。同时，书后有跋文："抑此抄一部十卷，诮清直讲终朱墨点，彼真人，累代高才之儒胤也，当世绝伦之名士也，世之所知也。人之所许也，然则比掌内珠，为函中宝，莫出阃外而已。" 作者从中发现此处"清直"与《令义解》中所载北条时宗密经法师直讲清原为同一人，再将《吾妻镜》相关记载与《管见抄》跋文对照，发现抄录者很可能是其时的宗尊亲王。又，小松茂美编《平安朝传来的白氏文集与三迹研究》一书，提供了尊元亲王（1298—1356）抄卷。本书讨论了其上所存的一首白氏佚诗。作者先从排序与文本比较上，说明这一抄卷与平安抄卷（即金泽文库本）有同源关系，所据皆是平安时代流传的《白氏文集》，又由其使用俗字一事判断其底本可能参考了传入的宋代印本，所参校的刊本与金泽本是一样的。作者又详列白氏相关的观棋诗句来证明《看棋赠人》一诗应出白手，诗曰："寻常怪笑烂柯非，今日亲观自忘归。回眺地形超面势，群山逦逸尽斜飞。"诗颇有白氏风味。白居易生前即不承认不见于他自编集中的诗，这种辩解或许有悔其少作的成分，但并不能完全排除这些诗与白居易的关系。此事表明其时日本王朝权贵所掌握的《白氏文集》自成体系，与后世流行的刊本确有不同。这些都是在纷繁琐细的文献中打捞出来的，是有关《白氏文集》流传的极有价值的史料，深度解析了盛行于日本中世的"白居易崇拜"这一文化现象的特点。

　　本书最后一部分是关于唐诗名篇的新解，如杜甫自言"熟精文选理"，诸家注杜诗多重其与《文选》的关系。作者引白居易诗中"文选六十卷中无"，具体说明唐代学人与李善注本的密切关系，杜甫与李邕关系密切，故对李善注本接受尤多，这可由杜诗用词见出。又，引用类书释解唐诗是作者近年用力颇深的一项成果。作者曾发现李白《静夜思》每一句都可在《艺文类聚》《初学记》《文选注》中找到相应的出处。本书对王之涣《登鹳雀楼》的诠解也用此法。王诗的"白日依山尽""欲穷千里目"，与《艺文类聚》中朱超"落照依山尽"，鲍照"远极千里目"相关，诗中的"白日""黄河""千里目"等词也可能是化用了庾信"建章三月火，黄河千里槎"一句，所论都颇有新意。由于时空相隔，唐人有些诗句，在我们看来是极具创造力的，但若将其置于当时的语境中会发现它们不过是当时习用的套语。即以王之涣"黄河入海流"一句而言，榆林市榆阳博物馆所藏《唐华清宫使正议大夫行内侍省内侍赐紫金鱼袋上柱国晋阳县开国公太原王公夫人宋氏墓志铭》首句则言："黄河自天、条山入海。"情景、思维、用词多一致，足见诗人所用也是当时习语。故本书的这一研究展示了一个大有拓展空间的学术领域。

当然，本书也有文献学者在解读文学文本时易出现的通病与遗憾：一是过度迷信新见文献，如关于白居易诗句的笺证多以抄卷为确，刊本为误，显然过于片面，我们必须认识到今传刊本当初也是有一种抄本，现存抄卷也只是传本之一。二是过求尖新易失允当。如作者认为杜甫《江畔独步寻花七绝句》中"行步欹危实怕春"一句，出处与《文选》李善注有关，《文选·子虚赋》中"于是楚王乃登

君似当代来日僧　157

云阳之台，怕乎无为，憺乎自持"，李善注言："《老子》曰：'我独怕然而未兆。'《说文》曰：'怕，无为也。'……怕与泊同，薄各切。"进而以"静闲"释"怕春"一词。恐非确解，失之牵强。

在中日文化交流史中，宋元之后的来日僧起到了重大的桥梁作用，如兰溪道隆、明极楚俊、大休正念、竺仙梵仙、一山一宁、无学祖元、清拙正澄等，不仅对日本近古禅林文化产生了很大的影响，而且也以自己的诗文记录了日本五山文化，推进了中国人对近邻文化的了解。进入近代以来，中日文化交流，师生位置对调，但也有不少学人留日从教，他们的身份近似宋元的来日僧，以自身的学术成就促进了中日文化交流，传承了以汉文为中心的东亚古典学，在中日学林中，这类著作自成风格，别是一体。陈翀教授这一部书正是这类学者的最新成果，值得关注。

本文初刊于《书城》2020 年第 4 期

汉唐晋唐与唐宋

——徐俪成《像唐人一样生活》评介

古人在用汉唐、晋唐、唐宋三个概念时，各有侧重，汉唐多指政治或经学，如汉唐经学；唐宋多指文学诗词，如唐宋诗词、唐宋八大家；而晋唐多指以王羲之、欧阳询为代表的书法。《说郛》卷十二下收太平老人《袖中锦》列历朝"五绝"："汉篆、晋字、唐诗、宋词、元曲。"杨慎《升庵集》卷六十五"琐语"列述各代艺术代表时言："楚骚、汉赋、晋字、唐诗、宋词、元曲。"将三者联系起来，可理解为以晋唐书法之灵气加上汉唐经学的精神力量形成了以唐宋诗词为代表的文学高潮。对于中国人来说，"汉唐"是一个让人兴奋的词。翻检史书，发现最早以汉唐连称并将之作为政治理想的是宋真宗。《宋史》卷六："己酉，封乳母齐国夫人刘氏为秦国延寿保圣夫人。先是，帝以汉、唐封乳母为夫人、县君故事付中书，已乃有是命。"这是宋真宗咸平元年（998）十二月的事，宋真宗属知识型的君王，好以汉唐正朔自居。面对西夏与契丹的威胁，欲以此举提升宋廷的凝聚力。其后则有了"汉唐故事"专书，《续资治通鉴》卷第八十一"哲宗元祐四年"："甲戌，苏颂等奏撰进《汉唐故事分门增修》，诏以《迩英要览》为名。"《宋史·艺文志》有"《汉唐事实》十五卷"，可能就属同一类书。其实，汉唐一系并不是一个种族概念，中国古代很少有族系意识，所谓华夷之辨，不是要与服饰言语"非我族类"者划明族别界限，而是要强调文明与野蛮、先进与落后、人性与兽性的区别。古代中国的政治理想多以"尽复古制"为上，春秋战国重臣好言黄帝尧舜之治；两汉儒臣多言周公礼乐之制；魏晋之后，又以汉武之制为正宗；唐人即以尽复汉制为口号；唐之后，又多以盛唐为标榜，"依汉盛故事"是宋人政治选择的基本理由。值得关注的是，这种复古口号说到唐就为止了，宋元明清四朝都没有被作为政治理想而为后人认定。虽然，中国从近古到近代多承宋型文化，但是，后人仍多以大唐为理想世道。因此，长期以来在与外族交流时，多以唐为中国人的标识，在世界各地的华人区也都被称为唐人区、唐人街。原因所在就是唐朝与汉朝一样都是民族史上值得骄傲的年代。在政治上有过史家肯定的与文景之治、汉武之治一样的贞观之治、开元之治；在与周边游牧民族相争中，总处于居高临下的优势地位；在思想史上，唐儒对汉儒之学进行集大成式的总结，汉唐经学与宋明理学是两个明显的阶段。与此相应，唐与宋也有了古代与近世的分别，唐代也因此而成为后人复古化政治理念的一种表征，并作为一种共同的文化记忆而代代相传，成为近古大一统文化的重要内容。并给了史家与文人关于唐朝与唐人的想象空间，也使之成为民族自信的文化资源。唐诗的魅力就在于给后人提供了这样的隔空想象的空间。鲁迅说过：好诗都让唐人写尽了，后世若无如来佛本领，大可不必操笔。这并不是说后人无法逾越唐人的才华，而是产生唐诗的文化土壤不可复制了，带着唐人气息的诗自然也就消失了。回不到唐代、成为不了唐人，这才是唐音不再重现的主要原因。与《千字文》《百家姓》一样，《唐诗绝句》《唐三体诗》《唐音》《唐诗选》《千家诗》《唐诗三百首》成为各时代最通行的蒙学教材，现存的唐诗选本的宋元刊本卷首多有"唐高祖开基图""唐太宗混一图""唐地理图""唐藩镇图"等，编者显然考虑到读者有关于大唐的知识需求。满足这一知识需求，维持并传承这种文化记忆是这类唐诗选本的一大功能，也是这类选本流行的原因。一个民族共同体的形成固然需要共同的语言与习俗，同时也需要有一种共同的文化记忆，并由此而形成的共同的文化传统。所谓盛唐之音、大唐气象就是这样一种文化记忆。人们喜欢唐诗，更喜欢产生唐诗的文化土壤与文化气息，希望借唐诗认识唐人的生活，了解唐人是在什么样的心态下营造出盛唐气象。徐君《像唐人一样生活》一书就体现了这样一种认知心理。本书似是一部通俗版的唐人生活史，对唐人衣食居行以及习俗、法律等方方面面进行了具体的说明，又类似于唐人世界的百宝箱，内容丰富多彩，作者取材恰当，所述事例多突出唐代社会的特色，既可让人感受到唐人富足、精致的贵族气息，也可使人认识到唐人世界开放包容的风气以及形形色色的世俗味与市井气。作者是一个学者、古典文学博士，却能采用网络流行语与现代化的叙述方式讲述千年之前的事，文笔流畅活泼，具有很强的可读性，可让读者真切感受到我们与大唐的距离以及内在精神的联系，完成了一次穿越时空的历史旅行。

徐俪成《像唐人一样生活》，生活·读书·新知三联书店2019年版

第三辑　海外揽胜

邻人眼光见细微

——评内山知也《隋唐小说研究》

近代以来，中日学界在中国古代小说的研究领域，存在着互动式因缘关系。起先，日本学者盐谷温《中国文学概论讲话·小说》引入西方现代文学观念，将中国古代小说带入文学史研究中。之后，鲁迅将之作为专门之学来研究，以《中国小说史略》总其成，奠定了这门学术的基本框架。随后，两国学者都以此书作为研究起点，在著述中也一直没有忘记与对方同行的对话。内山知也《隋唐小说研究》就是这样的对话之作。内山先生是日本战后成长的第一代汉学家，早年师从竹田复教授。竹田先生在二十世纪二十年代初与鲁迅、周作人兄弟有过交往，其《中国文艺思想》一书，1944年已由隋树森先生翻译出版，他主治元杂剧，对小说也颇有研究，著有《汉魏南北朝故事诗》《游仙窟的性格》等文。战后日本汉学极度寥落，竹田先生是日本中国学会的核心人物，坚持以传统汉学授业。

内山先生自言：六十多年前，在被战火烧焦的教室里，饿着肚子听竹田先生讲课，走上了隋唐小说研究之途；在为找不到鲁迅题剩之义而犯愁时，从内山书店里寻得刘开荣《唐代小说研究》，大受启发，极度兴奋，店主鲁迅先生老朋友内山完造夫妇也受到了这个鲁迅同行的感染，热情地接待了他。这些事都表现出了中日学者在这一领域内渊源不断的精神联系。

（日）内山知也《隋唐小说研究》，复旦大学出版社 2010 年版

《隋唐小说研究》初版于 1977 年，而成书过程却长达二十余年，其时中国大陆学术界相当荒芜，本书所涉及的问题国内学者尚少问津，作者可参考的只有刘开荣先生著作与几篇稀有的论文。但在本书出版后，唐代小说研究

在中国大陆已得到空前的发展，其繁荣程度可能是作者当年无法想象的。作者的研究与中国大陆的学术发展正好有一个时间差。独创的学术是不受时空限制的。况且，所处环境不同，思维方式有别，观察角度、研究方法自然有所差异，这种差异或许就能弥补我们视觉的盲区。

作者重视在目录志等文献中搜辑已佚小说信息，关注到一些易被忽视的环节。如关于隋代小说，由于资料稀少，前人少有论及。作者依据《隋书·经籍志》等资料，将其分成四类：1. 以家族为第一读者的教训与故事集，如《颜氏家训》；2. 为了显示王朝尊严而虚构的故事集，如《皇隋灵感记》《符瑞志》等；3. 关于上层官僚沙龙中的清谈和博物的记录，如《洽闻记》等；4. 因袭前代的道教与佛教故事集，如《集灵记》《旌异记》等。对前二者，前人一直少有提及，作者看重的是其中故事化、小说化的因素，认为它们能更全面地展现唐前文人的"小说兴趣"。又如作者通过考察两《唐书》目录志，发现初唐史传与神仙类故事比前期明显增多，提出"初唐时的故事集、逸闻集以及传记文学等这些作为史官之末事而撰作出来的史官记事，亦影响到后来的中唐时期"。初唐史官多写有记传类著作，如李义府《宦游记》二十卷、邓世隆《东都记》三十卷、李仁实的《戎州记》、颜师古的《安兴贵家传》。这些作品都已不存，但可推想其中应夹有传奇成分，而在"正传"中添加"仙传"成分正是后来传奇发展的一个方向。作者注意到初唐史家多参与了大型类书的编撰，如许敬宗曾作为《东殿新书》《西域图志》《文思博要》《文馆词林》《累璧》《瑶山玉彩》《姓氏录》《新礼》等书的总编辑。这种大型类书多数已亡佚，但是，这种大规模的编辑活动，对文坛也会产生一些影响。虽然多数人见不到大型类书，但形成类书的原材料却会因入选而得到重视与保存、扩散，前代一些志怪传奇多因此而扩大影响。作者这类推论为解释唐人对六朝志怪小说的传承提供了一条实实在在的案例。如敦煌卷子中大量的类书足以证明那些散佚的志怪传奇集曾经在阅读世界中占有很大的分量，当时的读书界对于这类作品存在着很大的需求，这应是促使六朝志怪向唐人传奇过渡的重要因素。

作者实证意识较强，而且善于捕捉一些很有价值的实证题目，所论富有启发性。如关于《古镜记》《补江总白猿传》作者与形成年代争议颇多。内山先生通过细考文中提及的王度等龙门王氏之事，从龙门王氏与李唐王室的关系上思考问题，把"王度"与隋末大儒王通以及王氏家族联系起来，由这些文化名士的文化追求及在唐初政治倾向与政治活动中，发现小说中的世界与王绩《醉乡记》所述非常相似，由此推断这篇传奇产生的背景当与隋末大乱有关，饶有兴味。王通、王绩等人接受过隋朝给予的荣誉，王通《中论》笃尊儒家仁教，在改朝换代之初可能有反对以暴易暴之主张；作品所写的古镜之神奇、王氏携镜远行之事，反映了王氏等人在乱世中希望得到法物保护与除乱兴治的心理，这与其时符瑞充斥的易代之象是相符的。书中的实证多集中在对作家与作品关系的考辨上，对主要作者多排列出生平简谱与交友范围，但又不止于琐屑考证之中，而是将客观实证与主观性阅读体会结合起来，具体说明作品形成的时间、背景，解读作者创作动机与思想倾向。如本书分析了沈氏得到杨炎的重用以及杨炎集团在当时得势与失败的过程，推断《任氏传》与《枕中记》当作于沈氏被贬于处州之后，两部作品一热一冷，《任氏传》在哀婉忧伤中表达了对于人间真情的一种企盼，《枕中记》则表达了对功名利禄的一种淡漠与否定，把它们置于沈既济被贬、受挫的背景中，就不难体会到作者在仕途失意后的伤感与失望。研究者将对作品情感世界的感受与文献考证结合在一起，就使得客观实证获得了审美功能。如鲁迅已指出《新唐书·宗室世系表》所列李公佐与小说家李公佐并非一人，作者却利用传奇中的信息，考订两者实为一人，并依此详述李公佐游宦经历，说明了他的宗室身份与李氏豪门李锜的密切关系，进而对李公佐个性作出新的分析："很早就亲近佛道二教，在江南丰饶之地，寻求有才能的节度使，随心所欲地出仕的公佐，是一种自由人，也是对'窃位者''以名位骄者'的批判者。平时他与道士和僧侣结交，与庶民也能轻松交流，亲切有人缘，知识渊博，在年轻士人中是座谈的中心，是乐于悠然生活的温雅的绅士。"丰实的材料为解读作品建构了立体化的审美空间。

本书虽是偏于专题研究，但体现出了很明显的"小说史"意识，作者擅于发掘对小说发展起到重要作用的文化要素，并能从"史"的角度分析这些因素由渐到显的发展过程。如本书对文人集会与小说创作关系的关注是贯穿始终的。在第一章中，作者注意到崔颋与其酒友经常在宴会上谈论杂闻之事，由此归纳出"崔氏小说集团"，将隋及唐初一些很有影响的学者，与《洽闻志》这类笔记小说联系起来，以此说明杂闻、逸事这类"小说"写作已进入到上层学者思维之中，记录这类谈话也成为他们著述活动的一部分。作者认为这类士大夫的"故事会"，应是推动短篇笔记向长篇传奇发展的一个重要因素，"唐代的小说多半是在一些志同道合的文人小圈子中被津津乐道、阅读传诵，之后逐渐扩展到其他圈子里，顺其自然地经历了广为世间所知的传播过程"。这一学术发现不仅说明了唐人小说形成的一种方式，而且还揭示出唐代传奇的传播方式。这种"故事会"既是作品产生之所，也是接受与消费的场所。根据讲者与听者的关系，作者指出："唐代小说的作者，已经能够意识到小说的妙处就在于事实与虚构的弦发张弛的拿捏度上，所以，已经能够充分地使用此种手法了。"一些传奇原型就来自这种"故事会"中的口述文学，讲述者必然注重调动听者的情绪，所以，形成文字后的传奇也就有了出入虚实的变化与张弛有度的节奏以及诡奇多变的情节。这类材料以中唐居多，这也透示出了中唐小说大放异彩的原因，随着科举队伍的扩大，文人间世俗化、娱乐化、文学化交往活动增多，小说的创作与消费也大大增长了。

在唐小说的研究中，常常会面临这样一个难题：历史真实与艺术真实的矛盾。如鲁迅所说有意识虚构是唐人小说一大特色，但是，唐人的尽设幻语与现代的艺术想象并不完全相同，文中所叙往往采用了真实的人名与时间，即使虚构往往与真人真事也存在着种种关系。区分两者，还原历史真实之面貌，说明作家想象虚构的成分，这是研究唐小说的一个中心议题。然而，也易滑入将小说与历史事实"对号入座"的套路，纠缠于史料之中，而失去文学研究的意趣。本书注重挖掘文本自身意义，关注文本的内在结构，并以此为中心，组合相关史料。如作者在《离魂记》中发现张仲觊在天授三年时是十岁，至大历十四年应有九十七岁了，故判定文中年号是作者虚构出来的，又将小说中的"张镒"与相关史料联系起来，指出张镒有儒学名望，身边常有青年追随者，如后来成为宰相的齐映、齐抗就是他的学生，因此，在他周围自然有产生才子风流之事的可能。这种分析不是以史料附会小说，而是以相对真实的史实充实阐释空间，引导读者对小说人物、情节作进一步想象。

从文学研究角度看，这既是一种研究方法，也是一种阅读方式与欣赏方式，既可以提升对作品解读的精度，强化研究的可信度，又能以实证为基础开通读者进入小说家精神世界的道路，以详实的史料充实读者对作品的再想象。如作者详考白行简生平经历，并以此为背景，构建《李娃传》的历史空间，同时，又不把小说简单归同于白行简的自传，指出白行简有入河东幕府的经历并参与过幕府"故事会"活动，有可能耳闻类似故事，对当地景物以及动乱之事有直观体验，具有想象"郑生"这类人物的条件。他又比较了小说所述与白行简生平材料，发现小说应产生于白行简进士考试之前，认为它是考生对未来生活的想象。同样，对《莺莺传》，他既不同意"自传说"，又细考元稹生平，说明故事内容与之经历有一定的关系。由考生经历看，这类小说都反映了考生在复习迎考前性意识被压抑与冲动之间的矛盾心理，比起"反礼教"这类套语，此论确实新人耳目。

又如对《游仙窟》一书，作者在分析了自传说与变文说的不足之后，提出《游仙窟》基于"游记体"结构形式，反映了当时人向往西方未知之国与喜好异国情调的社会心理，又发现其时《大唐西域记》与《大唐慈恩寺三藏法师传》等游记式的方志与传记文学，给予它很大的影响。为了具体说明这一点，作者将《游仙窟》中人物的行踪与张鷟生平相比照，具体坐实了张鷟接受《大唐西域记》

并受其艺术影响的可能性。又利用绘画史材料说明当时存有各类诗画相配的《游仙图》，据此可推断，《游仙窟》一书应发源于这一类俗世读物。因其画被禁，其文也不得流传，因而只存于日本。由于缺乏同时期相关资料的比较，我们对《游仙窟》产生背景一直难以说明，这一研究表明至少在艺术构思与文本结构上产生《游仙窟》的艺术条件在《大唐西域记》之类的作品中已经形成了，由此也可以推想到与变文相近的"小说写作"在盛唐时代也许已经存在了。

运用西方文化心理学、社会学、民俗学、宗教学等研究方法，分析唐人仙怪传奇中的历史文化构成，注重挖掘传奇文本历史文化内涵，也是本书的一个特色。如《兴福寺》记：贞观年间准备花费庞大的资金修复兴福寺时，有数万条蛇从里面爬出，"寺僧以为天悯重劳，故假灵变"。作者据此说明中国儒家传统的天人感应信仰已渗透到佛教中，有效地分解出这类神怪故事中的儒释两种文化元素。又如《宣室志·开业寺》记叙了至德二载十月二十三日开业寺出现神人一事，作者由故事发生的时间，联想到肃宗于当日收复长安，再由开业寺与唐高祖开创唐朝的关系，描述了这一故事产生的背景，又由佛教传说的毗沙门天形象说明这一故事形成的艺术来源，指出"这个故事想表达的可能是：在肃宗凯旋回到长安之日，毗沙门天出现，高祖开创的事业得以重新开始"。此论与史实是相符的，杜甫当时所作的《北征》末两句"煌煌太宗业，树立甚宏达"，就是表达了这一心理。这种分析不仅说明了这一传说的历史寓意，同时也交代了这类神怪故事产生的方法。又如作者对"冥界"描写尤有兴趣，如通过分析《刘溉》《董观》等故事中的奈河，指出当时冥界观念中夹杂着本土民间宗教及外来佛教因素，说明当时人具有"幽冥理隔""幽显殊途"的心理观念，再根据"恶鬼""夜叉"等形象特点，指出"关于恶鬼面貌和其活动状况的描写，其复杂程度达到六朝以来的极点"。作者特别注意到那些出入人鬼世界者的陈述，由此描述唐人"以鬼为邻"的思维特征，揭示出这一类神怪故事形成之因：或产生于虔诚者迷幻之思，或得之于同类人之间的传闻。它们多数都是第三者的记录，记录者起初将之视为实有之事来写，但又根据自己的神鬼知识加以补充与扩张。这类故事多有模式化、类型化的特点，往往越演越繁，愈变愈奇，其因就在于此。这种研究方法与研究视角打破了文学文本的限定，以大量的非文学文献拓展了文学文本的解释空间，揭示出书写者的思维结构与深层的文化心理。这与近年来流行的新历史主义研究方法颇接近。在本书出版十四年后，英国牛津大学杜德桥以专著说明这一类传奇所包含的唐人世俗化的宗教意识与社会心理，已成为西方汉学界经典之作。杜氏承认在很多方面借鉴了内山先生的成果。神怪故事，一直是国际汉学的热门话题，在他们看来，这是非常"中国化"

的课题，而在中国却少为人关注。研究者多以为这些多属不经之谈，思维简单拙劣，缺乏研究价值，以至《太平广记》中近百分之八十的内容为研究者所忽略。从内山先生的研究来看，深入探究这类材料，也可对唐人小说的创作特点及传播方式作出颇有新意的分析。

我们习惯以"旁观者清"一语评价海外汉学的价值，但对日本汉学来说，此语未必确切，一千多年来，汉籍所承载的文化因素已成为他们文化传统的一部分，对于汉籍，他们早已不是站在岸边的旁观者了。明治后的日本学者一方面吸取了清代乾嘉考据学的传统，另一方面，又积极消化西方学术的理论，以现代科学理念改造传统考据学，擅长以文献考据的方法求证西学观念，本书的研究就体现了这一特色。不过，二战后，随着西化的加速，汉学研究在日本也逐渐边缘化，由传统知识沦为外国学之一种，全球化的"反古典"思潮与西方汉学"轻古重近"的转型更加助长了现代学人对东方古典的遗忘。近年来，在日本则表现为"汉语热汉学冷"的两极倾向。但是，深厚的传统仍能薪火相继，不绝如缕，在孤寂之中时时有力作产生。对他们的著作，与其称之为"他山之石"，还不如说是"邻居的眼光"。彼此看似熟悉，但同中有异，启人新思。我想出版内山先生这部著作的意义也许就在此吧。

本文初刊于《书城》2010 年第 7 期

山川异域日月同

——评《日本学人唐代文史研究八人集》

　　李浩、松原朗二位教授主持的《日本学人唐代文史研究八人集》是一项重大的文化工程，也是非常有创意的出版项目，全套由四部史学论著与四部文学论著组成，文史兼备，自成体系，入选学人都是各专业领域里的学术领袖，其学术地位早已为日本学界认可，所选之作都是在日本汉学界产生过影响的名著，既代表了当下日本汉学最高学术水准，同时也体现了各领域里最新的学术走向，如妹尾达彦关于长安都城、金子修一关于皇帝祭礼、丸桥充拓关于军事财政、石见清裕关于外交民族，在日本东洋学界早有定评，唐史学者已有专门介绍，本文想着重介绍一下四部文学研究论著，具体而言，这些著作有以下特点：

李浩、（日）松原朗主编《日本学人唐代文史研究八人集》（部分书影）

一、善于寻找新话题，开拓新空间

近代以来，日本汉学渐趋西学化，学术话语转换更加自由，往往能提出一些新鲜的学术话题，多能以新的视角为古典研究开拓出新的学术空间。如本丛书中《晚唐诗之摇篮：张籍·姚合·贾岛论》作者松原朗是早稻田大学松浦友久的学生，松浦是研究唐诗及李白的大家，弟子甚多，中国学人熟悉的内山精也、佐藤浩一都是他的学生。松浦先生治学就是合文献解读功力与西方新学之思辨于一体，自成一派。松原先生承其学统，专治唐诗，前些年即以新锐的观察与对文本精审的体悟，对唐代送别诗作了富有成效的探索，为唐诗研究注入一道清风。如他提出李白《峨峨眉山月歌》《渡荆门送别》都是作者的自送诗，为送别诗开辟了一个新门类，启发了人们从新角度研究这类作品。

《晚唐诗之摇篮：张籍·姚合·贾岛论》一书是他对上一课题的延展，它首先关注到从晚唐到宋初姚贾体盛行这一现象，进而分析这一文学现象产生的原因，从题材、风格与手法上将张籍纳入这一系列中，并为这一文学潮流追溯到一个源头。作者认为三人的相通性就是都写到了普通文人的家居世俗生活，并从这一角度梳理出中晚唐诗歌转型的一个趋势，即由对名士理想生活的表现与模仿转到对自身现实生活的关注，并因此而孕育出晚唐宋初诗歌胎儿，故其有晚唐诗摇篮的意义。这样就从新的角度对传统的"晚唐体"与"俗白体"进行了新解读。又，他由张籍等人的诗中发现一种创作现象："中国古典诗歌的陷阱在于作诗的制度化与日常化，而其结果就是原本不具灵感的平庸诗作被大批量地粗制滥造出来。诗歌的制度化与日常化就使得作诗行为更为普遍化，这在诗人数量飞跃上升的中唐以降尤为显著。……这种礼仪性的应酬之作，就成了一种在社交场合犹如名片一般相互交换的东西。因此，是何人于何地所作的诗即所谓诗的'记名性'，就成为一个最为重要的前提条件。正是由于这样的记名性，使得诗歌的自由抒情就受到了抑制，而愈发显得死板僵硬。对于这样的诗界现状，由张籍最先尝试的无记名诗，就成为改善现状的一个提案。"他的这一发现与其送别诗研究是一脉相承的，是对原有的自送命题的拓展。他认为"无记名体"是诗人为改变诗歌的程式化与社交化的一种手段，是诗人创作理念的改变才带来了诗体的变化。在此之前，唯有口头之作的乐府歌辞多有不记名的特性，而案头之作的诗更具有个性化色彩，前者可以进行无背景阅读，后者要求在特定背景下理解文本，适用于读者广泛的乐府诗与针对具体对象的文人诗，是基于不同接受方式而形成的诗体。写诗活动的社交化与仪式化混淆了两者的区别。但是，无记名式创作的增多，改变了这一现象，"在非乐府系列的纯诗领域，尝试这样无记名性的作诗手法，就使得徒诗与另一方的乐府之间的边界线得以消融，从而在记名的徒诗作品的边界上，开创了一种新的诗歌空间"。这一论断将这一创作现象与诗体演进及文学史发展联系起来，提升了这一话题的学术含量，也发掘了其中的诗学价值。

二、考论合一，有文史汇通的东方古典学特色

在现代学科体系里，文学、史学分属两个学科，研究内容与方法有很大不同。但是，在东亚学术体系里，文史是不分家的，二者不仅都以古典文献作为研究对象，而且也都是以追溯文献之源、复原文本所对应的历史真相为研究目的。这就是现代文史实证之学，它是传统的考证之学与现代实验科学理念相结合的产物，文史合一构成了东方

古典学的特色。这套丛书多具有这一特点，文史互证，考论兼通。如古川末喜先生的《杜甫农业诗研究——八世纪中国农事与生活之歌》，研究的是杜诗，但作者不采用隐逸诗、田园诗的这类传统诗体概念，而采用了史学分类概念：农业诗，着重说明杜甫农事活动与诗歌的关系，先分秦州期、成都期、夔州期三阶段具体说明杜甫生活与农事活动的关系，再具体分析诗中所叙薤菜、浣花草堂、瀼西宅、橘子、橘园、稻作经营、蔬菜种植等事，分析杜诗中的隐逸思想与其诗中农业类意象，从新的角度重新阐释了杜甫诗歌特色。所论多为农业史之事，方法与观点更近史学实证。如关于杜甫华州弃官以及远走秦州的原因，自宋以来争讼不已，多是对杜甫《秦州杂诗二十首》其一"满目悲生事，因人作远游"一语的解说，将焦点都聚在"因人作远游"之"人"上。而古川特别在意杜甫《寄彭州高三十五使君适、虢州岑二十七长史参三十韵》中"无钱居帝里，尽室在边疆"一语，并据相州大败相关史料，注意到唐军当时在洛阳实施空城计策之事，认为多数官员都已经撤到长安，但杜甫却不能作这样的选择，"在目睹了洛阳周边混乱危险的情形之后，当杜甫决意辞去司功参军的时候，他便基本没有选择返回故乡洛阳的可能了"。这则从生存方式角度对杜甫这一举动作出新解释，推进了对这一疑案认识的深度。作者又从这一视角重新考察杜甫在秦州所写相关叙景之作，认为这些诗都可说明杜甫在寻求栖身之地并准备在秦做一个务农的隐士。观点甚新颖，颇有启发性，史家弘阔的视野使之能超越诗歌史研究的局限，从而探索到为人忽略的事情。

与乾嘉之学不同，现代东方古典学者多不满足于枝枝叶叶的考证，更注重将细小的问题置于宏大叙事的结构中，追求由小见大的学术效果。正是有了这样的史家视野，古川末喜教授发现了杜甫夔州诗中一组写到佣人的诗的特别之处，并从农作关系上分析这些佣人的身份、作用，并考证这些从事农事的佣人很可能是当地的"獠口"，总结道："首先是诗题（或诗中）使用了佣人的唤名和他们个人的名字，这表明杜甫是将佣人当作独立的个体来看待的。在此之前，佣人是被埋没于贱民阶层之中的。……无论是妓女还是佣人，在诗歌描写这一小小的聚焦点上，却都反映了当时社会底层抬头这一大时代的暗潮。""这些咏唱佣人的连续之作，可以反映出杜甫万物博爱的精神。""描写佣人的诗群，可以看作是杜甫夔州时期生活诗的组成部分。……杜甫使佣人们作为主人公登上诗的舞台，作为结果，乃是扩充了诗歌题材，开拓了新的诗歌世界。"这一论述具体发掘出杜诗的创新之处，为杜诗新世界作了新的补充说明，从思想史与诗歌史两个层面分析了这类诗的意义。

三、学风精细，体现了邻国学人的工匠精神

这一套书中所论之事多是具体而微者，所引文献多附有译文（译作以现代汉语译出），体现了日本学人精细的工匠精神与追求细节完美的学术风格，这也是日本汉学的学风特色。如《白居易研究——闲适的诗想》作者埋田重夫在白诗研究方面已多有成果，其论文《白居易七言律诗考——诗人与诗型》《白居易〈新乐府五十首〉的修辞技法》，专著《白乐天研究——诗语与修辞》等素为中日学者关注。本书是他对白居易闲适诗研究的最新成果，着重考察了白居易闲适化的人生态度与闲适诗艺术的关系，并从这一角度论述了白居易闲适诗产生与发展的原因以及蕴含的人生哲学。全书由四部分构成：白居易闲适诗概观、白诗中身体与姿势意象、白诗中衰老与疾病意象、白诗中的住所与家人。作者从睡眠、疾病、房屋、身体姿势等方面论述白居易闲适诗的意象蕴含，阐释了白氏闲适诗中的价值观及人生哲学。这些细节问题此前并不为研究者关注，作者汲取了西方身体写作理论，重新细读相关文本，揭示诗中的深层意识。白氏存诗二千三百多首，前期他自己将之分成讽谕、闲适、感伤、律诗四类，其中律诗中也以闲适诗居多，后期多依体而分，仍以闲适诗居多，因此，闲适诗要占白集一半以上。入宋之后，白氏这类诗影响越来越大，以《香山九老图》与苏轼《醉白堂记》为代

表，闲适化的白氏形象已成为士大夫偶像，这一形象的流行与这一文学意识的上升也是唐宋转型的重要走向。本书以细致的文本研读深入解析了这一文学现象，为白居易研究开拓了新思路。如其言："白居易在洛阳定居以后，创作了很多以这个地方的水景为诗题的作品，总计达到80余首，其所吟咏的内容大致上可以分为三类：（1）述说流水之趣的诗；（2）描写他人水池的诗；（3）述说自己水池的诗。""通读白居易的《池上篇并序》，能使人深切感受到，水景的清静氛围洗掉了白居易内心的尘埃。这种表现被反复地吟咏，到了令人感到异常的程度。这个事实又从反面旁证了，伫立于池边的白居易，与诗中所说的那种清澄的境界相反，被孤独与绝望、矛盾和焦躁搞得心烦意乱。站在这个视角来考虑的话，《池上寓兴二绝》（会昌元年[841]，70岁，洛阳）中登场的鱼与白鹭的描写——'此非鱼乐是鱼惊''外容闲暇中心苦'——也可以看成是诗人自身的精神风景。""具有一定的大小，被设定界限、被区隔出来、明确表示了所属的私有池，对于其所有者来说，可以成为如自己身体般无可替代的亲密空间。白居易在给空间赋予意义方面是最能发挥才华的诗人。"所有的结论都是由文本细读抽绎出来的，精凿成器，尖新而又细密。

又如冈田充博《唐代小说〈板桥三娘子〉考——东西方变驴、变马系列故事》，以唐代传奇《板桥三娘子》为研究对象，这是一则出自薛渔思《河东记》中的故事：

唐汴州西有板桥店，店娃三娘子者，不知何从来。寡居，年三十余，无男女，亦无亲属。有舍数间，以鬻餐为业。然而家甚富贵，多有驴畜，往来公私车乘，有不逮者，辄贱其估以济之。人皆谓之有道，故远近行旅多归之。元和中，许州客赵季和将诣东都，过是宿焉。客有先至者六七人，皆据便榻。季和后至，最得深处一榻。榻邻比主人房壁，既而三娘子供给诸客甚厚，夜深致酒，与诸客会饮极欢。季和素不饮酒，亦预言笑。至二更许，诸客醉倦，各就寝。三娘子归室，闭关息烛。人皆熟睡，独季和转展不寐。隔壁闻三娘子悉窣，若动物之声。偶于隙中窥之，即见三娘子向覆器下取烛挑明之，后于巾厢中，取一副耒耜，并一木牛，一木偶人，各大六七寸，置于灶前，含水噀之。二物便行走，小人则牵牛驾耒耜，遂耕床前一席地，来去数出。又于厢中，取出一裹荞麦子，受于小人种之。须臾生，花发麦熟，令小人收割持践，可得七八升。又安置小磨子，砣成面。讫，却收木人子于厢中，即取面作烧饼数枚。有顷鸡鸣，诸客欲发。三娘子先起点灯，置新作烧饼于食床上，与客点心。季和心动遽辞，开门而去，即潜于户外窥之。乃见诸客围床食烧饼，未尽，忽一时踣地，作驴鸣，须臾，皆变驴矣。三娘子尽驱入店后，而尽没其货财。季和亦不告于人，私有慕其术者。后月余日，季和自东都回，将至板桥店，预作荞麦烧饼，大小如前。既至，复寓宿焉。三娘子欢悦如初。其夕，更无他客，主人供待愈厚。夜深，殷勤问所欲。季和曰："明晨发，请随事点心。"三娘子曰："此事无疑，但请稳睡。"半夜后，季和窥见之，一依前所为。天明，三娘子具盘食，果实烧饼数枚于盘中。讫，更取他物，季和乘间走下，以先有者易其一枚，彼不知觉也。季和将发，就食，谓三娘子曰："适会某自有烧饼，请撤去主人者，留待他宾。"即取己者食之。方饮次，三娘子送茶出来。季和曰："请主人尝客一片烧饼。"乃拣所易者与啖之。才入口，三娘子据地作驴声，即立变为驴，甚壮健。季和即乘之发，兼尽收木人木牛子等。然不得其术，试之不成。季和乘策所变驴，周游他处，未尝阻失，日行百里。后四年，乘入关，至华岳庙东五六里。路傍忽见一老人，拍手大笑曰："板桥三娘子，何得作此形骸？"因捉驴谓季和曰："彼虽有过，然遭君亦甚矣。可怜许，请从此放之。"老人乃从驴口鼻边，以两手擘开，三娘子自皮中跳出，宛复旧身。向老人拜讫，走去，更不知所之。

　　全文不足一千字，讲的是晚唐汴州板桥女店主三娘子的传奇故事：三娘子会法术，能以法术驱使木制小人种地，并以所获之麦制饼，店客食后，多变成了驴。后有客人将其食物调换，使她也变成了驴。冈田充博教授《唐代小说〈板桥三娘子〉考——东西方变驴、变马系列故事》即以这个故事为中心着力研究东西方变异故事的同异，作者先通过详细解析，将之与欧洲、西亚、印度等相关古代传说作比较，探究《板桥三娘子》的故事原型；再通过考论其作者，剖析故事内容及细节，综合论述了故事的写作背景和史料价值；从比较文学的角度，深入探讨《板桥三娘子》的传播及变迁，分析了中国、日本变形故事及其背后的变形观，是一部集可读性与研究性于一体的学术作品。在此之前，日野开三郎《唐代邸店的研究》也曾从经济史、财政史角度专章讨论这则材料，本书所论是对日野之学的发扬，并从文学角度开拓了新的空间。东邻学人多具有这种精益求精的工匠精神，对一则材料抽丝剥茧，条分缕析，深耕细作。如关于"人变驴"故事的中西方文化因素，从1913年起，日本学人南方熊楠、佐佐木理与中国学者杨宪益都有不同的发现。之后，冈田充博教授又于印度、蒙古传说中寻得踪迹，并扩大视野发掘出其中的西域文化因素与粟特商人的特质。于细耕精研中形成新论，识广思宏而又扎实谨严。又如松原朗先生专文考析贾岛"原东居"所在，运用《长安志》《两京城坊考》等资料，详细列叙了其居地升道坊及相邻的升平坊与新昌坊的环境，说明升道坊是由原先墓地改建，相对较荒凉，贾岛居处在坊中北区，更寂静，作者又以此为背景，解读了相关作品，发现此处是可耕田种菜的场所，并于诗中发现了"剪禾""刈田""拾薪""寻野菜""篱药"之辞，更具体地揭示出这类寒士的生活方式，对苦吟之境也就有了更新的体会。日本汉学有精读作品的传统，笔者几度参加过的京都东山学会等读书会活动，几十个人长年研读一书，一次只讲一二首诗，一句一句讨论，从字词训诂到文献疏通，一字不苟。这一传统使得日本学人在运用古籍文献时多能有较强的针对性，解读新异而可信。

中国文化是人类文明史上绵延历史最长的文化，如何提升这一文化在国际学术界的话语权，应是当下中国学术在走向国际化时面临的一大课题。重新审视日本汉学，加强东亚文化共同体的建设，可为解决这一课题提供新的思路。汉学在日本有悠久的传统，已形成了有自身特色的知识谱系，与中国学术存在着同中有异的关系。近代以来，汉籍古典在日本已日趋边缘化了，中国古典文学也渐渐沦为外国文学的一种，原先的作为基本知识的特殊地位也渐渐丧失。但是，汉学家仍在坚守，并逐步完成了学术转型，建立起现代汉学知识体系与学术理念，形成了具有现代色彩的古典学，其中的经验与方法值得中国学人借鉴。其次，日本汉学家也希望在中国学界找到知音，而且唯有加强交流，才能在学术碰撞中增进共识，完善东亚文明共同体的话语体系。从这个意义上看，这一套丛书的出版，其意义确实不可估量，希望编者能将此当成一个事业来做，保持延续性，形成规模，使之成为中国文史学界必备之书。

原载《中华读书报》2019 年 08 月 07 日

拨开尘封审恶花

——《甲午日本汉诗选录》前言与后记

前　言

　　本书收录了中日甲午战争前后日本文人所作与战事有关的汉诗，这些作品多受到日本近代军国主义思潮影响，战后各类日本文学史著或研究者很少提及，差不多已被扫进了历史垃圾箱，尘封了七十余年。然而，从汉文学史角度看，这些作品又比较典型地体现了日本明治时代的文学风气，反映了日本汉文学在历经一千余年发展之后的整体风貌。江户时代二百多年的稳定，带来了汉文学的普及，至幕末明初，写作汉诗文几成日本幕士、藩士的基本技能，明治之后，汉学地位沦替，然而，传统尚存，汉诗文写作仍是日本士人一种主要的知识技能，汉诗还是其时士人言志抒情的主要手段之一，在知识阶层汉诗风犹盛。侵华战争以及随后的日俄战争进程更加刺激了这一诗风的流行，甲午战争仅持续了十个月，所掀起的汉诗热潮却有十几年，在人数与作品数量上，都大大超越了前期各个阶段，这确确实实是因侵略战争而生的"恶之花"。江户近三百年，"李攀龙《唐诗选》"一直是当时读书人必读的基本教材，所以，这些人多承袭唐诗之风，主要是效仿高、岑的边塞诗与李、杜诗，如平山漱石所言："人在昌龄诗句里，黄沙百战见余豪。"虽然有些诗句与词汇稍显生涩，但其声腔用语对唐诗亦步亦趋模仿的痕迹是非常明显的。其中以绝句居多，一些歌行也多是由连章绝句构成的，若以严格的近体律法为标准，很多作品或许都不能成为诗。但是，对于日本作者而言，这是一种完全脱离于他们口语的书面语，虽然这种书面语他们已使用了一千多年，但实际上还是一种外语。与朝鲜书面语、口语分离不同，日本自六世纪之后就有了自己的文字，并有与口语相一致的书面语体系，以假名写作的文学形式更为通行，但长期以来又以汉诗文作为高雅的文学形式与官方话语形式，从而发展出一套训读方法以及由此而产生的汉诗文思维方法。日本文人以这种特殊的阅读方式与思维方式写出了与中土汉语相同的书面语，并一直保持着与中土对话交流的水平，其上乘者置于中土文人诗集中几可达到乱真的程度，这本身应是一个值得研究的文化现象。十八世纪初，朝鲜文人申维翰在《海游闻见杂录》中记录了日本人学写汉诗的情况："其为字音，又无清浊高低。欲学诗者，先以四韵积年用工，能辨某字高某字低，苟合成章。其为读书，不解倒结先后之法。逐字辛苦，下上其指，然后仅通其意。如'马上逢寒食'，则读'逢'字于'寒食'之下。'忽见陌头杨柳色'，则读'见'字于'杨柳色'之后，文字之难于学习又如此。虽有高才达识之人，用力之勤苦，视我国当为百倍。所以文人韵士阅世无闻，而其间一二操觚之辈亦无由扬其声于国中矣。"他看出日本人学写汉诗之艰难，同时也承认其中杰出者之成就。日本汉诗这一运势到了甲午战争时，似乎得到了一个喷口，迅速爆发起来。战争冒险的顺利，以小克大的成功，极大刺激了习汉诗者的创作热情，其时各种宣传工具都开足马力，大力鼓吹战争的狂热，上至宰臣，下到士卒，都有汉诗发表；经营中国、入主中原的野心与政治氛围也大大推进了他们对中国文化的了解，提升了他们接受汉诗艺术的能力。明治汉诗就是在这一背景下有了长足的发展，与甲午战争有关之汉诗已成当时的一个文化热点。随着日本近现代教育的转制，汉诗文训练渐渐退出基础教育体系，这一辈诗人应是最后一代系统接受汉学教育者，这类诗也是日本汉文学发展的最后阶段的代表之作，对于日本汉文学史而言，这是一个高峰，也是最后的高潮；对研究日本汉文学史来说，这应是一段不容忽视的环节，它比较全面地展示了日本文人吸纳、化解汉诗文的能力，体现了中国古典传统在异域里一种特殊的传承与发展。如果从东亚汉字文化圈的发展看，这一段时间也是日本与中国诗文交流最频繁的时期，所见作品中有很多与清使馆人员的酬唱之作，当时黎庶昌等人多次为日本人的诗集写序，汉字书面语在这段时间共同化的程度达到了历史最高点，因此，这些诗对于研究近代东亚文化交流也是很有意义的。当然，更为有意义的是，这些诗作对于研究甲午战争历史乃至日本侵华史，具有独特的史料价值。首先，这些诗比较集中地反映了日本的侵华野心。在明治维新之初，征韩派作为一个政治势力已退出政治核心，但是对侵略战争的狂热理念与新政者野心是一脉相承的，这些作者或是侵华政策制定者，或是战争直接参与者，或是鼓动者，他们在诗中多从皇国史观及军国主义立场叙述他们侵华的"原因"与动机，赤裸裸地表现了他们对华的侵略野心，比较典型地暴露了当时军国主义者对侵略战争的迷狂。由其诗中可清楚看出，继丰臣秀吉后，"将唐之领土纳入我之版图"的野心自萌发到发展已延续了四百多年，在这些诗中，诗家多将甲午侵华战争与三百年前丰臣侵朝战争相联系，似乎是在完成丰臣未成之功业。如山县有朋《廿一年五月检视对州炮垒遂到朝鲜釜山 明治廿一年戊子》言："烟水茫茫望帝都，几多岛屿欲相呼。若教太阁假年齿，长把江山入版图。""釜山山色更关情，忆起当年此远征。谁识英雄无限恨，加藤古垒小西城。"作者是日本现代军队的创始人之一，也是甲午侵华战争中的主帅，诗作于战争爆发前六年，其时，他在对马岛眺望对面的朝鲜就想到了三百多年前丰臣秀吉侵朝之事，他认为如果假以时年，秀吉"假道（朝鲜），超越山海，直入于明，使其四百州尽化我俗，以施王政于亿万斯年"的意图也是可以实现的。又如，加藤熙《丰太阁征韩歌》更是直言："绝海艨艟走群龙，勿道小蛇吞象志。"以蛇吞象之野心暴露无遗。又如，谷口蓝田《送松平子宽应聘赴清国》言："单身应聘六千里，斯道重兴四百州。"所送对象只是担任教官，而他竟将这一行为与经营四百州之事相联系。又如，乃木希典《明治二十七年十月九日日清役出征途次广岛大本营》所言更为直接："肥马大刀尚未酬，皇恩空落几春秋。斗瓢倾尽醉余梦，踏破支那四百州。"长谷川三岳《从军行》："万里秋风绿水流，千年积雪白山头。明朝立马知何处，禹域茫茫四百州。"岛田见山《平壤陷落》："禹域茫茫四百州，天兵一战气横秋。长驱直捣幽燕地，带砺山河唾手收。"本多玄谷言："可知扬武固天意，震动支那四百州。"森月峰《从军行》："长风万里远征舟，梦走山河四百州。"松田学鸥《僚友丰田别府二君将赴清忽率赠二首》："豪怀最忆西风里，蹂躏支那四百州。"他们所思所想都是在吞并中国。又如当时《每日新闻》所载无名氏诗更为狂妄："若教提督在今日，并力应屠四百州。""鸭绿投鞭期已近，梦魂飞绕北京城。"显然，由朝鲜而直指中国，就是他们一贯的侵略思维，以至成为诗家的常用语。有些史家以近代西方殖民主义影响来解释日本的侵华行为，而由这些诗看，两者关系并不大，他们更多的是承袭了丰臣秀吉以来的侵华野心，是一种野蛮的征服者思维，全然没有尊重他国领土主权的近代平等意识，其时他们还在与西方列强争取国家的平等权，而对邻国却公然践踏了国家独立、民族自由之现代国家理念。其次，这些诗多暴露了日本军国主义者在战争中的残忍与野蛮，从中可以看出此后"二战"中日军的种种暴行的历史渊源。其时日本已初入现代文明社会，但由这些诗看，战争鼓吹者不过是操着现代武器的野蛮人。虽然，他们一再标示孟子王道思想，又以宋儒修齐治平意识自况，但在诗中更注重的是夸示日军暴力，无视战争给他国人民带来的痛苦。很多诗以嗜血为军人豪气，以血流成河、尸积如山为壮观之象。如"万骑一败争遁逃，鲜血饱膏日本刀"（向山黄村），"隔桥炮火激雷霆，河水涨红鲜血腥"（福原周峰），"水军战罢万尸浮，腥血潮红大海流"，"屠城战血蒐征袍，移帐边尘拭佩刀"，"刀头战血万人惊，匣里犹留斩虏名"（副岛种臣），"狭巷短兵交刃处，杀人血泻作河声"，"硝雾黑藏危堞暗，血痕红渍伏尸殷"，"战骨如山血如河，腥风漠漠鬼哭多"（竹添井井），"屠城鏖战喋鲜血，快剑脱函光陆离"（高桥白山），"剪屠转斗血如流，到处街头尸作丘。彻夜铳声余响在，朝来始见战尘收"，"好机易失时难遇，直振大刀屠北京"（高桥午山），"斩馘无数血漂杵，杀敌容易如屠羊"（菰芦渔隐），"请见百炼秋水日本刀，屠尽豚尾百万兵"（濑户含翠）……这类以屠杀为快之句，处处皆是。这与他们效法的唐人边塞诗是全然不同的，也没有杜诗中"边庭流血成海水，武皇开边意未已"的批评。其时，由于双方武器技术级别与军队素质的差别，清弱日强，已成定势，诗家所宣扬的实际上是一种以强凌弱的暴力，但诗家多无这一意识，丧失了人道主义的同情心，甚而宣扬屠城之事，如"快剑一挥光陆离，斩人如草战酣时。蛮军屠杀无遗憾，旅顺港头征讨师"（福原周峰），"难忍功名争竞念，梦魂一夜屠清京"（立见尚文），"屠汝醢肉我劳无，好扫四百余州梦"（高木信威），"挥剑屠尽四百余州豚"（《每日新闻》无名者），"一朝屠尽无噍类，生而还者三人耳"。日军在占领旅顺时，疯狂屠城，当时国际报刊已有过报道与谴责，但是，这些诗不仅无视，没有一丝罪恶感，竟仍不停地鼓吹着这种血腥暴行，这种以罪恶为美的思维方式充分暴露了侵略者的野蛮与残忍。又如斋藤鹤汀《送友人从军》："握手了时还举觞，征鞍欲上气扬扬。送君唯恨破虏日，不见霜刀屠犬羊。"以屠杀为快感的罪恶意识，竟然成为他们赠别之言，这种以血腥暴力自夸的行为，在三十多年后的侵华日军中更是变本加厉了。"二战"中，日军在中国制造的多起屠城、屠村等暴行应与这类嗜血文化导向有一定的关系。我们曾天真地想象在这些连篇累牍的战争诗中，或许会有表现厌战或反战的作品，然而，几经搜寻，无论是在总集中，还是在诗人别集中，竟然未发现一篇，大感意外。这或许有战时舆论管制的因素，然而，这种集体性的战争狂热，还是让人震惊的。将他们的别集与当时报刊所载、专集所收相比较，可以看到，有些过度血腥的诗作，作者未收入别集中，显然，对一些作者来说，他们也知道公然宣扬暴行是为人所不齿的。今天以之为反面教材，对于了解当时日本军国主义者强盗逻辑与好战心理，揭露日军暴行罪恶，具有不可替代的作用。

同时，这些诗多产生于日本明治维新初成之时，体现了日本在近现代转型进程中狂恣急进的精神面貌，其中更多的自信来自对清朝的蔑视。这些诗中用了很多蔑清词语，相对于前期对中土文化的尊崇，明显有一种后来居上者的暴发户心理，也比较集中地反映了日本近代社会在脱亚入欧进程中的心理状态。在一些诗中，儒家华夷之辨已为他们片面所用，反客为主，斥清朝为胡夷，无视整个中国仍以汉文化为主体的事实，反以儒家文明主导者自居。自清入主中原后，朝、日两国长期以来不以之为儒家正朔，自身也不甘于边缘化，甲午战事的结果使他们这一意识益发膨胀。他们在诗中引援华夷意识多是为其侵略行为寻找借口，有意放大满汉政治矛盾，有其不可告人的动机。"一击挫来尊大气，自今不必讳中华"（森鸥村），这可能才是他们的真正用意。我们将这些诗置于晚清政治背景下考察，不难见出，它在客观上对中国近代志士也产生了一定的影响。甲午战后，大量学子赴东洋求学，他们与这一批汉诗人交往频繁，以同盟会为代表的"驱除鞑虏，恢复中华"政治口号与这些诗所表达的内容极其相似，两者之间的关系确实值得研究。另外，这些诗又多以实录的方式记录了战争的进程，其中一些关于战事的记载，比起各类史籍更为具体，本身也是研究甲午战争的重要史料。其中，关于一些战事的记录确实也暴露了晚清落后的政治与涣散的军力，这对于认识晚清政治特点，探索中国在近代落后之因，又具有一定的参考价值。

全书分为三个部分，第一部分：别集选录。选择了五十余位作者，从他们的别集中选取与战争有关的诗作，选录范围：一是直接表现甲午战争的作品；二是在此前后所作与甲午战争有关的诗，其中有些人由于介入战事较深，则将其在战争前后所作的与中国相关的作品都选录了。在每位作者名下都附有简略的作者介绍。第二部分：专集部分。先选择了当时影响较大的两部汉诗总集《明治汉诗》《昭代诗集》中的相关作品。前者虽成于战争之前，但其中的征韩论调与此后战争直接相关。又取录了《征清诗史》《大纛余光》两部专集。前者是一个战争参与者所作的战争实录诗，后者是当时人选录的其时名流所作的与战事有关的作品。最后，选录了战后编辑的两部汉诗文集：《征清诗集》《征清词林》，后者中的一些汉文作为史料亦较稀见，故一并录入。类似这样的专集还有很多，取录的作品多有重复，本书以此两书为主，兼收其他，其中有少数诗与别集选录部分重复，因需其评语，且为了保持原书的完整性，或存目，或存诗。第三部分：报刊摘录。战争期间，日本主要报刊媒体多刊发一些与战事相关的汉诗，本书主要选取了当时影响较大的三种报刊《每日新闻》《日清战争实记》《东京日日新闻》中所载与战争相关的汉诗，同时也从另外三种报纸《风俗画报》《国民新闻》《万朝报》上摘录了部分汉诗，与前面选诗重复者，多存目去诗，以显示其诗最初的发表状态，展示当时日本的舆论趋向。书以选录诗歌为主，一般不出校记、注解。仅少部分有说明，以括号标识。

本书在撰述过程中一直得到本丛书主编张剑先生的关心与指导，凤凰出版社姜小青社长与责编樊昕先生也悉心关照，复旦大学中文系及王水照、朱刚教授也给予了特别的支持，保证了本书编辑会的成功举行。这些都应是要特别感谢的。全书由查屏球主持编撰，何中夏、邵劼、蒙显鹏、徐俪成、刘洁、李由、任雅芳参与选录，查屏球、任雅芳、徐俪成负责统稿，各家选录内容皆于诗末以小字注明，未注明的部分为主编所录。由于书成众手，资料复杂，水平有限，不妥之处，望得方家指教。

查屏球编著《甲午日本汉诗选录》，凤凰出版社 2017 年版

后　记

　　2014 年为甲午战争 120 周年，这段时间，笔者与多位编者在日本九州大学任教、留学，九州地区与这一场战争关系甚大。元兵攻打日本，就是兵败于福冈博多湾，丰臣秀吉侵略朝鲜也是由九州出发，甲午战争中，日本海军联合舰队多数官兵都是原萨摩藩（九州鹿儿岛市）舰队传人，所以，九州福冈关于那场战争的遗迹甚多，还有一些小型博物馆专门收藏甲午战争中所得战利品。如定远馆，就是用北洋舰队定远舰残骸遗物制成的一个小型博物馆，

坐落于九州福冈太宰府天满宫旁，是由当年天满宫神官、参议院议员小里隆助修造的，经年失修，残旧破落，我们几度游访于此，注目遗物仍能感受到北洋冤魂的怨气，陈列的旧报与文稿依旧散发着侵略者的血腥味。在这一特殊的日子，中日双方都举办了各种学术活动，出版了很多书籍、论文、电影与电视剧，其中也不乏稀见史料的揭秘，但我们又感到由于两国立场不同，有一些史料被忽略了，其中最让我们关注的就是战争前后出现的大量的汉诗文。我们访问了《马关条约》签订处下关市的春帆楼，翻检其时参战者的留存之文稿以及当时各类报刊所载汉诗文，感慨甚多。日本史家多以此事作为明治维新成功的标志，并视为日本现代国民意识崛起的一个动源，下关各处有关甲午战争（日清战争）遗迹多有明治人物的颂碑。于中国而言，甲午战争是近代国耻之极，战争的结果充分暴露了专制王朝的腐朽与无能，直接催生了近代民主革命的兴起。战争之初，无论是海上舰队还是岸基炮群，清朝实力并不在日军之下，很多军官与日军一样都曾在英国受过训，总体财力也在日本之上，但结果却出人意料，海陆全败，多年经营的洋务军备也丧失殆尽。战前七年（1886），李鸿章派北洋舰队定远号、镇远号到长崎炫示武力，然而愚昧的自大、涣散的军纪，不仅暴露了自身的落后，也激起了日本人奋起直追的决心。长崎事件后，日本上至天皇，下到商贩，全民捐款造舰，仅用了六年，舰队总吨位就赶超了北洋舰队，而且新购之舰性能多是后来居上。在这一段时间里，无论有识者如何呼吁，清廷不仅未加一艘新舰，而且还削减海军经费，连正常训练都难保证，多年未发一炮。很多待在现代军舰上的官兵，无现代科技观念，设备管理失序，临战全无章法。结果旅顺港最现代的岸防炮反被日军夺得用来炮击刘公岛的北洋舰队，远东最大的战舰定远号自沉，镇远号还被日军掳去。甲午完败的结局表明政治体制的顽疾，不是坚船利炮能够解决的，腐朽的制度才是国防最弱的地方。师夷之长，如果只取形式上的枪炮之长是无法制夷的。中日两国在向近代文明转型过程中产生的碰撞即体现这一点。而这一点在当时日本汉诗文中多有所表现，虽然，这些汉诗文多有蔑清之论，体现了窥视者因发现猎食对象弱点后而产生的自信满足，但也从另一层面暴露了清廷政治的落后，这对于我们总结这一段历史也是有参考意义的。因此，我们在清理这部分文献时，既多有国殇之痛与被辱之愤，也时生太息扼腕、伤心顿足之叹。如在这些诗中有多首吊悼丁汝昌的诗，其不惜一死而守节的壮烈感染了对手，使他们对这一败军之将多存敬意。但是，清廷上下却将战败全部归罪于这位前方将领，并由光绪帝下旨"籍没家产"，不许下葬。两相对照，反差甚大，这些诗作可从另一角度引人反思。揭开伤疤确让人痛，但也让人深度了解致伤的原因，总结历史教训。

十九世纪末，随着西人殖民扩张的加大，中、日两国都被推到了近代化门口，由于两国所走道路不同，近代化的步伐不一，中国的渐进式变化终被日本突变式的发展超越，东亚政治版图与文化地位也随之发生转变。在输入中国文化一千多年后，儒家化社会意识在日本已本土化了，明治政治人物多以儒家"修齐治平"的理念来推动日本近代化的转制，在其成功之后，又以华夷之辨来诠解西方的文明进化论。自明清易代之后，日本对清廷就存有轻蔑之意，视其为夷狄胡虏，这一时期，物质文明优势使其更加放大了这一意识，进而反客为主，以文明中心自居，为其弱肉强食的强盗逻辑进行包装。在这些汉诗中，多赤裸裸地表现了这一侵略意识，同时它也表明，随着"中华帝国"在东亚中心地位的沦落，对以儒家文化为核心的东方文化的诠释也出现了多样化的走向。这一时期的东亚，出现了一种复杂的现象，一方面，借助现代交通与传媒工具，中、日、韩三国文人的交往与交流空前频繁，日本学人对中国文化开始有了抵近观察与体验的机会；另一方面，侵略与反抗的矛盾也达到从未有过的激烈程度，对某些日本文人来说，陶然于学与侵占经略之心是并存的，这种因战事而生的文化交流，其复杂性尚有待于文化学者的进一步研究，仅贴上"友好"或"侵略"的标签，实失之简单化。从这一角度看，今天，将之搜辑整理出来方便研究者使用，还是有一定意义的，可为我们了解这一时期文化运转提供一个具体史实，以免因强调某一方面的因素，而脱离历史背景，误解相关文献。甲午战争对于东亚近代史影响甚大，我们这里所录的，只是相关史料中的一部分，假以时日，我们还想将中、日、韩三国相关汉诗文汇录一编。

作为主编，我尤其感谢我们这个编选团队的全体成员，他们是：何中夏（男，山东青岛人，山东大学研究生，日本九州大学交换生，现为上海古籍出版社编辑）、邵劼（男，浙江杭州人，日本九州大学研究生，现为浙江文艺出版社编辑）、蒙显鹏（男，广西人，日本九州大学博士生）、徐俪成（男，浙江杭州人，复旦大学博士生，日本国学院大学交换生）、李由（女，江苏徐州人，南京大学博士生，日本九州大学交换生）、刘洁（女，江苏连云港人，日本九州大学博士生，现为西南大学讲师）、任雅芳（女，山西太原人，复旦大学研究生，日本神奈川大学交换生，现为西北大学讲师），大家都在异邦留学，学务繁重，然多能抽出休息时间，到各图书馆查检资料，并不厌其烦，多次改动体例，尽己所能保证了本书的质量。其中任雅芳君、徐俪成君又参与了本书最后的编辑工作，费力尤多。笔者十多年前，就曾有编纂这类资料的想法，多年难成，幸遇这一批志趣相投的好学之士，终得以迄，这是一次愉快而高效的合作，相信一定会给诸位留学生留下难忘的记忆。此有诗证，录之以资记忆：

读《大纛余光》感甲午事用《秋兴八首》韵

蒙显鹏

宰辅依然儒士林，狡谋列国自森森。凤城欲庆祥氛郁，虎落连开朔气阴。阃外燧烟凭孰手，日边牛李定何心。巨航一去沉荒海，寒女于谁问槁砧。

禹贡山河夕照斜，儒经曾不救中华。百年谁作苞桑策，万里俄飞炮火槎。岂有邯郸危鲁酒，可无卫霍止胡笳。梯航九译夸全盛，八道鸡林血沃花。

扶桑妖蠹拂波晖，王气中原日已微。大梦应缘烂柯醒，小朝但欲负山飞。庙廊不有男儿在，吁咈竟因嫠妇违。坐看彤庭工聚敛，都供一战敌邦肥。

拟《实记》汉诗戏用蒙兄韵

何中夏

九重独陟望三山，缥缈风波云水间。烽火一朝焚海塞，天枪几度落河关。沐猴裂册帝王志，倚马作书奴婢颜。远渡依稀有童子，来航恨不是仙班。

连樯楼橹起龙头，醉里挑灯春复秋。忽祝颐和万岁喜，便添定远六军愁。月沉黑雨哭新鬼，风入碧波盟旧鸥。不见还归辽海鹤，虫沙戢戢满神州。

感甲午事次杜陵《秋兴》韵效蒙兄何兄

徐俪成

艨艟西略欲铭功，太白经天乱尾中。铁炮千声迷日月，冤骸万里泣霜风。而今蓿苜盈禾绿，依旧斜阳带血红。

踏遍九州终一梦，空留闲话与山翁。

留别九大留学诸君

查屏球

鸿飞萍聚人生事，心印相通万里思。最忆春帆登览处，难忘秋瑾痛伤诗。东洋卅载风涛谷，吾土三朝腐俗池。血火未消师弟转，发袍初革上下疑。喊呐开悟医民性，神女惊知铸血辞。逐汉千年朝夕速，超倭十纪卯寅迟。西乡面壁身残日，庆应习兰衣冷时。南海老狂多暮气，少年中国望君持。

注：春帆楼，在山口县下关市，李鸿章与伊藤博文于此处议订《马关条约》。一百二十年后之甲午，吾与临安邵君同游此处。藩县改制前此地属长洲藩，幕末维新之杰如高杉晋作、木户孝永、山县有朋、陆奥宗光、伊藤博文等多出于此。1865 年，24 岁的高杉晋作于此举兵，开倒幕之序。此地维新遗迹甚多，"日清议和处"即是其中之一，"李鸿章登岸""李鸿章宿馆""李鸿章受伤""李鸿章小路"皆设路牌昭示，楼内外多有日本名流题诗碑迹，俱以此战为维新功成之事，固难认同，然其以一藩兴一国之雄志，以无职之身推转时代之豪情，亦可让人动容。此处于吾辈而言，实为国耻伤痛之所，清末民初学人途经此处多有感伤之辞，一事两心，堪为近代东亚汉文学之要事。久有搜辑编纂之意，赖同学诸君相助，《日本甲午汉诗》将成，日后

当再辑中国、朝鲜文人所述之作，以存近代东亚汉文学一段历史。三朝，指咸、同、光三朝，清廷以慈禧为中心，庸争俗斗剧烈。西乡、庆应，指西乡隆盛、福泽谕吉，前者因斗武而臂残，后者创建庆应义塾大学，少时多贫。兰，江户时代日本称西学为兰学（荷兰人传来的学问）。

2017 年 1 月 7 日

东西穿越诗魂碰

——读平野启一郎《日蚀》《一月物语》

今夏是在杭州度过的，日落时走过西湖边苏小小墓，总会想起李贺《苏小小墓》："幽兰露，如啼眼。无物结同心，烟花不堪剪。草如茵，松如盖。风为裳，水为佩。油壁车，夕相待。冷翠烛，劳光彩。西陵下，风吹雨。"冷艳的诗句，凄清的场景，似乎能将人带出炎波热浪之外。近日读到周砚舒教授翻译的浙江文艺出版社出版的《日蚀》《一月物语》两书，发现作者平野启一郎在后书中也引用了此诗。李贺一生未到过杭州，平野写作本书时估计也不识杭，然而，对鬼幻世界的兴趣，却使得这两个相距千年的年轻"鬼才"在西湖之滨相遇了。

平野启一郎是近年活跃于日本文坛的新锐作家，1975年生，1991年考入福冈县立东筑高中，这是一所有一百多年校史的名校，产生过高仓健这样的名人。他在高二时就偷偷写小说，后又考入京都大学法学部，大学三年级时将《日蚀》投给日本老牌文学杂志《新潮》，主编前田速夫惊为"神童登场，三岛由纪夫再来"，置于卷首发表，之后又推出他第二部小说《一月物语》。1998年，二十四岁的他凭《日蚀》获日本最高文学奖：芥川文学奖。现已创作十多部小说，而且有的已被译成了多种语言。中译的这二书既是他的成名作，也是他的代表作。

《日蚀》将故事设定在1469年至1509年的法国，主人公"我"（尼古拉）是巴黎大学（其时应为索邦大学）神学院学生、道明会的修士，为研究异端学说，拟去佛罗伦萨搜集文献，在旅途中结识了里昂乡下一炼金师皮埃尔。皮埃尔的博学，以及对炼金术的执着与深解，让尼古拉着了迷，并发现皮埃尔在森林洞中创造了一个具有两性特征的"怪人"。后来，"怪人"被村民捉住，异端审判官雅各将其火焚，被焚时，天上出现了日蚀，皮埃尔在灰烬中取出一块金块，雅各在夺取时金块却化成了灰。最后，皮埃尔死于狱中，尼古拉又开始研究他的炼金术。《一月物语》也是这类"鬼故事"，主人公是明治三十年东京的二十五岁大学生、诗人井原真拆，独自到京都、奈良旅行，在去熊野的步行途中被蛇咬伤，山僧圆祐救了他，他在圆祐住处发现了梦中情人高子，却无法接近，被迫离去。后从旅舍女主人处了解到，高子是其母亲与巨蛇相交而生下的，她的眼光能杀死人。真拆仍带伤冒死返回寻她，向她吐露真情，高子受其感染，也愿为他而死，两人就在相视后结束了生命。

两者的时空是远离现代的，作者的成功不只在于完成了穿越剧的结构，以场景的陌生化提升了作品的可读性，而是凭着自己广博的知识储备，丰富的想象力，以细节的真实感强化了人们对这些场景的新奇感，如肃穆而索寞的教堂、偏僻而喧哗的乡村、人头攒集的火刑现场；新兴的铁路交通、孤独的林中木屋、温馨纯朴的乡间小店，都让人有身临其境的实感。更为突出的是作者力图把握时代大势，写出了特定时代的精神面貌与心理特征，如《日蚀》中里昂附近的村景既有黑死病后的恐怖与破败，有蒙昧疯狂的人群，有懈怠腐陈的僧侣，也有种种异端思潮的涌动，有尼古拉等学院派提振正统神学体系的努力，也有从中萌生出的怀疑与危机，有对炼金术的排斥，又有种种好奇心在滋生，这一切都生动地体现了文艺复兴前夜知识人的精神状态。《一月物语》所取的场景里有古老的高野山寺庙与僧人，有威严的神道教神宫，有残存的天诛组成员，有迷信的山民，还有毁佛废释后的乱象，有明治急进的兴奋，也有传统散落的迷茫，这是一种全息化的精神场域，多层面展示了明治时代的精神脉象。这也是文学艺术特有的技能，有读图时代难得一见的审美魅力。

两部作品都有心理小说的特色，弥漫着主人公的思考，这种思考既有对所处世界以及所遇之事敏锐的感受，更有对自身命运、自我定位的求索，有哲人的逻辑，又有迷茫中的神秘。如尼古拉作为圣托马斯思想的传人，希望将新见的古希腊哲思纳入正统神学秩序中，却又感到其中有如海啸般的未知力量的威胁，他希望将神学信仰与哲学思维结合起来，追求神与人二元的统一，既有对神的狂热与虔诚，又有对异端的好奇心与征服欲，他认为现实世界是神的灵魂与肉身凡胎统一的结果，其情思的核心就是追求这种灵与肉二元的组合。因火刑产生的日蚀与双性交合的幻象，使其思维的野性得到全然释放，"我是僧侣，也是个异端。我是男，也是女，我是双性同体人，双性同体人是我"，"灵魂越想离开肉体，越是更深层次地进入肉体"。由神力爆发出的思考张力又归于无解的魅力之中。这正反映了文艺复兴前夜正统神学在危机中挣扎与更新的精神状态。井原真拆是经历了明治自由民主文化洗礼的大学生，有解脱神教羁绊的兴奋，又有不知自我为何物的茫然，相信自我绝对的存在就是深藏在自然中的美，永恒、绝对就存在于自我对自然的感知瞬间中。这一瞬间在他的梦中时断时续，他在旅行中时有艳遇之类的想象就是寻找这类瞬间的冲动。他发现了高子身世，多日蓄积的冲动瞬间爆发，明知与高子眼光相遇的瞬间就是自己生命结束之时，仍然央求对方回视，俨然实现了自我。新兴的自我意识是在挣脱神的抑制后获得的，而自我的找回又是由神力所致，一切似又归于无解之中。在这里，传统能剧或志怪传奇素材是其哲理思考与表达的形式，其内在生命是哲理思辨。奇幻炫迷的情节固然使作者痴迷，但作者又将这种奇幻情节的展开与对人性的求索缠绕交织，情节进入高潮，思考答案展现，思维的纠结也骤然顿释，奇幻之情节就是他心灵冒险的记录。

语言的诗化与哲理化也是作者着意追求的，对于这一点，还须感谢译者，顺畅的行文，准确的表达，诗化的提炼，反映出了作者驾驭语言的能力与才气。如"那些生着各色苔藓的墓碑，就像一群蹲坐在树下的老人"，"寂静由此徐徐扩散，像飞起的燕子一样，从人们嘴边掠走了语言"，"沉默如同画在水墨画上的余白，空虚但又无处不在，这老僧的内心好像原原本本地呈现了出来"。既描写出表现对象的特色，也写出了观察者的感受。两书多由心理独白构成，独白语言多有哲理的深度。如"激情是遇热溶解后形成的一块闪耀着金黄色光芒的玻璃。如果要把它用在生活中，就必须赋它于生活有益的普通形状，在手能触碰得到的时候，必早已冷却下来。残存的只是细弱的光泽。而且，就连这光泽最终也会消失，蒙上一层手垢，然后恐怕还会在日常某个毫无意义的瞬间，不经意间碎成一地"。启人深思，颇有警句效果。两部小说的语言风格都颇雅致，前者有学究气，后者多有诗人色彩，都有古典化的艺术效果。让人印象至深的是作者具有较深的汉文功底。如"今天早晨做完这个梦后，真拆马上无端想起了'幽兰露，如啼眼。无物结同心，烟花不堪剪'这首诗中的一节。……

数日前，正好是听到那水声的时候，真拆突然想起了'水弄湘娥佩'这句诗"。作为一个明治时代的诗人与大学生，汉诗是必备的修养，这种唐诗化的思维正体现了这一时代特色。汉诗的积累与对李贺的兴趣启动了作者灵感，也使其小说语言具有一种浓郁的文化厚度。随着网络多媒体的爆发，文本艺术的危机感日增，漫画化与线条化的语言已成主角，作为"漫画一代"，平野在语言艺术上的成功，对于守望文本的"小说人"来说，应是一种新的信心与希望。

作者对李贺诗的兴趣，让我想到杜牧对李贺诗境的描述："云烟绵联，不足为其态也；水之迢迢，不足为其情也；春之盎盎，不足为其和也；秋之明洁，不足为其格也；风樯阵马，不足为其勇也；瓦棺篆鼎，不足为其古也；时花美女，不足为其色也；荒国陊殿，梗莽丘陇，不足为其恨怨悲愁也；鲸呿鳌掷，牛鬼蛇神，不足为其虚荒诞幻也。"在平野两书中，我似乎也感受到这种奇幻的艺术魅力。钱塘潮涨了，苏小小坟前的波浪涌动了，我的假期也快结束了，苏小小墓、李贺诗、《日蚀》《一月物语》竟奇妙地组合在一起，成为一组西湖印象留在杭州了。

本文初刊于《文汇读书周报》2017 年 08 月 28 日

静寺幽情茗三杯

——题"日本醍醐寺文物展"

2005 年，我任教于神户外国语大学，圣诞后，学校放假，我去了京都东南边伏见区的醍醐寺。印象中先要去大阪梅田坐半小时京阪 JR 到山科，再坐二十分钟京都巴士就到了。醍醐山在京都东南面，分为下醍醐与上醍醐两个游览区，本寺在山顶，寺旁的醍醐水是景点的中心。山脚称三宝院，中有灵宝馆、五重塔、祖师堂等。山门朝西，称仁王门。由下醍醐到上醍醐步行近一小时，沿途树荫幽密，佛龛列布。日本现有十四项世界文化遗产，有关寺庙的有三处，一为法隆寺，一为醍醐寺，另一处为"平泉佛教考古遗址"。就所处地风光与寺院建筑而言，醍醐寺既无镰仓大佛临海之壮景，又无奈良东大寺古老显尊，能得此殊荣，除了丰富的文物藏量外，还在于它与特殊的历史人物关系密切。古言"山不在高，有仙则名；水不在深，有龙则灵"，以下三位历史人物就是醍醐寺的仙与龙。

京都醍醐寺五重塔

　　一是空海大师（774—835）。对于中国古典研究者来说，他是人所共知的大家。他于贞元末元和初来唐求法，原拟留学二十年，后受师命二年后就返回日本了，带走了大量的佛典汉籍，其中还包括《刘希夷集》《王昌龄集》《朱千乘诗》《贞元英杰六言诗》《杂诗集》《杂文》《王智章诗》《诏敕》等大批诗文作品和书法作品，并撰有《请来目录》，这些书多数都在唐土散佚了，今人只是借助这一目录才了解到它们的情况。他又将从唐代带回的唐人诗学论著编辑成《文镜秘府论》《文笔眼心抄》，当代学者王利器、卢盛江教授先后整理了校点本与笺注本，是今人了解唐人诗学的基本读物。从日本文化史看，他几乎是一个神一样的大师，他年轻时即著有《三教指归》，显示了过人的思想与汉学功底，他在唐获得了密教正宗嫡传名位（第八代）的身份，在唐期间每日雇二十多位抄经生，不停抄写，又遵其师言"真言密藏，经疏隐密，不以图画，不能相传"，复制了许多曼荼罗绘画与塑像，归日之时所携典籍之丰、文物之多，无出其右。他把密宗传到日本，是日本佛教密宗真言宗的创始人，既在高野山开设本堂，又主持皇家寺院东院，为皇室成员灌顶，著有多部影响甚大的佛学经典，其请来之图画与法器决定了密宗仪礼的基本范式，其以图释教的方法又开日本图文书籍之风。他还开设了日本第一个平民大学，编写了日本第一部字典《篆隶万象名义》，主持了日本第一个大型水利工程四国筑堤，其书法与同时代的嵯峨天皇、橘逸势并称，并作为草圣而为人膜拜，还曾参与日本国字假名的创立。醍醐寺就是他的徒孙圣宝理源大师（832—909）于874年创立，其法嗣关系是：真雅是空海的兄长，又是他的入室弟子，其继承者为源仁，圣宝为源仁之嗣，他收集与传承了空海许多法器与遗物，这些至今仍保管在寺中的三宝院中。圣宝于921年请求醍醐天皇赐空海谥号为弘法大师，自此醍醐寺即与这位名僧联系在一起了。醍醐原指乳酪中提炼的油，佛教以此喻指精华，又指让人清醒的良药，以醍醐名寺，是对密宗醍醐灌顶说法的简化，这表明此寺虽在空海身后建成，但传续的仍是空海真言宗法音。其处最尊贵的文物如五重塔、曼荼罗图、密宗法器等都留存了空海的精神。

空海大师像

二是醍醐天皇。奈良时代（710—794）与平安时代
（794—1192）是日本中世文化的两个阶段，前者都城在奈
良，后者在京都，都以崇佛为文化中心。与前期移植百济、
复制盛唐文化有所不同，平安佛教在讲求本源正宗的前提
下，又重开宗立派，且与皇室政治关系更密切，真言宗就
是其时影响最大的一宗，醍醐寺创始人圣宝本人是天智天
皇的六世孙，醍醐寺一开始就具有皇家寺院的地位。醍醐
天皇（885—930）在位三十四年（897—930），史称治世，
其陵墓就在醍醐寺傍。平安文化到了这一时期，进入了和
风时代。醍醐天皇长于汉诗文与书法，醍醐寺还留有他抄
写的白居易诗卷。他还热心于和歌，组织编纂了日本第

一部大型和歌集《古今和歌集》，又指导整理巨著《延喜式》，这是日本古代律令与礼仪的集大成之作，是平安文化的总结。他发现密宗灌顶授受等神秘的仪式与气氛，可提升皇家权威，也倾心于真言宗。其初，圣宝在梦中山神示意下寻得醍醐泉，在此建寺，供奉密宗二尊像，后在醍醐天皇指示下，扩建了药师堂、五大堂、金堂等，形成了现在的上醍醐的格局。926年建造释迦堂，951年建成五重塔，完成了下醍醐的寺院。醍醐天皇因听信谗言，放逐了当时最有天赋的文人菅原道真，所以一直觉得生活在诅咒的阴影里，醍醐寺成了他的一个安慰。其时重臣源俊房家族连续几代都是醍醐寺的住持，他们都自称是"身在御门内，心传醍醐情"，华丽的醍醐寺成了那个时代的标志。或许正是如此，在隔了三百年后，出现了一位与幕府屡败屡战的天皇，还自名为后醍醐天皇，其理想就是要恢复皇家在醍醐时代的辉煌。去年十月，我作为外籍会员参加了在京都召开的日本中国学年会，晚餐前各自取席位号，我打开一看上面写着"醍醐"，进入宴会厅才发现，各桌标牌都是平安时代天皇名。同席的早稻田大学内山精也教授说："我们这一桌是最有贵族气与文艺味的。"众人都会心地笑了，这让我想起醍醐寺里流光溢彩的器物、色泽浓艳的壁画、飞动轻盈的书法，那些文物无不透现出平安贵族的高雅气质以及迷幻凄迷的精神世界，走在回廊间极易让人想起《源氏物语》所描绘的场景。现代汉学家内藤湖南

《续论书十二首》中有言："一时书法趁妍姿，草隶谁知宸翰奇。剩见纵横驾闲素，醍醐僧正理源师。"注曰："延喜以后书法日趋妍媚，惟醍醐天皇草书白诗，藏在东山秘库，姿态纵恣，有旭、素遗法，又醍醐寺藏有僧正圣宝延喜七年六月二日处分状，其书奇气腾逸，道风以下所不能企及，可为平安朝书后劲，圣宝赐谥理源大师。"他也视醍醐寺所藏书法为得张旭、怀素精神的艺术精品。

三是丰臣秀吉（1537—1598）。这是日本战国时代的逆袭枭雄，醍醐寺却在他手上焕发了新生。他在夺取最高权力后，与其前任织田信长一样，没有进入城内，而是在京都南郊伏见桃山上修建了一座城，并以此为大本营发动了侵朝战争，其致书朝鲜国王云："吾邦诸道，久处分离，废乱纲纪，格阻帝命。秀吉为之愤激，披坚执锐，西讨东伐，以数年之间，而定六十余国。秀吉鄙人也，然当其在胎，母梦日入怀，占者曰：'日光所临，莫不透彻，壮岁必耀武八表。'是故战必胜，攻必取。今海内既治，民富财足，帝京之盛，前古无比。夫人之居世，自古不满百岁，安能郁郁久居此乎？吾欲假道贵国，超越山海，直入于明，使其四百州尽化我俗，以施王政于亿万斯年，是秀吉宿志也。"其志不小，口气狂妄。1592年3月，驱使15万人由九州渡海踏上了没有希望的征程。起先，仅用了一个月就使朝鲜"三都守失，八道瓦解"，但是到了年底明朝出兵后，战事就陷入胶着状态，打打停停，停停打打，强盗剧加荒诞剧，拖了六七年，弄得民不聊生，怨声载道，秀吉本人也心力交瘁。桃山是东山的南端，醍醐寺就在桃山伏见城东北面，两者隔着一条平地山谷，相距只有五六公里。此时的醍醐寺已有六百年历史了，经历平安后期及南北朝之乱，已很残破。就在战争的第七个年头的正月，秀吉偶访寺中，颇有感慨，下令修建，并决定在此举办大型花会。赏花会在这一年三月十五日举行，秀吉的亲信官员及各地大名、家眷共 1300 多人出席，沿途戒备森严，仅茶馆就设了八处。其时，他的十多万军队被明、朝联军压缩在朝鲜西南几隅，进退失据，多地大名正跃跃欲试，向他挑战，他的身体也一日不如一日，他感到自己的事业与生命都跌到低谷了。醍醐寺赏花会对他而言，如同秋日残阳，眩目而又凄凉。秀吉举办这次活动，不是心血来潮的任性之举，他可能是想借醍醐寺皇家寺院的地位，提升自己的声威，笼络因战事不利而心生异志的地方实力派。秀吉还想等到秋天再来欣赏红枫，但是到了十月，他就死了，侵朝战争也就在争权夺利的阴谋中草草收场了。这是秀吉在生前所办的最后一个形象工程，醍醐寺也因此得到了再次复兴的机会，现存的三宝院殿堂与庭园就是这次修复的结果，赏花会上众人歌咏的和歌也被记录下来了，至今仍保存在寺中，还存有描绘当时盛大场景的图画。近代以来，每年四月第二个星期日的赏花会就成了醍醐寺固定节目。这里不仅花木众多，而且赏花方式也很别致，下醍醐寺各间多以回廊相接，回廊外有池水相绕，花木多植于池水两旁，赏花者无须走入花中，只要在回廊上走动就可以尽观花木。此处保留了平安时代寺庙建筑的特色，与武士阶层信奉的禅宗寺院是截然不同的，后者门柱多不施油彩，庭院内多有以沙石配成的枯山水图型，朴质而有机趣，而醍醐寺作为平安时代皇家寺院，更显得豪华精丽，经秀吉之手，它更带有一种傲视群芳的霸气。其人已逝，其业未成，而其"经营中原四百州"的狂语在日本仍回响了三百年，到了近代则成了中、朝最大的噩梦。在侵朝战争中，日本人抢得了许多朝鲜王室典籍，如在日本流传至广的那波道圆本《白氏文集》就是以朝鲜刊本为底本并用朝鲜王室铜活字刊印出来的。因此，在一些日本人的史书中，又将这次侵略视为一次豪华的留学。从这种陈述中，我读到了一种恐惧，一个民族从虔诚的文化接受者转变为欺祖盗墓的掠夺者，也是转瞬之间的事，不知今日的赏花者是否能体会到这一点。

　　三个人物分别标识了醍醐寺所传达的请来文化、平安贵族文化与武士文化的印迹，既展示了醍醐寺与唐文化的渊源关系，又显示了日本古代文化发展的不同阶段与特色。现在，去日本旅游者往往会因为每天出入于一个又一个大同小异的寺庙而产生审美疲劳的心理，如果事先做一点功课，了解这些寺庙与历史上的人与事的关系，或许可以从栋宇间感受到历史的律动与风韵，体味到物外之意。近日，醍醐寺文物在上海博物馆公展了，这应是中日文化交流史上的一件盛事，其中许多国宝级文物在日本也是不易见到的，徘徊其间，让我又想起当年穿行于醍醐寺中的所见所感。

注：题取自日本江户诗人赖春水（1746—1816）诗句，全诗为：《同道斋、樟庵、畅斋、春塘、青筠、石帆竹所游醍醐寺别墅分韵》："远公栖隐处，吾辈附缘来。四面幽篁绕，中央细径开。涉园穿水石，清目绝尘埃。且就风轩坐，终忘佛日颓。幽情诗一首，静味茗三杯。此境难频到，归筇莫遽回。"

诗僧东移成笑星

——苏州寒山美术馆"杳杳寒山道"主题展暨寒山文化论坛发言

在十五、十六两世纪，寒拾成了中日双方共同的禅林艺术形象，是近世东亚文化共同体中一个特殊的构成成分。其时禅宗主要流派是临济宗杨岐方会派，其虎丘门下三系：松原、曹源、无准以及元初兴起的大慧系，都与日本禅界交流密切。从东渡的来日僧与西行的入宋入元僧的师承关系上，比较中日两地禅林中关于寒山拾得题材的诗文，可以看出两者有明显的师承关系，五山诗僧对宋元的禅学进行了全面的输入与复制，艺术化的寒拾形象也被移植到日本，并借助诗画的影响，广为流传，还出现了一些新特征。唐代诗僧、禅门狂僧、佛神变相等原型特征已渐渐蜕变，戏谑有趣的特点却越来越突出，最后成为一对世俗化、大众化的喜剧角色。由于寒拾文化的普及，日本留存下来的相关画作较多，这些绘画作品既有助于我们认识宋元禅僧题赞诗的特点，了解寒山文化在宋元的存在与传承，它们以更直观的方式展示了近世禅画与禅诗的关系，同时也以一个艺术意象的演变演示了近世禅宗世俗化的趋势及东亚宗教文化特色。

引子：寒山子传说、寒山子诗与寒山拾得的原始形象

最先记录寒山、拾得形象的文献可能出现于晚唐或五代时，是合诗僧、扫地僧、狂僧与大德于一体的。如：

《太平广记》卷第五十五《神仙·寒山子》：寒山子者，不知其名氏。大历中，隐居天台翠屏山。其山深邃，当暑有雪，亦名寒岩，因自号寒山子。好为诗，每得一篇一句，辄题于树间石上。有好事者，随而录之。凡三百余首，多述山林幽隐之兴，或讥讽时态，能警励流俗。桐柏征君徐灵府，序而集之，分为三卷，行于人间。十余年忽不复见，咸通十二年，毗陵道士李褐，性褊急，好凌侮人。忽有贫士诣褐乞食，褐不之与，加以叱责，贫者唯唯而去。数日，有白马从白衣者六七人诣褐，褐礼接之，因问褐曰："颇相记乎？"褐视其状貌，乃前之贫士也，逡巡欲谢之，惭未发言。忽语褐曰："子修道未知其门，而好凌人侮俗，何道可冀乎？子颇知有寒山子邪？"答曰："知。"曰："即吾是矣。吾始谓汝可教，今不可也。修生之道，

除嗜去欲，啬神抱和，所以无累也；内抑其心，外检其身，所以无过也。先人后己，知柔守谦，所以安身也；善推于人，不善归诸身，所以积德也；功不在大，立之无怠，过不在大，去而不贰，所以积功也。然后内行充而外丹至，可以冀道于仿佛耳。子之三毒未剪，以冠簪为饰，可谓虎豹之鞟，而犬豕之质也。"出门乘马而去，竟不复见。【杜光庭（850—933）《仙传拾遗》】

　　唐台州刺史闾丘胤撰《寒山子诗集序》：详夫寒山子者，不知何许人也，自古老见之，皆谓贫人风狂之士。隐居天台唐兴县西七十里，号为寒岩，每于兹地，时还国清寺。寺有拾得，知食堂，寻常收贮余残菜滓于竹筒内，寒山若来，即负而去。或长廊徐行，叫噪陵人，或望空独笑。时僧遂捉骂打趁，乃驻立抚掌，呵呵大笑，良久而去。且状如贫子，形貌枯悴，一言一气，理合其意，沉思有得，或宣畅乎道情。凡所启言，洞该玄默。乃桦皮为冠，布裘破弊，木屐履地。是故至人遁迹，同类化物。或长廊唱咏，唯言"咄哉咄哉，三界轮回"。或于村墅，与牧牛子而歌笑；或逆或顺，自乐其性，非哲者安可识之矣。胤顷受丹丘薄宦，临途之日，乃萦头痛，遂召日者医治，转重。乃遇一禅师，名丰干，言从天台山国清寺来，特此相访。乃命救疾。师舒容而笑曰："身居四大，病从幻生，若欲除之，应须净水。"时乃持净水上师，师乃噀之，须臾袪殄。乃谓胤曰："台州海岛岚毒，到日必须保护。"胤乃问曰：

"未审彼地当有何贤，堪为师仰？"师曰："见之不识，识之不见。若欲见之，不得取相，乃可见之。寒山文殊，遁迹国清；拾得普贤，状如贫子，又似风狂，或去或来，在国清寺库院走使，厨中着火。"言讫辞去。胤乃进途，至任台州，不忘其事。到任三日后，亲往寺院，躬问禅宿，果合师言。乃令勘唐兴县有寒山、拾得是否。时县申称，当县界西七十里内有一岩，岩中古老见有贫士，频往国清寺止宿。寺库中有一行者，名曰拾得。胤乃特往礼拜。到国清寺，乃问寺众："此寺先有丰干禅师院在何处？并拾得、寒山子见在何处？"时僧道翘答曰："丰干禅师院在经藏后，即今无人住得，每有一虎，时来此吼。寒山、拾得二人见在厨中。"僧引胤至丰干禅师院，乃开房，唯见虎迹。乃问僧宝德、道翘："禅师在日，有何行业？"僧曰："丰干在日，唯攻舂米供养，夜乃唱歌自乐。"遂至厨中，灶前见二人向火大笑，胤便礼拜。二人连声喝胤，自相把手，呵呵大笑叫唤，乃云："丰干饶舌，饶舌。弥陀不识，礼我何为？"僧徒奔集，递相惊讶：何故尊官礼二贫士？时二人乃把手走出寺。乃令逐之。急走而去，即归寒岩。胤乃重问僧曰："此二人肯止此寺否？"乃令觅访，唤归寺安置。胤乃归郡，遂置净衣二对、香药等持送供养。时二人更不返寺，使乃就岩送上，而见寒山子乃高声喝曰："贼！贼！"退入岩穴，乃云："报汝诸人，各各努力。"入穴而去。其穴自合，莫可追之。其拾得，迹沉无所。乃令僧道翘等，具往日行藏，唯于竹木石壁书诗，并村墅人家厅壁上所书文句三百余首，及拾得于土地堂壁上书言偈，并纂集成卷。【金陵刻经处《寒山诗》，间丘胤开元天宝（712—755）时人，本文本初现于宋初（960年左右）】

　　两篇文字与《寒山子诗集》相称，构造了寒山、拾得形象的基本特征：1. 身份：低贱的扫地僧；2. 能力：善于吟诗；3. 表情：达观多笑；4. 外貌：衣着破旧、蓬头散发；5. 个性：明心见性，透脱明理。其中固然有一些喜剧色彩，但更多的是大德高人所具有的宗教神秘性。约在唐末五代，已有寒山拾得绘画作品出现，入宋之后，尤其在南宋以梁楷为代表的水墨画流行之后，画家多以水墨营造出各类寒山拾得图，这些画或据寒山诗意作出，表达了对寒拾诗的理解，或是对寒拾诗或吟赞寒拾诗的发挥。其诗中的寒山拾得形象也多是在喜剧色彩中体现了宗教的神秘性与大德高僧的机悟。

　　入元后，寒拾形象由天

图一　（五代）贯休《寒山拾得图》，安徽燕诒博物馆藏

台传布到太湖苏州一带，形成新的传说。明初洪武年间（1368—1398）卢熊所撰《苏州府志》记载："寒山禅寺去城西十里，旧名普明禅院，在枫桥，人或称为枫桥寺。"明姚广孝的《寒山寺重兴记》谓："永乐三年，深谷昶禅师募建殿室，于方丈设寒山、拾得、丰干像。"正统四年，苏州知府况钟再为营缮，于嘉靖年间（1522—1566）悬立巨钟，以与张继《枫桥夜泊》相配。万历年间（1573—1620）又增修扩建。入清之后，这一形象又为统治者所用，雍正十一年（1733），清世宗（胤禛）下诏，封寒山大士为"和圣"，拾得大士为"合圣"，并称"和合二圣"或"和合二仙"。

《御制序》（清雍正帝撰）：寒山诗三百余首，拾得诗五十余首，唐闾丘太守写自寒岩，流传阎浮提界。读者或以为俗语，或以为韵语，或以为教语，或以为禅语，如摩尼珠，体非一色，处处皆圆，随人目之所见。朕以为非俗非韵，非教非禅，真乃古佛直心直语也。永明云："修习空花万行，宴坐水月道场，降伏镜里魔军，大作梦中佛事。"如二大士者，其庶几乎！正信调直，不离和合因缘；圆满光华，周遍大千世界。不萌枝上，金凤翱翔；无影树边，玉象围绕。性空行实，性实行空；妄有真无，妄无真有。有空无实，念念不留；有实无空，如如不动。是以直心直语，如是如是。学者狐疑净尽，圆证真如，亦能有无一体，性行一贯，乃可与读二大士之诗。否则随文生解，总无交涉也。删而录之，以贻后世。寒山子云："有子期，辨此音。"是为序。雍正十一年癸丑五月朔日。(《御选语录》卷三)

至此，寒山形象在原有的诗僧、狂僧、贫僧的基础上，更突出了和合神灵之性，仙气与道德教化的色彩愈发明显。由上可见，从十世纪到十八世纪，寒山子形象不断丰满，生活地点也由台州扩展到苏州。

入元之后，日本武士阶层移植了宋元五山制度与五山文化。五山制度的建立，意味着日本开始了文化史上一个新时代——五山文化时代。这一时代始于镰仓时代（1185—1333）初期，终于江户时代早期。五山僧侣阶级成为文化的主宰者，世俗的文化也走向僧侣化，五山文学是其中的一项典型体现，寒山诗以及寒山、拾得形象的流传也体现了这一特点。如同移植宋元五山制度一样，日本五山禅林也移植了宋元流行的寒山、拾得诗画，并广为传布，现仍留存了丰富的寒山题材的诗画资料，其中有宋元输入的，更有日本五山禅僧的拟作与拟画，它们既保存了在中土已较稀见的寒拾诗画形象，也体现了日本禅林对寒拾形象的理解。以下取四类择例说明。

一、题诗岩壁、磨墨石上、持笔空写

寒山写诗于叶上、石中、岩间，这是原初文本资料已有的内容，画家据文，将之图像化了。以寒山执笔书空为意象，这却是传记资料与寒山、拾得诗中没有的内容，是后世诗家或画家想象出来的情景。如图二上有虎岩净伏（1264—1294）题赞曰："风前执笔欲裁诗，想象浑如何如思。堪笑至今吟未就，瘦肩高声立多时。"

图二　纸本水墨《寒山图》，　图三　纸本水墨《拾得图》，
虎岩净伏赞，东京静嘉堂藏　神奈川镰仓市常盘山文库藏

这个动作表明了寒山子作为诗僧的特点，也深含禅意。日本五山僧人对此多有体会。如无学祖元（1226—1286），其吟寒山就是对当时流行的寒拾水墨画的题赞，

而其后学梦窗疏石所绘之图，又是对他诗的解读。如：

寒山有佳篇，白纸写不到。极其么耐处，冷地偷眼笑。

文殊大人境界，本来无坏无杂。幸得一幅白纸，又添一重垃圾，发峰松甚面目。

红叶题诗，青天作屋。再出头来，与吾洗足。胡写乱写，千偈成集。寒岩倚天，飞湍箭急。（《寒山》）

又，无象静照颇得其师家法，如《无象和尚语录》中有：

就岩磨松烟，拾叶写何编。五峰双涧畔，两两掣风烟。遭它饶舌丰干后，回首五台眉岭前。（《寒拾》）

涧泉研墨污苔石，断壁题诗杂藓纹。好句依然显不得，峨眉山月五台云。（一山一宁《寒拾》）

又如，五山文学先驱虎关师练（1278—1346）《济北集》卷五有：

穷怀一点不关胸，未见愁容只笑容。割破海山风月看，剑锋争似凭笔锋。（《寒山拈笔》）

风狂别似一风流，终日笑歌恣戏游。抛却自家银界子，供它磨墨几时休。（《拾得磨墨》）

雪村友梅再传弟子南江宗沅（1388—1463）《渔庵小稿》有：

尖毫入石翠崖春，谁悟寒山句里真。贪得百年钱使鬼，不知一笏墨磨人。（《题〈寒山书诗拾得磨墨图〉寄明心上人》）

都是对寒拾题诗岩壁一事的咏叹，并想象出拾得磨墨一事，构造出书写磨墨的合作场景，突出寒拾精神一体的特点。这些题赞，多属画赞。又如，雪村的三传弟子万里集九（1428—1489？）《梅花无尽藏》中有：

露肥苔瘦鸟飞迟，造意犹从笔底来。不着却高何用写，半篇秋色一篇诗。（《寒山持笔写诗岩背图》）

袖中东海窄吹埃，万仞悬崖磨麝煤。回顾低声叫何事，寒兄骨相瘦于梅。（《拾得岩背磨墨回顾寒兄一笑图》）

又如：

笑隐大欣（1284—1344）《偈》：几片白云横谷口，数声寒雁起沧洲。令人苦忆寒山子，红叶断崖何处秋。

别源圆旨（1294—1364）《偈赞》：诗无题目寒山子，树叶崖根佳句多。开得好怀为何事，相逢拾得笑呵呵。

图四　（日）可翁宗然《寒山拾得图》，
室町时代作品，日本云门寺藏

　　题写枫叶、开心磨墨、书于岩壁与书于空中，诗中所写内容与相关的"寒拾图"是相符的，有的据图而发，有的由图起兴。其中禅意有三：一是禅家讲究不立文字，以心会意，诗画强调书空这一动作，突出寒山诗之禅趣，这是画家的一个创意；二是题诗岩壁，写于枫叶之上，既是当时文人题壁之风的反映，又是对流行的枫叶题诗故事的消化与吸收，突出禅家诗僧自然随性、超越世俗名利的心态；三是表达了以诗与自然对话的构思。最后一首别源圆旨之作，言及寒山子诗无题目一事，之前很少有人提及，显然，他作为一位师法规范的汉文诗人，觉得这也是一件奇怪的事。这是中土学人不易注意的事，体现了另外一种异域化的角度与思维，这一细节与书空动作一起创造出了一种新的戏剧效果。

二、手持扫帚的寒僧

无论是在寒山子诗中，还是在相关的传记材料里，寒山拾得都是地位低下的扫地僧，宋元禅画多以手持扫帚作为寒拾形象的标准动作。

南宋马麟《寒山拾得图》（日本末延道成旧藏）上有石桥可宣题赞，曰：

图五　（南宋）马麟《寒山拾得图》，（日）末延道成旧藏

千林萧瑟晚风凉，一事同君细较量。转扫转多多转扫，青苔黄叶付斜阳。

题赞寒拾画诗也多咏叹这一题材，并从扫地僧的身份与扫尘的行为中生发诗意，如：

风前吟未成，紧把秃笤帚。一句趁口得，便作狮子吼。（无学祖元《拾得》）

拈帚指空，低头合掌。国清偷佛饭，败尽穷伎俩。渠侬厨富贵，囊里有僧有镪。（无象静照《寒拾》）

拈帚奴役，心未厌寒。头面已

露，休骂丰干。（《五山文学新集》第六卷，五九〇页）

人人银色，世界处处，白玉楼阁。因你动着笤个，粪扫堆山积岳。

役役劳劢身，元来草里人。国清净洁地，弊帚却成尘。（虎关师练《拾得执帚》）

朝出清凉古寺扃，左忘秃帚右忘径。折肩一笑约可事，若不鸳鸯必鹈鸪。（万里集九《寒拾赞》）

龙蛇凡圣同路走，一叫大开蚌蛤口。文殊普贤何太贵，将三十文买笤帚。（南江宗沅《寒山图》）

凡圣龙蛇一串穿，生笤帚换几文钱。可怜三杯自家酒，醉到文殊与普贤。（《寒山》）

放下生笤帚，呵呵笑展眉。大人真境界，何处觅峨嵋。（此山妙在《拾得》）

诗由画中持帚这一动作生发对清扫杂念的感叹，这是缘于禅宗《坛经》的话题：

神秀作偈成已，数度欲呈，行至堂前，心中恍惚，遍身汗流，拟

图六　（南宋）颜辉《寒拾图》，源于东山御物，从织田信长石山本愿寺传出

呈不得，前后经四日，一十三度呈偈不得。秀乃思惟，不如向廊下书著，从他和尚看见，忽若道好，即出礼拜，云是秀作；若道不堪，枉向山中数年，受人礼拜，更修何道。是夜三更，不使人知，自执灯，书偈于南廊壁间，呈心所见。偈曰："身是菩提树，心如明镜台。时时勤拂拭，勿使惹尘埃。"……祖曰："汝作此偈，未见本性，只到门外，未入门内。如此见解，觅无上菩提，了不可得。无上菩提，须得言下识自本心，见自本性，不生不灭，于一切时中，念念自见，万法无滞；一真一切真，万境自如如，如如之心，即是真实。若如是见，即是无上菩提之自性也。"……慧能偈曰："菩提本无树，明镜亦非台。本来无一物，何处惹尘埃。"书此偈已，徒众总惊，无不嗟讶。各相谓言："奇哉！不得以貌取人，何得多时使他肉身菩萨。"

此处"扫"即是"勤拂拭"之意，既有扫除杂念，修炼养性之愿，也有破除邪念，宣扬佛力之念，但诗家着意调侃持帚之事，认为它表达了无用、无益之意，如"因你动着笤个，粪扫堆山积岳""国清净洁地，弊帚却成尘""放下生笤帚，呵呵笑展眉"。这实际就是对《坛经》"何处惹尘埃"禅意的发挥。"左忘秃帚右忘径"，相对于人之本性（空无之佛性），德行的修炼与学问的增长，毕竟是次要的。当然，图中的持帚这一动作与其衣着简朴及吃剩饭这些细节都是一致的，都有提示寒拾作为一个扫地僧身份的作用，突出人物地位卑贱与德识高绝之间的反差，传达出一种貌下愚而心上智的喜剧效果。这与《坛经》中的六祖慧能的形象特征是相通的。

三、解读无字经的机妙

宋末元初禅僧无准师范有《寒山持经　拾得手接》画赞：

其一

手持经卷，付与同伦。己所不欲，勿施于人。

其二

自有一经，不肯受持。却从他觅，可煞愚痴。

图七　《寒山展卷图》，（日）一　　图八　（日）梦窗疏石《寒山图》，
山一宁题赞，日本MOA美术馆藏　　　加州大学伯克利美术馆藏

由诗意看，应有两幅相对应的画，一为"寒山持经"，一为"拾得受持"，这类画与题赞在日本五山禅林也较流行，现在日本还存一山一宁题赞的《寒山展卷图》。其赞曰：

双涧声中，五峰影里。展此一卷经，且不识字义。一种风癫，世无比。

"双涧"与"五峰"，我们在石溪心月、无象静照的作品中已见到，显然，这是禅家给寒山安排的一个固定场景。

虎岩净伏《拾得图》："手持一卷出尘经，两眼相看几度春。要与世人为榜样，莫教虚度此生身。"在这里，诗人对画作出了另一种解释，着重突出寒山读无字经这一种禅意。禅门中向有无字经与无言禅之传说，如普庵印肃（1115—1169）有偈语言："达士知几者，常看无字经。打动和山鼓，舞起道吾神。"即以看无字经这一动作来诠释"不立文字，教外别传"的禅宗义理。这也是寒拾诗画的一项内容，如：

两脚蹁跹，叉手握节。普贤门风，一齐漏泄。看何书不识义，眦眵眼，枉徙气。（无学祖元《拾得》）

手执无字经，脚穿破木履。深藏笑里刀，此意无人委。回首乱峰前，白雪锁寒翠。（无象静照《寒山》）

狻台稳坐身，海峤苦吟人。手里大千卷，何时得破尘。（虎关师练《寒山持经》）

竹筒里有菜滓，经卷中无文字。奇哉奇哉，怪矣怪矣。眼孔目搭嗑，笑口张开。更奇怪哉，朝峨眉夕五台，到头身不离天台。（中岩圆月《寒山拾得》）

诗画所叙，或读无字经，或不识字者读经卷，二者都突出了"不立文字""不死于字下"的禅宗教义。

《坛经》中有着意突出六祖慧能不识文字而能机悟见性之事：复两日，有一童子于碓坊过，唱诵其偈，慧能一闻，便知此偈未见本性，虽未蒙教授，早识大意。……慧能曰："慧能不识字，请上人为读。"时有江州别驾，姓张名日用，便高声读。慧能闻已，遂言："亦有一偈，望别驾为书。"别驾言："汝亦作偈？其事希有。"慧能向别驾言："欲学无上菩提，不可轻于初学，下下人有上上智，上上人有没意智。若轻人，即有无量无边罪。"禅宗以此事说明人皆有佛性，无关乎名位与学识之高下，如圆悟克勤《碧岩录》卷一所叙："达摩遥观此土，有大乘根器，遂泛海得得而来，单传心印，开示迷途，不立文字，直指人心，见性成佛。若恁么见得，便有自由分。不随一切语言转，脱体现成。"又卷九言："如今人多去作情解道，遍身底不是，通身底是。只管咬他古人言句，于古人言下死了。殊不知，古人意不在言句上，此皆是事不获已而用之。……雪窦作家，更不向句下死，直向头上行。"因此，禅宗对待经典与经文的态度，不"死于句下"，"不立文字"，"随说随扫"，强调超越语言的桎梏，以本心本性为主。《寒山子诗》中有言：

　　雍容美少年，博览诸经史。尽号曰先生，皆称为学士。未能得官职，不解秉耒耜。冬披破布衫，盖是书误己。
　　徒劳说三史，浪自看五经。泊老检黄籍，依前住白丁。筮遭连蹇卦，生主虚危星。不及河边树，年年一度青。

　　也有对于老于章句、死守诗书者的否定，五山禅家诗画中寒拾形象的这一细节，应是对此教义的发挥，也是对寒山诗的画解。愚中周及（1323—1409）《拾得》题当时"拾得读经图"："普贤愧不贤，改头又换面。欲明拾得心，常自舒经卷。"既说明勤奋研经也是求禅心者不可少的方法与功课，又强调读无字经，以明心为上。

四、心月互印的顿悟

　　《寒山子诗》中有一首屡为禅家引用：
　　吾心似秋月，碧潭清皎洁。无物堪比伦，教我如何说。

图九　（明）张路《拾得笑月图》，美国弗瑞尔美术馆藏

这里表达了对心静理明境界的体悟，水静映月，自成美境，非人力所设，力求不得，可为人欣赏，实物却远不可及。世间至美皆是如此，它是人心与万物的一种契合，是一种精神直觉，这种无物之妙，透示了禅门强调的空无之境，故心月之证亦为禅家一再道及，画家也据诗意作图示意。如明人所绘的《寒山望月图》即表达此意，日本五山禅人也多以诗画表达此境。如：

天境灵致（1291—1381，正澄清拙弟子）《无规矩集》中《东山建仁禅寺语录》言：去年今年看此月，古人今人看此月。月色年年总一同，见处人人端的别。寒山子，甚饶舌，无物堪比伦，教我如何说。说不到，看不彻，只得河汉无云，自然光明皎洁。

无象静照《丰干禅师》：闲倚五峰间，何曾解守己。尽尽许露人，人也许露你。吃佗寒拾动唇吻，尽大地人扶不起。虎识人善，佛心兽面。彼此轩昂，风行草偃。同丘疮疣顿释，寒拾唇吻难掩。自知西土弥陀，已是离宫失殿。

明极楚俊（1262—1336）《月江歌为巴禅人赋》：秋江澄，秋月白，两物相资成妙绝。一江月印千江水，千江水月一月摄。智者一见心花开，昧者昏蒙无辨别。此时拾得与寒山，对这光明说得别。说得别，见得彻。无物堪比伦，教我如何说。

《古林清茂禅师语录》：十五日已前，掘地觅青天。十五日已后，携篮盛水走。正当十五日，天明日头出。待得黄昏月到窗，无限清光满虚空。岂不见，寒山子曾有言。岩前独静坐，圆月当空耀。万象影现中，一轮本无照。若谓中秋分外圆，堕它光影何时了。

此山妙在（1296—1377）《次松月法兄韵送果上人》：万里秋光连海峤，霜清大野归鸿叫。朗诵寒山三百篇，何待拈花发微笑。

入元僧愚中周及至正十一年（日本观应二年，1351）归国，其《草余集》中有：

索性不存元字脚，一椎打就铁牛机。寒山强曰似秋月，拾得横抛筥帚归。(《透彻》)

龙女捧来心地印，颜如秋月出云衢。虽寒山子不能说，光境何妨自一如。(《广照》)

法喜又禅悦，心心自照彻。佛也不能言，寒山如何说。(《怡然》)

寒山云：无物堪比伦，教我如何说。南岳云：说似一物即不中。若不顾不中而敢事张打油，则何愚中之有也。但得五蕴皆空，度一切苦厄耳。(《答觉传知藏问》)

大藏小藏，都没交涉。抛却柴片，弄巧成拙。欲知个中意，且听我弹舌。噜噜噜，金刚脑后三斤铁。打落天边一团月。噜噜噜，夜来依旧海门东。寒山也如何说。(《真秘诀》)

前三则是情景禅诗，借寒山禅诗反其意而言之，强调禅家空境不可言说，这是后期说话禅常见的方法。后二则是反用寒山禅诗意：禅心一得，可化俗成禅，着处成诗，这一境界无物可比。《草余集》中有《寒山》：

本称七佛师，迹号寒山子。愍物迷自心，劳我标月指。

这一首所题可能是 "寒山指月图"，表达了以月喻禅之举中的禅意。诗画禅理相通，虽然，心月印证之意，是一种心理反应，难以以图像展示。禅门画家还是依据自己的理解进行各种各样的图示，如下《指月图》，或许就是据这类禅诗画出来的。

图十　佚名《指月图》，室町时代作品

图十一　（日）栗田真秀《指月图》

当然，中土的寒拾在漂洋过海之后，在日本五松禅林也稍许有些变化，所写的寒山形象有一个特点：骨相瘦，发蓬松，衣随意。这与元清"寒拾图"中多为胖和尚的寒拾形象是不同的，应是选取宋人瘦型化的寒山形象，并将之定格了。同时，在中土流行的"寒拾丰虎四睡图""丰干骑虎图"虽也流入日本，但日本禅僧与画人较少表现这一题材。显然，与日本禅僧世俗化进程一致，五山禅僧对寒拾形象中的世俗气与喜剧化更感兴趣，并过滤了其中的宗教神秘性与非理性因素。因此，日本五山禅僧所作的寒拾画与题赞诗多能从细节入手展示寒拾性格，传达禅意。这种对画中动作细节的兴趣，是宋元禅僧开辟出的一种新型的题写水墨画的方式，它本身就是诗画结合的产物。禅门题赞诗并不全是写在画上的，很多诗只是观画后的感受。点明这些动作细节，一是表明所题之画的特点，以显示所观之画的具体内容；二是为诗意起兴，点明感发的缘由，这与禅家以动作表示禅机的做法又是相符的。由上述分析看，对这一艺术思维，日本五山禅僧不仅深谙其道，而且多能发扬光大，创造出自身的特色，并成为中日文化交流史上极具光彩的一页。

来去自由神俗通

——读杜德桥《神秘体验与唐代世俗社会——戴孚〈广异记〉解读》

公元 770 年左右，山阴县令郑锋经常召集州参军戴孚、左卫曹徐晃、龙泉令崔向、丹阳县令李从训、县人韩谓、苏修等人在厅堂上举行通灵仪式，主角是一个名叫王法智的七八岁女孩，借助这个女孩，众人能与长安神灵滕传胤对话，往复酬唱。戴孚记下这事并收录到他编纂的《广异记》中。戴孚在叙述中以第三者口吻不动声色地嵌入自己的名字，以"亲历者"的真实性来提升书中二百多个故事的可信度。一千三百多年后，戴氏的这一用意被西方汉学家杜德桥（1938—2017）看出来了，其《神秘体验与唐代世俗社会——戴孚〈广异记〉解读》，即以研究王法智故事为首篇。这一别致的开头，既体现了作者长于由小见大的学术风格，更反映了一个西方汉学家对东方神秘文化的兴趣，展示了与纯文学研究不同的学术视角。

（英）杜德桥《神秘体验与唐代世俗社会——戴孚〈广异记〉解读》，江苏人民出版社 2022 年版

  王法智故事文学色彩颇浓，其中神鬼吟诗之事也曾引起了钱锺书等人的关注，与小说史研究视角不同，杜氏继承了前辈汉学家高延的基本观点，认为那些在今人看来荒唐虚妄之事，却是当时人的精神"实录"，而不只是"有意设幻"。我们研究的目的"不是想通过文献性材料去构建关于那些事件与制度的知识，更多的是想探索逝去已久的那代人在面对周遭可见与不可见的世界时产生的心理体验"。因为这里所说的宗教信仰，不是制度化的实体，而是相沿相承的习俗，存在于人们的精神世界中。对于唐人精神文化史来说，《广异记》所录二百余则故事都具有

文化化石的作用，对他们的研究就是解析其中文化的构成与心理机制。这是一种由具象到玄虚、由实事到抽象的研究思路，既有实证的操作性，也有文化学上的思辨性，拓宽了志怪文献的研究空间，提升了志怪小说研究的理论层次。

根据这一理念，他又提出一种新的研究方法，"将世俗旁观者的视角与身在局中者的内在视角区别开来"，划分出内部故事与外部故事两层结构。内部故事，是指"人与另一世界的神灵的奇幻际遇"，外部故事是指在现场旁观者能提供的可见到的事情。他将前者视为各种类型的狂想症患者的思维记录。如王法智的行为就是一个迷信郎子神的精神病患者在药物刺激下形成的幻觉反应，即传统上所说的"鬼附体"。杜氏首先从医学上，解释这一神秘现象，为此他找了三部相关专著来支撑自己的论断：T.K. Oesterreich, *Posession Demoniacal and Other*（《魂附体、着魔者与其他》）；I.M. Lewis, *Ecastatic Religion*（《迷狂的宗教》）；William Sargant, *The Mind Possessed*（《精神着魔论》），认为这种代人说话的行为，是"由强烈的生理刺激造成的，诸如药物、有节奏的鼓点、铃声、鼓掌、跳舞、对正常呼吸的阻遏等"。他特别注意到文本中的一个细节——"久之方至"。认为这可能是操控女孩的父亲在作必要的准备，推想在这个时间内，"那个女孩呼吸急促，并由此而引发体内那些导致精神迷幻的神秘变化""这种迷忽的状态一旦出现并重复，魂灵附体就会越来越容易地实现；同时在暗示的强化作用下，被附体者受到所处背景的强烈影响，可将迷幻经历的内容固定下来"。他援用现代精神医学原理来分析故事相关情节，还以在台湾实地所见为佐证，认为在今人看来的"装神弄鬼"，对当事人而言却是一种自然的程序化的精神反应。这往往是被压迫者或者社会边缘群体想引人关注的一种策略。王法智父亲即以此举引起了县令郑锋的关注并得到与上层交往的机会。杜氏认为《广异记》中所记多是非主流、非正统、非正式的宗教活动，却能直观地反映唐人对神鬼世界的精神体验，是思想史、文化史、民俗史难得的史料。如他所说"对他们来说，王法智的声音来自于坟墓；对我们来说，戴孚的声音来自于他所处的社会"。在他看来，内部故事展示的神奇的经历，其狂想自噫的内容，既非故事主人独有，也不是作者有意幻设，而是对一传统思维模式的记录，故事的主人如王法智等是在替传统发声，又带有特定时代里、特殊情形里的个性特征。外部故事是记录者、观察者所见，但这些内容已经过了信息提供者的筛选，又经编撰者戴孚的整理加工，必带有过滤者的思想痕迹，因为记录者不仅有选择地来体察感知，而且，表达形式也是由各自秉承的文化传统与时代风气所赋予的。神鬼话题与神鬼意识是古老的集体无意识在特定时代、特定人物身上的体现，一个故事里应有多种声音，是传统与时代的碰撞与混合。作者认为成功的史学著作最强大的作用是运用少有的机会去捕捉到当时人在特定时刻如何生活、如何表达自我。杜氏认为《广异记》给人提供了这样的机会，"我们对过去历史探索得越深入，发现与把握这样的机会也就越不容易，而乐在其中的兴致也会变得越发强烈"。各种类型的人鬼相通的神秘故事中，存在着唐人的思想观念与宗教意识，吸引着他深入探索。

近代西方学人多将东方文化中超自然、非理性行为与习俗归之为"神秘性"，至今好莱坞电影导演仍以此作为所谓的"东方元素"，解读这种神秘文化也是传统汉学的一个核心话题，杜氏认为其中存在着最古老的文化符号以及时代色彩，其书除了第二章着重解析顾况《戴氏广异记序》，其余六章分别列举"附体代言""阴间游历""神祠通灵""官厅闹鬼""亡魂预祸""离魂冥婚"六个现象专章论述，具体笺解各个细节中的文化元素，疏解各种"迷信"流行的社会背景，以极繁琐的实证解析其中文化史与宗教史原理，既有讲故事的趣味性与可读性，又有抽象思辨的深度。

《广异记》最吸引他的是其形形色色的神秘宗教世界多具有强烈的世俗化特征。首先，这种宗教活动多存在于世俗生活中，"普通人的生活多淹没在朝廷政令与宗教组织的制度演变等复杂关系中，这些故事能让人了解历史原貌"。王法智故事的发生地桐庐，是中原文化中心区之外的江南一小县城，参与人员多为县衙官员与当地士人，聚会的场所是在县令官厅，他由此看出了一个问题："这些行为在古代中国乡村公众场合的萨满仪式中很常见，很难想象出现在县令官邸这种上流社会空间中。"这种与通灵者对话的活动是私人性质的。"她（王法智）只是以个人身份单独发挥这一功能，而不是作为一个专业的神职人员，这正是我们感兴趣的地方。"对她的通神功能，周围人没有丝毫的怀疑，这里有两个县令、两个州参军、一县丞以及三位当地士人，其中可能还有像戴孚这样的进士出身者，这些应是地方上的知识精英，对于这些巫鬼之事仍是津津乐道。这正如陈寅恪先生所说："东西晋南北朝时之士大夫，其行事遵周孔之名教（如严避家讳等），言论演老庄之自然。玄儒文史之学著于外表、传于后世者，亦未尝不使人想慕其高风盛况。然一详考其内容，则多数之世家其安身立命之秘，遗家训子之传，实为惑世诬民之鬼道，良可慨矣。"这一状况至唐并没有根本性的改变，以鬼为邻仍是唐人精神世界的特色。这里虽然缺乏严明的神学体系与宗教仪式，但是，这个鬼神世界是确实存在的，它以因果报应原则作用于现实世界，这些观念对当时人来说具有宗教信仰一样的意义，属于日常生活的一部分。其次，在他们的精神世界里，宗教的神秘世界与世俗世界并不是截然分开的，杜氏指出："我们却不能在《广异记》中看到对这些事情（正统的道教、佛教）的直接反映。相反，我们看到的是一个世俗的社会，它沿用并反映着几个世纪以来那些从"上层"传统中吸收来的东西，最容易见到的是祭仪神话和私人性与职业性并存的仪式活动。"杜德桥于此中拈出宗教世俗化之义，突出了唐人精神世界特点。虽然，《广异记》中的人物常会说："阴阳殊域""人鬼殊途"，但在书中，那个遥不可及的神秘世界，似乎就在近前，通灵者就是生活在近旁的小女孩，俗世间人常常会误入鬼域而得回归，已入阴间者也会传语给世俗人间。阴间那个神秘世界也依人间秩序等级森严，也像凡世一样做着交易。再次，那个古老的宗教世界呈现出丰富多样的世俗化色彩。在《广异记》的世界里，多数成员都像郑锋县厅里的听众一样，京城之外的下层官吏、市民、士子、军吏等边缘化人物，他们既不是朝廷正统势力的代表，也不是传统的僧道力量，他们较少受中心权力与正统权威的直接控制，有相对自由，可自由掌控对神鬼体验的解释权，并依各自的需要创造神灵或创造与神交往的经历，对生、死之事作出世俗化的解释。

杜氏对各个故事的研究就是在世俗社会里为各类神秘故事找到合情合理的历史因素。如在正史中，自汉以来，华山庙就是神圣的帝祭之所。在中唐文人笔记里，华山神是护卫唐玄宗的守路大臣。在《广异记》中，此地又成为过往之人与女巫、山神的交易之所，华山神似是占山为王的地方势力，掌管着关内人诸如求子、求仕、求命等事务；

而与华山女交往以及华山失妻的故事，正反映了作为京洛交通要道的华山有旅客被色诱以及被绑架这些复杂情况；官厅闹鬼之事的流传是缘于新任地方官树立权威的需要；魂灵对战乱的预言，正反映安史之乱后，战乱频仍，社会受残的苦痛；与女神、女鬼的交往故事，或是年轻求仕者遗精春梦的记录，或反映了战乱后人口流失的惨淡的现实。作者通过各种文献考证，沟通《广异记》"神秘"故事与传世的史家文献的关系，透过各种志怪表象，发掘其背后现实性、世俗化的成分，以此证明唐人关于鬼神的宗教意识是与世俗化、功利化的目的性缠绕在一起的。

他认为《广异记》可使人能够近距离接触当时社会中的那些女人或奴仆，"他们处在公共历史事件的接收末梢，既没有条件，也没能力以文字形式表达关于世界的个性化看法，同时也是在动态的历史情形中，以典型的个案体现了当时世俗社会人与人之间、活人与死人之间交往与联系的方式。这一人群的话语来自一种与众不同的文化，在这种文化中，社会关系、宗教价值、神话概念皆不受制于被广泛认可的正统观念"。与西方的宗教与世俗对立观不同，宗教的世俗化是中国古代文化的一个特色，很多宗教性的反应多与世俗功能混一起，对本土学人来说，已习以为常，视而不见了，西方汉学家这种少见多怪的异域之眼更易发现学术盲区。

在研究方法上，他借用了法国年鉴学派的费尔南·布罗代尔（Fernand Braudel）多层结构研究法，其言："我们将把中国社会，尤其是中国的宗教文化，看作一个以不同速度同时演进着的综合体。把它比喻成水流运动最恰当不过了，它运动的形态是：深处缓慢流动，表面急速流淌，充斥着无规律的潮流与区域性的水涡。"依这一理论将历史变化分成三个层面：首先，"一种历史的过程几乎是难以察觉的……它的所有变化都是缓慢的"。其次，"另一种历史……它有缓慢的但能够察觉到的运动节奏"。最后一种是"事件的历史……有简单的、快速的、紧张的起伏"。如在对待亡者一事上，虽然有时代、地域之差别，在经受住了时间的冲蚀之后，古老葬礼制度还是稳定地续延下来，承袭着古代儒家经典关于丧礼的规定，这就是长时段看不见变化的内容，研究者应透过各种外表因素追溯其中的原始宗教与集体无意识。又如，他认为形形色色的误入阴间故事，反映了自汉以来几无变化的还魂观念；从士子与女神相交故事中看到自屈原《九歌》、宋玉《高唐赋》以来的表现性爱妄想症的文学传统与原始意识；由人鬼之恋的故事也可推及自古即有的冥婚习俗。如他所说："所有这些讨论的故事，即使传递到我们手中时已然经过书写记录的调整，我们依然能够获得一些真实的原始口头材料，其真实性可以得到文献的证实。通过这一途径接收到的信息，可引领我们接近经典文本中正统文化之外的人物以及他们的宗教体验。"

又如《广异记》所叙时间正是道教、禅宗兴盛时期，这一思潮以不同方式在众多故事中留下了时代影子。如《仆仆先生》记仆仆先生言曰："麻姑、蔡经、王方平、孔申、二茅之属，问道于余，余说之未毕，故止，非他也。"杜氏从这一情节中看出："这个故事无可否认地包含了一个内部故事，它要求那些名字必须在一般人的耳朵里引起反响。故事反映的是中国社会的一种情况：当时，道教上清教以及以茅氏兄弟命名的茅山已在中国社会主流意识中确立了自身的地位……这样的故事甚至比官方传承的正统经典记载更能有力地揭示世俗社会对道家先圣的看法。"如《马二娘》中，女祝招魂仪式是古老的，而在佛像前招魂，表明佛教密宗已进入到世俗社会中了。又如《广异记》较少提及禅宗之事，这说明"《广异记》编纂于宗教文化中一些新的特征刚刚萌芽时期……这也是一个转型时期，这些宗教的一些迹象还不清晰，并且有时还表现出不同的指向。这就是变化缓慢的但又能感觉到的历史运动层面"。

作者更擅长对各类故事作细致的考辨，将之还原到特定的历史场景中，确定"事件历史"的特殊性。杜氏认为："到八世纪五十年代，随着玄宗政权的削弱和随之而来的安禄山叛乱，大唐帝国因战乱而衰退，元气大伤，这一切使得他们这代人的壮年时期颜色黯淡。这场叛乱使戴孚不得不到京城之外的苏州参加进士考试，而他的仕宦生涯也在随后王权衰落的几十年风雨中沉浮。戴孚还直接地或间接地经历了八世纪六十年代的袁晁之乱，这是一次发生在东部沿海地区小规模的地方叛乱。他在东部沿海生活了相当长的时间，在年轻有为的唐德宗的统治下，他既看到了统治秩序的新前景，同时也看到了新的地方性叛乱的威胁（八世纪八十年代）。"杜氏详析与"雁门桃源"相关的背景资料，发现这个故事反映了以狩猎采集为主的游牧部落与农耕汉人的冲突。这个冲突自汉末到当时，一直存在，反映了这段历史中的流民问题。"戏剧化地表现了中国社会历史上的另一个重大主题：在汉文化区的边缘，存在着一个与朝廷控制的中心区相对抗的边缘化群体"。又如，杜氏于《刘清真》中发现地名魏郡、代州混用，由此推断故事发生时间应在天宝元年（742）至乾元元年（758），这段时间唐廷先改州为郡，后又复郡为州，故事中魔战、圣山、延寿、羽化、飞鹤、升天等等，是一种巫术与道教升天理想的粗糙结合，故事的核心人物老和尚又是文殊大师化身，这是大历朝（766—779）流行的说法。他又引日本旅行者圆仁《入唐巡礼记》中的相似内容，指出当地有"一种虔诚的信念——任何一个过路人都有可能是文殊菩萨的显身""入大圣境地之时，见极贱之人，亦不敢作轻蔑之心；若逢驴畜，亦起疑心，恐是文殊化现钦。举目所见，皆起文殊所化之想"。既揭示出其时的文殊崇拜社会心理，也关注到此前少有人注意的德宗限佛之事。

杜氏又从佛徒故事中看出道教因素，"在道教传统中，这个能将二十多个信徒变成石头的魔法本身就有很神圣的来源，我们在上清教的一本典籍中可以看到与其有关的记载，说它是在公元四世纪通过神谕流传的。《上清丹景道精隐地八术经》提到"隐地八术"，这是躲避危险时使用的一种让人看不见或转化变形的法术。其中有一种是让身体变成土堆，让衣服变成土堆表面的植物，"土以自障……则人莫之见也"。这项内容在道家是很古老的，可以追溯到道教产生之前。在这个故事中，我们看到的是一个基础性的原始宗教仪式，在它被吸收到成熟的道教系统之前，已存在很长时间了。因此，这个也提醒我们，中国社会的宗教行为发展得是多么缓慢和保守。这种知识考古学研究，非常有效地展示出这类文献的文化史价值，也显示出作者自身扎实的文献实证功夫。

从以上介绍来看，杜氏学术风格更接近欧洲早期东方学特色，即以解读东方文本与文献为基础，综合多学科知识来说明其中与西方有异的文化特质，这是由早期传教士创立的学术范式，杜氏与这一学术传统有着特殊的渊源。杜氏毕业于英国剑桥大学，受教于唐史专家、汉语言学家蒲立本（Edwin G. Pulleyblank，1922—2013），又受到民俗信仰专家龙彼得（Piet van der Loon，1920—2002）、唐史学者杜希德（Denis C. Twitchett，1925—2006）等影响，研究《西游记》。之后又接受了阿瑟·戴维·韦利（Arthur

David Waley，1889—1966）及高延（Jan Jakob Maria de Groot，1854—1921）等人论著影响，研究视角由《西游记》中的观音形象扩展到妙善故事，进而触及《广异记》中首篇"王法智故事"，并开始了对全书的研究。在本书中，曾多次引用高延之论。他在研究生阶段多受指导老师张心沧影响，张心沧早年就读沪江大学英文系，也多受到西方传教士汉学影响，曾从宗教学、文化学、民俗学角度研究中国戏剧小说。如此特殊的学缘，使得杜氏承传了西方传统汉学的学脉。当然，杜氏研究模式也不是全然复古，他不仅吸取西方汉学界最成功的学术成果，而且，也汲取了最近思想与最新研究方法，如布罗代尔的多层文化解析法以及福柯的知识考古学。旧中有新，旧而不腐，本身就是可供人学习的新范式。二战后，以美国为主体的新汉学学科分野日趋明确，在全球化思潮的作用下，这种百科全书式的东方学研究范式已渐趋式微。因此，阅读杜氏之作，思考老式东方学的研究模式，对于拓展文史研究的学术思路与学术空间当甚有益处。

第四辑　从札漫忆

碎叶枝茂大唐梦

——写在吉尔吉斯使馆于李白墓园植木时

身处喧嚣繁忙的钢筋混凝土中，日日翻检着《李白全集》，无须他人发问，我自己也在不断地思考：李白与当代社会有什么关系呢？虽然任何时候都有理由充足的回答，但是，现在觉得以题目所言作为答案更为贴切。盛世多梦，古今中外莫不如此，我们现在正处在一个追梦的年代，需要追梦的偶像，李白正是这样一个偶像。终其一生，李白都是一个狂热的追梦人，他成长于开元盛世，如杜甫所说："忆昔开元全盛日，小邑犹藏万家室。"经过一个世纪的积累，至玄宗时代，社会经济与政治军事都达极盛之时，万方来朝，俨然是世界文明的中心。同时，以进士科为中心的科举制全面实施，大批士人跨越了世族门坎，以个人的才学博取荣耀，得到了以前只有世袭贵族才拥有的士人地位。读书人享受到前所未有的自尊与自信，进取意识得到充分释放。"朝为田舍郎，暮登天子堂"成为几代文人的梦想。李白也是怀揣着这样的梦想走上人生舞台的。

马鞍山李白墓园

就李白出身而言，本不该拥有这一梦想。李白家族是西域移民，属城市商户，数代家世不显，而唐人习俗仍重门第出身，明令商户不得入仕，《通典》卷十五《选举三》记：科举考生在报名时需投交自述供尚书省查核的资质，内容包括乡里名籍，父祖官名，内外族姻，年龄长相，犯罪记录等，还要求有京官五人为保人，其中要有一人是认识的，并明确规定不许有现行犯家人与"工贾殊类"及假冒者。这些规定似乎就是针对李白这类家庭的。就家庭成分而言，他是一个被鄙视者，但是，李白并不因此放弃时代给予的梦想，他的梦比同时代其他人还要大，他的梦想是："申管、晏之谈，谋帝王之术。奋其智能，愿为辅弼，使寰区大定，海县清一。事君之道成，荣亲之义毕，然后与陶朱、留侯，浮五湖，戏沧洲。"诗人希望成为帝王之师，在为国家建立不朽之功后归隐山林，也就是在向社会证明了自己的才华与价值后，再跳跃于世俗之外，享受自由自在的生活。这就是功成身退，"愿一佐明主，功成还旧林"。其中的核心就是求得一种绝对自由的人生境界，这种自由既有道教长生成仙意识带来的超越自然的企望，更有名士文化传统激荡起来的超越凡俗世界的精神，他向往的是"入门不拜骋雄辩""平揖王侯"的平等，这就是那一时代读书人的自尊，对于一个来自被忽略被鄙视的家庭的人来说，他比任何人都更渴望得到这些，他的梦已远远超越了世俗的局限。同时，他追梦的方式对旁人来说也是一个更大的梦想。因他家世不显，出身不明，无法得到同时代人乡举里选、州县推荐的资格，只有通过个人奋斗，以自己的才华征服世人，一举成名，一步登天。古代读书人的人生理想："十年寒窗无人问，一朝成名天下知。"对他而言，就是一个实实在在的出路。如他说"其天为容，道为貌，不屈己，不干人"，在三求地方官荐举失败之后，诗人也没有沉沦下去，而是更加自信更有热情地追寻着这个梦想。"天生我材必有用，千金散尽还复来"，他的这种自信不仅缘于自幼苦读而来的才学，更多的是来自对道家人生理念的顿悟。这句诗运用了庄子一再阐发的"无用必当大用"的道理。《庄子·逍遥游》说：有一种树，主干臃肿，无法用墨线取直做栋梁，小枝卷曲过度又无法用圆规取弯做成车轮，长在路边，工匠也不会看它一眼。但是，正是这种不成材的大而无用的东西，却可以不受刀斧之害，自由生长，最终能长成遮天蔽日的大树，下面能停多部车子乘凉。这个作用是其他树木无法取代的，它的年寿也是他树不可比的。李白用这个典故，就是告诉世人，别看我现在好像是没有出息的酒鬼，但我没有受到世俗利禄功名的诱惑与污染，保持了天性，老天让我生成这个样子就一定有我的不可替代的用处。这是一种豁达乐观，也是一种对生命的体悟，更是一种超越凡俗的自信。

这种以生命观为基础的自信心是很执着的，不会随着境遇起伏而改变。他二十四岁就离开蜀中家里，浪迹天涯，既无门第来"拼爹"，也无直系亲属来相助，孤身一人，追梦而去，一路高歌。高兴了，大叫"仰天大笑出门去，我辈岂是蓬蒿人"，受挫折了，仍高唱"长风破浪会有时，直挂云帆济沧海"，面对不公平的社会，哪怕头破血流也绝不接受凡庸，自信"大贤虎变愚不测，当年颇似寻常人"。直到自己受害流放、年老多病，陷于绝境之中，仍豪情满怀，请缨从军，自叙"拂剑照严霜，雕戈鬘胡缨。愿雪会稽耻，将期报恩荣"。想象着自己是一个手持剑戟的侠客，仍能为国雪耻。他在政治上几进几出，由最高点跌落到最低谷，最后是一无所有，却始终是笑傲江湖，永不低头，相对世俗的功名利禄，他更得意于"兴酣笔落摇五岳，诗成笑傲凌沧洲"。他早年作《大鹏遇希有鸟赋》，以翱翔长空的大鹏自况，晚年还将此文改写成《大鹏赋》，以"怒无所搏，雄无所争"的气势向世人宣示自己的志向。视生如梦，是悲观，是虚无；视梦如生，这是想象，是诗境，敢于梦、坚持梦，以追梦寻梦为生活方式，这是李白天真的地方，也是他的诗歌伟大之处。

时下流行的"中国梦"概念应是源自"美国梦"一词，所谓"美国梦"，原是指欧洲移民在来到美国这片新土地之后，对未来生活的一种憧憬。相对于传统的生活方式，新天地、新气象、新环境给了新移民新的理想与新的希望，而不断出现的由贫民到富翁的传奇也给了无数人梦幻般的想象。这种梦是时代给予一个国家一个民族的梦想。李白的梦就是大唐梦，它与我们今天所讲的中国梦确有相通之处。从文化血统上说，中国梦应是大唐梦的再现，李白的诗是大唐梦的礼赞，时隔千载，他真诚炽热的追梦激情仍能激荡人心，这应该就是李白在当代文化中特殊的作用。相对于已经现代化的发达国家而言，我们的现代化事业具有后发优势，悠久的历史与丰厚的文化遗产，就是我们最大的优势，它可以使我们的现代化进程更具有传统的理性，现代中国梦离不开传统的土壤与文化基因，今天的追梦文化当然也需要李白的梦想与诗情。

本文写于马鞍山 2016 年李白诗歌节，发表于《马鞍山日报》2016 年 10 月 15 日

慎终追远清明人

——清明扫墓之俗与胡次焱三文

在古代，"清明节"是哀乐并存的日子，一方面，人们在此日断火吃冷食以纪念亡者，故又称之为寒食节，另一方面，春暖已至，气清天明，人们结束"猫冬"，外出游玩。故扫墓活动中既有断魂之伤，也有踏青之乐。沈佺期《岭表寒食诗》曰："岭外逢寒食，春来不见饧。洛中新甲子，明日是清明。"即回忆了中原在此日哀乐并有的活动。可能两种表情太不协调，唐人即有过相关讨论与规定。《唐会要》卷二十三专列《寒食拜扫》一题：

> 龙朔二年四月十五日诏：如闻父母初亡，临丧嫁娶，积习日久，遂以为常，亦有送葬之时，共为欢饮，递相酬劝，酣醉始归。或寒食上墓，复为欢乐，坐对松槚，曾无戚容，既玷风猷，并宜禁断。
>
> 开元二十年四月二十四日敕：寒食上墓，礼经无文，

近世相传，浸以成俗。士庶有不合庙享，何以用展孝思。宜许上墓，用拜扫礼，于茔南门外奠祭，撤馔讫。泣辞，食余于他所，不得作乐，仍编入礼典。永为常式。

二十九年正月十五日敕：凡庶之中，情礼多阙，寒食上墓，便为燕乐者，见任官与不考前资，殿三年，白身人决一顿。

先是重视丧痛之仪，禁止哀中有乐。后来发现民情难抑，变通一下，扫墓毕后可于他处吃饭喝酒，仍坚持扫墓活动的主哀旋律，禁止奏乐，若违此例，当官者当年考核不及格，候选者三年期作废，庶人要被打一顿。中唐之后，又发生因扫墓而旷职的事，朝廷屡屡发诏处理：

贞元四年（788）正月诏：比来常参官，请假往东郊拜扫，多旷废职事，自今以后，任遣子弟，以申情礼。

先是规定不必亲自扫墓，可让家人代理，施行了三十年后，发现有违民意，又作了一些调整。

元和三年（808）正月敕：朝官寒食拜扫，又要出城，并任假内往来，不须奏听进止。

规定在寒食节假日里扫墓活动可自理，无须报告。这样一来，超假不归的老问题又出现了，十五年后又下诏强调假制规范：

长庆三年（823）正月敕：寒食扫墓，著在令文，比来妄有妨阻，朕欲令群下皆遂私诚。自今以后，文武百官，有墓茔域在城外并京畿内者，任往拜扫，但假内往来，不限日数。有因此出城，假开不到者，委御史台勾当，仍自今以后，内外官要觐亲于外州，及拜扫，并任准令式年限请假。

既表明在假内不许妨阻，又强调不得超假，按期到职。同时，又对扫墓假制进行了调整。

太和三年（829）正月敕：文武常参官拜扫，据令式，五年一给假，宜本司准令式处分，如登朝未经五年，不在给假限。

开成四年（839）二月，中书门下奏：常参官寒食拜扫，奉进止，准往例给公券者。臣等谨案旧制，承前常参官应为私事请假，外州往来，并给券牒。又奉前年八月敕，厘革应缘私事，并不许给公券，令臣等商量。伏惟寒食拜扫，著在令式，衔恩乘驿，以表哀荣。遽逢圣旨，重颁新命。其应缘私事，及拜扫不出府界，假内往来者，并不在给券限。庶存经制，可久遵行。从之。

先规定在职官员五年享受一次归乡扫墓的长假，后又制定细则，在他乡任职官员返乡扫墓，可享受沿途驿站的交通住宿待遇，总体上还是鼓励官员返乡扫墓。因为到了这一时期，寒食主哀已完全取代清明主乐之意，清明扫墓已成为通行的习俗，朝廷如此规定，也是顺应民意。

家大则分，俗久则变，清明扫墓之俗沿至后来，仅限扫祭直系先人之墓，较少提及祖墓。胡次焱有感于此，连作三文阐明其意。胡次焱（1228—1306），宋咸淳四年（1268）进士。宋亡时，为贵池县尉，元大德十年（1306）七十九岁卒，宋亡后，生活了二十七年。明人程敏政（1446—1499）主编的《新安文献志》卷八十七收有洪焱祖《胡主簿传》，曰：

胡主簿次焱，字济鼎，婺源人。少孤家贫，母氏策励以学，劢书不辍，博览强识。魁江东漕，补在上庠，公私试辄占高等。登第，授迪功郎、湖口县主簿，以道远禄养非便，改次焱授贵池县尉。既任，签宪郡幕录五县囚，人称平允，有鬼物愬殴死者，获伸于公。德祐乙亥，微服归乡，或以宦进招之，赋《媒婆问答诗》以见志。金华胡公长孺跋其诗，曰："宋疆于淮，重兵在山阳、盱眙、合肥。池岸江城，恶渠隘浅，荷戈不满千人，兵未及境，都统制张林已纳款降附，与异意，辄收杀之。当是时，济鼎为附城县尉，贵池羸尫弓手数十百人，势不得独婴城。家寒，亲耋无壮子弟供养。伺张出迎，托公事过东流县，作冢其道周，书木为表识，曰：'贵池尉死葬此下。'用杜张猜疑，令不相寻迹。归婺源，以《易》教授乡里，往来从学者常百许人。昔人称：'慷慨杀身易，从容就义难。'济鼎盖从容就义者欤？"

胡氏进士及第时四十一岁，蹭蹬近十年，年近五十仍为最底层的官职，在宋应是很不得志的。宋亡之时却与多数"识时务者"不同。宋国破之前最后一战就是铜陵丁家洲大战，贵池尚属战区，宋二月大败，四面血雨腥风，胡次焱九月才得出逃，为了脱身，他还设假坟惑敌，在鼎革之际，经历了生死之险。胡次焱入元后，生活了二十七年，隐居乡里不出，以教书著述为业，其《媭媒问答》成为流行一时的遗民之作，其中《媭答媒》有言："理义自有闲，物欲常无厌。三少秽难洗，五嫁丑莫镌。浮荣瞥似电，遗臭流如川。"其遗民立场不只是出于"报前朝之恩"的愚忠意识，而是心志使然，他不愿乘乱世失秩之机，出卖人格，获取私利。其后半生以讲学为业，既执教于家族私塾，又热心于当地书院教育，除本集《梅岩文集》外，胡次焱还著有《四书注》《媒媭问答》《注朱子感兴诗》《赘笺二泉唐诗绝句》《复卦讲篇》等，其文集至明代中期才由其家族后辈整理刊行，其中最有影响的是他的《赘笺二泉唐诗绝句》，本书是由赵蕃（章泉）、韩淲（涧泉）编选的唐人绝句选本，是南宋最流行的蒙学教材之一。宋亡后，谢枋得曾编印过笺注本，谢守节而死后，胡次焱为纪念谢，再著成赘笺本，申发谢意，并授教于家族私塾学堂中。本书在明代多次刻印，并传至日本。明亡后，江户幕府学官为表达反清尊明的立场，大量翻印胡氏赘笺本，使之成为江户时代颇为流行的汉诗教材。在剧变的时代，胡次焱算是一个小人物，但这样一个小人物却因这本小书名传数百年，声播海外。

胡次焱称是"明经先生"后裔，"明经胡氏"家族史认定的始祖是胡昌翼，原为唐昭宗李晔之子。昭宗为避朱温灭族之祸，在其出生不久，交给近侍婺源人胡三公，胡氏带着他逃到老家婺源考川，改名换姓，养育成人。胡昌翼在后唐曾以明经及第，为报胡家之恩，不再改回原姓，后人称其为"明经胡"。胡次焱是其十三代孙，他有极强的家族意识，返乡后，多次上山祭扫祖墓，并以一个理学家的思维对这一习俗作出深入思考，共写有三序，见于《梅岩文集》卷三之中，如：

次焱宦寓秋浦时，每乡仆至，必敬问长老起居状，辈行生计饶乏，子弟贤不肖，大抵深睠太息者大半，独闻七世祖直下岁展省墓之礼，令人意满，恨肉之不羽也。值乙亥秋九月，自池来归，桑梓坟墓，恍如隔世，脱身丛棘，亶籍燕谋。明年春正月哉生明，随例省墓，宗可兄携籍来告曰："虚序以俟若之归，宁无说乎？"次焱曰："人之所以别于物者，为其知有祖也。春雨秋霜，凄怆怵惕，此民彝之不可泯也。奈何岁月悠邈，堙隧漫灭，牛羊之所陵轹，狐兔之所窟穴，僻者或樵或苏，坦者或畦或圃，子孙有过之而不顾者。夫墟墓兴哀，不必吾祖茔也，而若此恝然，何以别于物而为人？是宜以时展省者一。宋朝名臣如文、富、韩、范辈，后明经且百年，而蒿里沦于异区，迄今存者无几。吾鼻祖自唐末而五代、而宋朝，次焱以上一十三世而冢域历历可识，非祖德延长，则陵谷且有变迁，抔土何以块然独存？是宜以时展省者二。它族松楸或远在千里数百里者，扫拜良艰。先明经以迄于今，其宅兆多不出半舍，苟非祸患变故、癃老笃疾，及商宦于远方者，则期三百有六旬，独不可辍一二日之暂而少知有祖乎？是宜以时展省者三。且夫人无贤愚，靡有不愿其子孙蕃衍，而世守其丘陇者。吾今日以此心而望吾之子孙，当思吾先世尝以此心望吾。吾为先世之子孙，而不能时省先墓，何以责吾之子孙它日能时省吾之墓哉？梗莽累累，藐焉视之，不但天道报施捷于影响，亦非所以习子孙之闻见而教之孝也。是宜以时展省者四。吾闻族大以蕃，子孙不能无贫富智愚之异，往往富者奴视其贫者，智者讦弄其愚者。彼惟不知根源本同，是以秦越共视，无怪也。自斯礼之行，岁谨葬典，有尊卑少长之序，无贫富智愚之分，其罗拜某墓也，必惕然曰：'某与某贫富虽殊，皆根斯墓而枝分耳。'则其尊而贫者胡可以不敬？其群拜某墓也，必惕然曰：'某与某智愚虽异，皆源斯墓而派别耳。'则其卑而愚者胡可以不恤？今之视如路人者，其初一人之身，老泉谓忠厚之心可以油然而生者此也。是宜以时展省者五。君子曰：是举也，有二善焉。一以追远，一以睦族。曾孙笃之，俾勿坏。乃若故家上冢，丕阐幽光，存乎其人，毋徒责之阴阳流泉之说可也。"（《明经先世省墓序》）

胡次焱关心自己家族的发展，非常珍视自己的家族历史与传统。他于当年一月从元兵控制区逃至婺源，九月祭祖扫墓，受宗亲之邀，写下上文。作为一个理学家，他不仅仅是重祭祖扫墓之礼仪形式，更注重强调这一行为的理由与意义。他细算了五点理由：（一）知祖是人区别于动物的标志；（二）祖墓的存在是家族精神资源，不可荒废；（三）祖墓非远，如同回家探视，理应抽时扫祭；（四）增强繁衍子孙的责任感；（五）以人伦之礼消解世俗不平等意识。又总结为两大功能：追远与睦族。以现代观念来释读，就是祭祖扫墓，可表达对生命的敬畏之心，提升人的认祖归宗意识与精神归宿感，强化社会的礼教顺序。农耕社会，聚族而居，安土重迁，人口是劳动力重要因素，个人也只有在代代传衍中感受到生命的价值，宗法礼教也因此而生，清明扫墓祭祖之俗千古传承，既是传统思想的惯性使然，也有教化心灵与完善社会秩序的宗教功能。胡氏又于上文后赘言：

熊持登诗曰："拜扫无过骨肉亲，一年惟有两三辰。"白香山诗曰："风吹旷野纸钱飞，潇潇暮雨人归去。"此皆省墓而作也。昔襄阳有选人刘其姓者，入京师，逢一举人，语言相得，藉草同饮，举人因赋诗曰："荒村无人作寒食，殡宫空对棠梨花。"明年刘归襄阳，寻访举人，惟殡宫存焉，乃知墓无子孙省拜，故九京有灵，而其诗如此。借此观之，省墓之礼，非特子孙之所当行，而亦祖宗之所深望也。子孙立志不坚，持登、香山之句不作，则祖宗魂灵如在，宁不动"空对梨花"之句乎？此句一作，为子孙者何若？吾门其勉之，谨序。

省墓之行，展孝敬也。盖墓者祖宗体魄所藏，魂灵所居。古人去家必上冢，四时必登墓。今惟正首相率省墓，已从简矣。冠者皆行，冠则成人，成人则知祖之当尊、墓之当省也。今圆冠方屦，人则人矣，岁首省墓，大欠整齐，是人也，岂独无孝敬之天哉。夫乡邻者，出入相友者也，岁首必冠带而沿其门。亲戚者，骨肉相关者也，岁首必涉远而踵其门。神祠佛宇者，祸福之不爽也，岁首必执香信而俯伏其门。至于祖宗，乃吾身之所自出。吾受其肢体之遗，吾借其衣冠之荫，有堂构者承其堂构，有箕裘者习其箕裘。其待子孙尝欲福之，而未始祸之也。穷未达，贫未裕，岂祖宗之咎哉？今岁首乐去者三之一，勉强不容不去者半之，养安不去，吝费不去，奔香逐臭而不去者，间亦有之。是何待祖宗反不若待乡邻、待亲戚、待神庙之厚哉？省墓亦有不可拘者：年逾六十者不可拘，有不测之祸者不可拘，有不时之疾者不可拘，宦游于外者不可拘，外此决所当去。荒冢累累，殡宫戚戚，弃置不顾，其与睨视而额不泚者何异哉！东莱云："今日之为人子，异日之为人父，后乎兄者为弟，而前乎弟者为兄。吾不肯为兄父之拜，则吾亦不得夫子弟之拜。"然则今日不拜祖宗坟墓者，恐他日子孙亦如之。於戏，此固理之必至者，况乎人知尊祖，然后知敬宗。惟同拜某墓也，则知某为叔，某为侄，皆与某同出某墓者也。又同拜某墓也，则知某为兄，某为弟，又与某同出某墓者也。然则拜扫无非骨肉亲也，非泛然同族比也。尊卑之分，悠然不渝，纵有少嫌，风休冰释，岂忍下罗上，卑犯尊，相欺相凌，相戕相贼，相窥相弄也哉？吾故谓省墓者孝敬之天所由寓，而亦名分所赖以纲维者也。同门者试想之。己卯正月上元日，因整簿而书，幸毋以次焱之言为赘。（《明经先世省墓序》）

这一篇仍是说明扫墓的必要性，他首先以唐代熊持登、白居易诗为例，强调这是自古以来的传统，"子孙之所当行，而亦祖宗之所深望"；其次，说明祖墓是宗族意识的寄托，知祖省墓是成人标志；复次，祭祖是人之常情，今之一切都来源祖，祖宗总是庇佑后辈；最后，同族扫墓也具有礼义教化功能，可延续宗族礼教的秩序与传统。你今不扫祖墓，明日也无人记得你，人则失去了精神归宿与寄托。第三篇言：

官司期会不必吏卒及门也，富者不俟车，贫者不俟屦，冲风沐雨，破雾戴星，仓遽赴限，惟恐时刻差池，何则？惧于刑也。经商逐什一之赢，暑焉浆汗，寒焉栗肤。或月店听鸡，而山谷间关，虎狼噬啮；或风竿俟马，而波涛澎湃，蛟龙出没。生死一瞬息尔，方汲汲焉不为惮，何则？竞于利也。山鬼水怪，土偶人木，居士恍然，象罔妄一，巫觋云某祟宜禳，某庙宜祷，矍然斋戒，袖香奔走，为父母妻子者又交口从臾之，何则？畏灾而邀福也。春王正月，群行省墓，东风解冻，迟日融怡，岸容山意，梅柳漏春，非有疾风甚雨之弗便，非有大寒剧暑之当避，非有虎狼蛟龙吞噬之可忧。车屦从容，亦足行乐，且吾祖宗之灵，非土木象罔者，而谆勤邀勒，养安托故，曾不若巫觋之片言，何则？无灾可畏，无福可徼也。然而序所谓非所以习子孙之闻见而教之孝者，则固有不斧钺之刑、非锥刀之利，而隐然他日之祸福存焉。何则？习其闻见而教之孝，彼固以尊祖敬宗为当然，而他日还以施诸我，亦不敢不肖也。福与利孰大于此？习其闻见而教之不孝，彼固以养安托故为当然，而他日还以施诸我，亦不敢不肖也。灾与刑孰大于此？苏子有言，达者知之，众人昧焉，可不凛然哉。十三世孙次焱谨序。（《省墓后序》）

此文再次强调祭祖扫墓之意义。他指出这一活动可让人超越现实功利的局限，虽无神教祈福之功能，但可教子孙孝道修养。由他所叙看，他已将扫墓祭祖行为上升到宗教层面，这实际就是中国人的本土宗教：祖先崇拜教。《论语》言："慎终追远，民德归厚矣。"能严肃认真地对待丧礼，并能追记祖先之恩，明白自身渊源所自，可使民风更加淳厚。因为丧礼祭祖仪式多依年辈论序，可明确各人的根系关系，明白自身的位置，在亲情伦理次序中获得一种存在感，也就强化了儒家的父父子子的伦理观念，提升了家族的凝聚力，这就是这一本土宗教的力量与作用。唯因如此，胡氏才将此事上升到人性本质的高度："人之所以别于物者为其知有祖也。"在世界文明古族中，唯中华文化历三千年传承不断，这种超稳定的文化韧性固然与以农耕经济为主体的生活方式有关，而家世文化传统也是其中的主要因素，这已成为中华文化基因中的一种主要成分与标识。

唯因这一习俗与古人深层的文化心理相系，古人对此事的重视也是到了宗教化的程度。如清代查氏两大文人查嗣瑮、查慎行的省墓诗即体现了这一点。查嗣瑮（1652—1733）《甲辰冬润木以省墓乞归同至西阡手剪松柏用初白韵》：

　　捧土兼栽树，回肠二十年。乙酉、丙戌初营西阡。同含蓼莪痛，如望子孙贤。忆昨才盈把，分行若比肩。经时方荫垫，得气或参天。名岂怜多干，根同出九泉。敢云轻剪伐，备拟去骈挛。课仆功难足，躬亲斫是虔。旁宜芟檞栎，缺要补楠楩。夜月归辽鹤，春风泣杜鹃。皑皑停白雪，郁郁吐苍烟。孺慕惟风木，归休此墓田。白茅山下梦，长与绕西阡。（《查浦诗抄》卷十二）

查慎行（1650—1727）《省先父母墓》：

　　墓祭仍随俗，君羹不逮亲。转伤通籍晚，无补在家贫。去卜青乌吉，归瞻翠甗新。松栽欣免触，山鹿尔何仁。（《敬业堂诗集》卷四十二）

二诗都作于雍正二年（1724），此时查嗣瑮七十二岁，查慎行七十四岁。前一诗注明墓建于康熙四十四、四十五年，是作诗之前的二十年，其时查氏二兄弟正得康熙赏识，查慎行还任"直南书房行走"，是康熙身边的红人，三次扈驾到避暑山庄。但是，其弟查嗣瑮却在这时为父母寻得了风水宝地，家人望他回家主持经营。查慎行即刻就向康熙请假，离开了权力中心，一去竟达二年多，等到再回京时已失康熙欢心，其仕宦上升之势也就终止了。他们为父母之事牺牲了自己的仕途。事过二十年，两人已过古稀岁，在扫墓之时仍感慨不已。查嗣瑮明言为此"回肠二十年"，并指出他们怀念亡父之情与"如望子孙贤"之意是相通的，为此他愿"归休此墓田"。查慎行诗说自己虽享受过君王赐羹，但不能让父母同享了，每念及此就痛心自己成才出名太晚了，无法补偿家人往日经历的清贫与痛苦，现在他唯一感到欣慰的是家墓护持得很好，父母仁心似乎在身后得到了补偿。由二诗看，他们并不因为失宠而伤感，可能在他们看来，与得皇帝宠信相比，护持家墓是更重要的事。传统的祖先崇拜意识使得他们超越了世俗的名利观念。

忆少伤老拜月时

——书张夫人《拜新月》后

拜新月，拜月出堂前。暗魄初笼桂，虚弓未引弦。

拜新月，拜月妆楼上。鸾镜未安台，蛾眉已相向。

拜新月，拜月不胜情。庭前风露清，月临人自老，人望月长生。东家阿母亦拜月，一拜一悲声断绝。昔年拜月逞容辉，如今拜月双泪垂。回看众女拜新月，却忆红闺年少时。（张夫人《拜新月》）

《拜新月》一诗最早见于唐韦縠（882—957）撰《才调集》卷十，此后《文苑英华》卷三百三十一（明刻本）、郭茂倩《乐府诗集》卷八十二（四部丛刊景汲古阁本）、计有功《唐诗纪事》卷七十九（四部丛刊景明嘉靖本）都有收录，此录自唐《才调集》（四部丛刊景清钱曾述古堂景宋钞本），各本皆注张夫人为吉中孚妻。吉中孚为楚州人，曾游历鄱阳，与卢纶有交往，以道士身份入仕，大历中，与卢纶、李端、司空曙、耿沣等人出入于宰相元载、王缙府第，时人称为"大历十才子"，后为翰林学士、户部侍郎，约卒于贞元中（795），关于张夫人则无更多资料。《全唐诗》还收有张夫人另外四首诗：《拾得韦氏花钿以诗寄赠》："今朝妆阁前，拾得旧花钿。粉污痕犹在，尘侵色尚鲜。曾经纤手里，拈向翠眉边。能助千金笑，如何忍弃捐。"（初见于《才调集》卷十）《古意》："辘轳晓转素丝绠，桐声夜落苍苔砖。涓涓吹溜若时雨，濯濯佳蔬非用天。丈夫不解此中意，抱瓮当时徒自贤。"（初见于《文苑英华》卷二百五）《柳絮》："霭霭芳春朝，雪絮起青条。或值花同舞，不因风自飘。过尊浮绿醑，拂幌缀红绡。那用持愁玩，春怀不自聊。"（初见于《文苑英华》卷三百二十三）《诮喜鹊》："畴昔鸳鸯侣，朱门贺客多。如今无此事，好去莫相过。"又，宋人《吟窗杂录》所收的她的残句也是这类风格，足见吉中孚张夫人在唐时即以写女性相思诗出名了。《才调集》是五代时后蜀（934—965）韦縠所编，这表明本诗在中晚唐一百多年里传唱甚广。《拜新月》，唐代教坊中曲名，原是女子在拜新月中咏唱的歌曲。崔令钦《教坊记·曲名》有"拜新月"一名，《乐府诗集》将《拜新月》置于近代曲辞中，与《浪淘沙》《忆江南》及《纥那曲》《欸乃曲》等并列，"拜新月"近似一词牌，不过，同题之下有李端一首："开帘见新月，便即下阶拜。细语人不闻，北风吹裙带。"格式与张夫人这首全然不同，所以《拜新月》与仅作为一种单一音乐形式的词牌又不同，应含有特定题材因素。拜月之俗起源甚早，因农历每月初一，在地球上看不见月亮，古人称之为朔，约到初三后才会看见半圆月轮的边沿，故称新月，亦称"蛾眉月"，最初出现在傍晚时西方天空。又，古时亦称中秋满月为新月。宋金盈之（1100—1160）《醉翁谈录》："俗传齐国无盐女，天下之至丑，因幼年拜月，后以德选入宫，帝未宠幸。上因赏月见之，姿色异常，帝爱幸之，因立为后。乃知女子拜月有自来矣。旧传是夜月色明朗，则兔弄影而孕，生子必多，海滨老蚌吐纳月影，则多产明珠。比明年采珠捕兔者，卜此夕为验。" 古代有女子拜月之俗，此俗在唐代仍流行。李端一诗记录了唐代女子拜月之过程，"开帘见新月"，时间正是在傍晚初见月亮时，"细语人不闻"，表明拜月不是公开的仪式，而是在一个僻静场所由一个人独自完成。拜月祈祷的内容是多样的，多与女子祈求婚姻幸福有关，或求良缘，或求生子，如敦煌曲子词有一首也写到类似的事："良人去，住边庭，万家砧杵捣衣声。坐寒更，添玉泪，懒频听。向深闺，远闻雁悲鸣。遥望行人，三春月影照阶庭。帘前跪拜，人长命，月长生。"主题是祈求守边丈夫能平安归来。又如白居易《八月十五日夜禁中独直对月忆元九》诗："三五夜中新月色，二千里外故人心。"是借用女性拜月题材表达友情。

张夫人这首诗是以女性的身份与口吻抒发了拜月时生发的人生感慨。"拜新月，拜月出堂前。暗魄初笼桂，虚弓未引弦。"描写了新月初显的状态，魄，古同"霸"，月始生或将灭时的微光。新月未显前，只能见到这种微光，传说月中有桂树，这个情景如同灯笼里有桂树，被微光笼罩着，约隐约显。新月初显时只见得一弯发亮的弧线，也如一张没有拉弦的空弓。"拜新月，拜月妆楼上。鸾镜未安台，蛾眉已相向。"地点由堂前移到妆楼，新月如蛾眉，女子见新月如同照镜梳妆，见到自己漂亮眉毛，觉得与天上的蛾眉月可相映成趣。新月出现，表明一个月的开始，但同时也提醒人们时光在流逝。对于独守闺房的女子来说，这又是一件让人感伤的事。"拜月不胜情。庭花风露清，月临人自老，人望月长生。"感伤者觉得庭间花上露珠随风坠落，如同自己伤心落泪。面对此景，人往往会想到新月一次次升起，年华一月一月地流逝，明月似乎会看着自己渐渐变老，而月亮不变，永远是一样的美丽明媚，人与月亮相比总是那么无奈。"东家阿母亦拜月，一拜一悲声断绝，昔年拜月逞容辉，如今拜月双泪垂。回看众女拜新月，却忆红闺年少时。"最后，以一老女拜月的场景，直接点明了红颜易逝的主题，其中"忆"字既写出众女皆乐我独愁的悲剧，又易引发人们对人生的反思。

综上，本诗成功之处有三：一是场景描述细致，依时间为序分别写出月出之后的形态变化：初显—半现—满月，再由拜月位置变换：堂前—楼上—庭前，描述了拜月过程，极具场景化，突出了这一民俗特色；二是心理描写细腻，由月形与位置的变化写出了拜月者女性心理变化过程：天真—自赏—自怜—自伤，颇具戏剧化特点；三是最后一段，主题有升华意义，易触动人们的人生感慨。红颜易老而月色永恒，人在自然面前是渺小的，悲剧的。胡震亨《唐音癸签》言："吉中孚妻张氏《拜月》七言古，（张）籍、（王）建新调，尤彤管之铮铮者。"张籍、王建诗之流行应在元和后期，由吉中孚生平看，张夫人之作似在大历、贞元年间完成，比张、王乐府要早，其诗也少张、王乐府中的俚俗，而更多古乐府之声腔，在立意上也更接近刘希夷《代悲白头翁》。吴瑞荣（高淳人，清乾隆二十七年贡士）《唐诗笺要》云："儿女口角，似从老成阅历中来，裁云制霞，不伤天工，洵佳制也。"认为本诗最大的特色在于全是女性口吻，有天然之趣，确实抓住了本诗的长处。

本文初收入《历代女性诗词鉴赏辞典》，上海辞书出版社2016年版

再见唐学新气象

——唐代文学研究二年综述（外一篇）

2012 年

在过去的 2012 年，唐代文学研究仍保持着比较繁荣的态势，出版的专著约二百部，其中新出论著近五十部，发表的各类学术论文约一千五百篇。回首细数，自有不少可圈可点之处。

首先，一些选题新颖、素有积累的著作让人印象深刻，如余恕诚与吴怀东先生合著的《唐诗与其他文体之关系》，作者十多年来持续发表相关论文，已为本课题搭建了一个坚实的平台，本书以研究李商隐赋诗关系为基点，扩展到整个唐诗与其他文体的关系，系统展示了唐人以诗赋化语言为中心的风格以及各类文体交互影响的关系。近年来，唐代文学研究在文献整理与史实考证方面已有了长足的进步，但对文学自身的研究大的突破较少。本书在这方面提供了一个成功的范例，探索出了一条新的路径，表明在文学性研究与文本研究方面尚有宽广的可开拓的空间。胡可先《学术研究之通识——〈唐诗与其他文体之关系〉述论》(《安庆师范学院学报》2012年第5期)、王志清《立体而开放的研究景观——〈唐诗与其他文体之关系〉评论》(《中国韵文学刊》2012年第4期)两文已对本书作了比较充分的评价。又如王士祥《唐代试赋研究》一书是在博士论文基础上扩展而成的，前后亦费时十多年，是第一部系统研究唐代试赋的专著，不仅详考省试与州试律赋题目，而且还从文体学角度分析律赋这一文体的特点与演变，深得傅璇琮等专家的好评。又傅璇琮、周建国先生的《李德裕文集校笺》一书是一部甚见功力的著作，大大提升了对李德裕及晚唐政治与文学的研究高度。本年度，两位先生又推出新版订补本，不仅充实了相关文献，而且在序文中对李德裕作出新的评价，以更详实的材料，在陈寅恪、岑仲勉两位先生之后从新的高度对牛李党争问题的争论进行了总结。

其次，还有一些著作对新近流行的课题又加以深耕细作，如关于唐诗的传播与传承的研究也是这几年的热点课题，研究者多将这一问题落实到唐诗选本的研究上，如此前贺严《清代唐诗选本研究》(人民出版社2007年版)、韩胜同名之作(中国社会科学出版社2010年版)已展开了初步研究，本年又出现了研究明代唐诗选本的孙学堂《明代诗学与唐诗》（齐鲁书社），此前陈国球先生《唐诗的传承——明代复古诗论研究》（台湾学生书局 1990 年版）、孙春青先生《明代唐诗学》（上海古籍出版社 2007年版）已对这一选题有较深入的发掘，本书又着重从诗学理论角度阐述明人关于唐诗特质的认识，对此前不为人关注的薛蕙、王廷陈、朱曰藩、高叔嗣、皇甫汸、蔡汝楠、王稺登、陆时雍等人的诗论进行了具体的分析，又一次推进了关于这一课题的研究深度。其他如别美卉《清人对韩愈诗歌的选评研究》（天津师范大学 2012 年硕士学位论文）、查屏球《名家选本的初始化效应——王安石〈唐百家诗选〉在宋代的流传与接受》（《安徽大学学报》2012 年第 1 期）、查屏球《唐音的回声：元明"和唐诗风"源流考析》（《中国文学研究》2012 年第 1 辑），都以研究唐诗选本流传为主，说明唐人诗文名篇序列的形成过程，论述了唐诗在后世文化史的实际影响。还有如张瑞君《李白精神与诗歌艺术新探》（上海古籍出版社）、周睿《张说——初唐渐盛文学转型关键人物论》（中华书局），都能从唐代文学发展角度具体分析诗人的特质，为李白、张说在唐诗史上作出更具体的定位。这类深耕之作往往在实证方面收获颇多，如吕华明等《李太白年谱补正》（中华书局）、熊飞《张说年谱新编》（台湾花木兰文化出版社）、《张九龄年谱新编》（台湾花木兰文化出版社），都能对诗人生平与作品系年提出新见。如李定广《罗隐年谱》（上海古籍出版社）

首次系统梳理罗隐生平行迹，为罗隐研究提供了比较详实的研究资料。还有关于小说文献的考证，如李菁《唐传奇文〈炀帝开河记〉研究》（《厦门大学学报》2012年第2期）与陶绍清《〈唐摭言〉成书时间考》（《云南大学学报》2012年第5期）等，对传统结论都有新的实质性推进。

近年来，随着大量唐代墓志的出土，墓志文献渐成唐代文学研究的重镇，本年又出版了《洛阳新获七朝墓志》（中华书局）、《洛阳出土鸳鸯志辑录》（国家图书馆出版社）两部墓志汇编，新增墓志近四百方。更让人高兴的是胡可先《出土文献与唐代诗学研究》（中华书局）也于本年出版，本书不仅对已有单篇考释加以梳理汇总，而且对其中有关的诗人信息充分发掘，逐点考证，既是作者本人研究唐人墓志的学术专著，又是一部关于唐代诗人研究的专题资料工具书。近年来墓志出土颇多，散见于各类出版物，研究者查检甚为不便，本书应是嘉惠学林的功德之作。关于墓志方面的检案工具书，以前以日本学者气贺泽保规所编的《唐代墓志所在综合目录》（明治大学东洋史资料丛刊，汲古书院2004年版）一书信息较全，本年度国家图书馆出版社出版了周立的《洛阳出土墓志目录续编》，著录了近几年的洛阳出土墓志1785方，按照墓主葬年时间先后编排，涉及东汉至民国18个历史时期，其中以唐代墓志居多。每方墓志著录首题、墓主卒葬时间、志石尺寸、志文行字、书丹者、墓志出土地点及收藏处所、资料出处等信息。书后编制墓主姓名索引，并附录相关墓志书的目录。为墓志文献的使用提供了方便。

相比论著，一些论文更以深度开掘见长，有力地推进了传统课题的研究。如陈尚君《贺知章的文学世界》（《杭州师范大学学报》2012年第3期）是近年来关于贺知章文献研究方面最完备的一篇力作。作者以编纂《全唐诗》《全唐文》的工作经验为基础，完成了《新编贺知章集》，利用新出石刻文献，将清人所编之集增加了一倍以上，本文即是对这一工作的一个总结，文中对贺知章存诗出处与文本形态进行了辨析，又据此重新分析了贺氏文学特色，对新见贺撰墓志进行了全面梳理，指出已经出土八方，在近百年出土墓志中，他是撰文数量最多的作者，据此可知其平生写作之勤奋。贺撰墓志多写个性和事功特殊的人物，可以作为人物传记来阅读品味，新的材料导出新观点，作者依此重新诠释了贺知章文学活动方式以及在当时文坛的地位。又如朱易安、王书艳《唐代咏石诗的新变与转型》（《上海师范大学学报》2012年第1期）、余恕诚《唐人出使吐蕃的诗史——论吕温使蕃诗》（《民族文学研究》2012年第4期）、姚璐《浅谈孟郊陆长源汝州交游诗》（《文学界》2012年第7期）、马强《岑参梁州诗新考》（《陕西理工学院学报》2012年第1期）、曹丽芳《〈玄英先生诗集〉版本源流考述》（《盐城师范学院学报》2012年第5期），都能于实证处见功夫，对前人之说有所补正。又如杜晓勤等人近年来一直关注传统诗学中的声韵问题，本年又有新成果，如杜晓勤《吴声西曲与永明体成立关系的诗律学考察》(《陕西师范大学学报》2012 年第2 期)、耿志坚《中唐"新乐府"与"乐府诗"押韵韵脚四声韵律之比较研究——以白居易、元稹、刘禹锡为例》(《乐府学》2012 年)、杨国荣《论唐代组诗的声律技巧》(《福建农林大学学报》2012 年第 3 期)，以统计与归类的方式，对唐诗语言艺术提出新的看法。

从总体上看，本年度多数论文更注重选题的创新，如分析作品的文化因素是近年来唐诗研究的一个主要走向，拓展的领域越来越广阔。如关于地域文化与唐诗的关系，余恕诚、王树森《唐代有关河湟诗歌的诗史意义》(《学术界》2012 年第 8 期)、章年卿《论唐代鄱阳湖景观诗歌特色》(《江西科技师范学院学报》2012 年第 1 期)、吴佳佩《略论中晚唐绍兴诗人群体的诗歌创作》(《文教资料》2012 年第 9 期)、洪迎华《唐代京城与贬地诗歌传播的差异考察——以元和诗人传播境遇的比较为中心》(《漳州师范学院学报》2012 年第 3 期)、洪泉、唐慧超《白居易在杭期间山水园林诗文考析》(中国风景园林学会 2012 年会论文集)等，或论唐诗对地域文化形象形成的作用，或论地域自然与文化特点对唐人创作的影响。又有关于服饰文化的：要彬《唐代诗歌中的服饰美学观》(《服饰导刊》2012 年第 1 期)；关于礼仪文化的：武胜文《文人诗歌与唐代社会仪式——以敦煌写卷 P.3608、P.3252 为例》（《天水师范学院学报》2012 年第 3 期）、艾瑛《重诗风尚与催妆婚俗相融合的艺术结晶——试论唐代催妆诗的产生条件及特征》（《语文学刊》2012 年第 19 期）；关于宗教文化的：黄阳兴《图像、仪轨与文学——略论中唐密教艺术与韩愈的险怪诗风》（《文学遗产》2012 年第 1 期）、荣小措《唐人咏长安佛寺诗的流变——以慈恩寺、青龙寺诗为例》（《语文学刊》2012 年第 15 期）；关于宫廷文化的：臧嵘《一次被历史忽略的诗歌盛会——武则天组织的石淙山诗会》（《文史知识》2012 年第 9、10 期），都较有新见。另外，关于唐人生活与唐诗的关系也是本年唐诗研究的热点话题，涉及唐人生活的多个方面，如：吴淑玲、张岚《唐代书肆与唐诗的发展》（《河北学刊》2012 年第 5 期）、黎文丽《唐代校书郎的文学创作特点》（《榆林学院学报》2012 年第 3 期）、孟祥光《制度缺陷与文学视阈中的乡村世界——试析两税法对中唐田家诗叙事内容的影响》（《新疆大学学报》2012 年第 3 期）、刘亚平等《唐代行旅诗研究——以李白、杜甫、白居易旅游诗为例》（《旅游研究》 2012 年第 3 期）、杨国荣《唐代庄园别业中诗歌创作的同题共咏现象研究》（《福建广播电视大学学报》2012 年第 3 期）、沈文凡等《韦嗣立山庄应制诸诗研究》（《华夏文化论坛》2012 年第 1 期）、田新华《唐诗与邮驿传播之关系》（《新闻传播》2012 年第 1

期）、邹福清《唐诗槐意象的文化与文学观照》（《唐都学刊》2012年第5期）、闫续瑞等《论杜甫家训诗歌中的教育思想》（《时代文学》2012年第1期）。这些论文既对传统选题有深度开掘，又以唐诗为基础探索了唐人独特的生活方式，展示出唐诗中丰富的历史文化信息。又如本年度关于唐人小说的研究也是多集中于文化问题，如范淑英《〈古镜记〉与中晚唐道教的"古镜"再造》（《唐研究》第十八卷）、雷闻《走入传奇——新刊唐代墓志与〈冥报记〉"豆卢氏"条的解读》（《唐研究》第十八卷）等，都专门研究传奇中的民俗与道教等文化元素。文化研究应是拓宽古典作品研究空间的一个方向，但这种研究必须以扎实的个案研究为基础，不应沦为一种新型的贴标签行为。上述论文多不是泛泛而谈，而是以考辨具体史实为主，分析其中的文化基因特点、来源与传承。又如郭树芹《唐代涉医文学与医药文化》（人民文学出版社）一书，从一个全新角度发掘了唐诗的文化史意义，揭示了唐诗中许多此前不为人所重的医药信息。

值得关注的是本年度关于唐代文学研究形成了一些焦点性话题，多篇论文持续关注同一个问题。如关于进士科制度与诗歌关系就是本年度唐诗研究中一个比较集中性的话题，如：诸葛忆兵《论唐宋诗差异与科举之关联》（《文学评论》2012年第5期）、陈铁民《制举——唐代文官摆脱守选的一条重要途径》（《文学遗产》2012年第

6 期）、王淑玲《唐代进士试诗的歌功颂德思想》（《作家》2012 年第 6 期）、王淑玲《唐代进士试诗中的谈理悟道诗》（《科技信息》2012 年第 3 期）、滕云《从唐代落第诗看落第举子对科举的怀疑与反思》（《学术交流》2012 年第 6 期）、汤燕君《论唐代试律诗的制度特征》（《浙江传媒学院学报》2012 年第 5 期）、方丽萍《从贞元省试诗看中唐科举录取的公正性》（《宁波大学学报》2012 年第 3 期）等文，这些论文不仅考察科举试诗与唐诗发展的关系，而且细究各类试举诗的体制与特点，考察这一制度与诗人生活及创作的实际关联以及在诗史中的特殊意义。如诸葛忆兵教授一文认为唐宋诗之差异，与科举制度演变有非常密切的关联。唐代进士科逐渐形成"以诗取士"的制度，纳卷、行卷在其间发挥了重大作用。宋代科举制度逐步建立起完善的糊名制和誊录制。科举录取，"一切以程文为去留"。故宋代纳卷消亡，行卷衰歇。宋代士人由此转向闭门苦读。宋人因此缺少相似的生活和情感阅历，缺乏创作激情。与唐人比较，宋人作诗的热情和投入时间都锐减。配合行卷过程，唐人科名有成之前，必须外出漫游，同时饱览沿途风光，创作出大量风景诗，既写出千姿百态的风光景物，又融入唐人求仕过程中喜怒哀乐之复杂情感。宋人被逼向闭门苦读之后，风景诗大都作于登第入仕之后，诗风转向从容平和。身份与境遇的改变，宋人风景诗的情感强烈度远不如唐人，诗歌的艺术感染力也就不如唐人。

宋代科举录取名额大量增加，登第后直接授官，且升迁较快。进入仕途后的文人更少体验人生挫折或苦难。这在北宋时期表现尤为突出。宋诗创作整体成就不如唐诗，与宋人更少体验挫折或苦难有关，与宋人日常心态转向平和宁静有关，与宋人生活中悲剧感的失落有关。宋人居官，喜自言清闲无事，优游卒岁。故宋人诗歌写得波澜不惊，更多的是休闲或宴饮之际的酬唱应答之作。这则从一个全新角度诠释了唐宋诗之别的原因与文化内涵，推进了传统的唐宋诗风比较的研究深度。本年度适逢杜甫诞辰1300年，故而关于杜甫的论文尤多，约二百五十篇。其中如葛景春《继承杜甫精神　弘扬杜甫文化——纪念诗圣杜甫诞生1300周年》（《平顶山学院学报》2012年第3期）、张忠纲《杜甫生前杜诗流传情况考辨——为杜甫诞生1300周年而作》（《杜甫研究学刊》2012年第2期）、胡可先《出土碑志与杜甫研究》（《文史哲》2012年第6期）、邓小军《杜甫与李泌》（《杜甫研究学刊》2012年第2期）、程郁缀《纪念"诗圣"杜甫诞辰1300周年》（《北京大学学报》2012年第4期）等，都不乏新见，不仅展示了关于杜诗的最新研究成果，而且突显了杜甫在中国古典文化史上的意义以及对当下文化建设的意义。

随着对域外汉籍研究的拓展，关于唐人诗文在东亚传播的研究也愈发深入，本年度也不乏相关成果，如冯雅、高长山《日本的杜甫诗研究——以五山、江户时期为例》

（《外国问题研究》2012 年第 4 期）、金程宇《诗学与绘画——中日所存唐代诗学文献〈琉璃堂墨客图〉新探》（《文艺研究》2012 年第 7 期），张丽娜《类型与变异——论东亚文学视野下的"杜子春故事群"》（《东岳论丛》2012 年第 6 期）、严杰《李奎报〈开元天宝咏史诗〉的小说文献意义——以〈玄宗遗录〉佚文为重点》（《文献》2012 年第 1 期）、查屏球等《〈八子百选〉与〈唐宋文醇〉隐曲关系考——兼论〈唐宋八大家文钞〉在东亚书面语共同化进程中的范式意义》（《中山大学学报》2012 年第 6 期）、查屏球《日本藏南宋遗民诗人严子安"和唐诗"辑考》（《学术界》2012 年第 9 期），都能将日韩相关文献与唐人相关作品进行比较，或具体说明唐代文化在东亚的影响，或以域外汉籍补充本土史料之阙遗。在日本的中国古典文学界，白居易研究一直占据相当突出的地位，他们有比较悠久的传统并形成相对稳定的研究风格，他们不仅有比较稳定的研究团队，而且还出版了多年的专业学术杂志。近年来，下定雅宏、静永健相关著作的翻译，让国内学者对这方面的情况稍有了解。本年度高松寿夫编、焦雪艳译《唐诗白居易与日本古代文学》一书以专题论文集的形式更加全面地展示日本学人关于白诗研究的学术风格与水平。又，近年来，以哈佛大学宇文所安为代表的海外学者的研究对国内学界的影响日渐增大，本年度有多篇论文讨论此事，如刘璐《宇文所安的唐诗史书写方式研究》（湖南大学 2012 年硕士学位论文)、支叶兰《论宇文所安的李白研究——以〈李白：天才的新观念〉为例》（《文学界》2012 年第 10 期）、高超《宇文所安唐诗研究及其诗学思想的建构》（天津师范大学 2012 年博士学位论文）等，都从不同的角度分析这一他山之石的创新价值以及对我们的启迪意义。

本年度对于唐文的研究明显增温，其中有两点值得重视，一是研究者不再局限于韩、柳等古文家的文章，更多关注张说、张九龄、陆贽等人的作品，开始研究唐代制度性撰文等特点，如许结《从"曲终奏雅"到"发端警策"——论献、考制度对赋体嬗变之影响》（《湖北大学学报》2012 年第 6 期）、杨娟娟《以黄滔为例看晚唐闽地文士的读书与科举心态》（《长江大学学报》2012 年第 10 期）、吴夏平《唐著作郎官与碑志文考论》（《古籍整理研究学刊》2012 年第 6 期）、吴夏平《从社会角色看唐代文馆文士与文学之关系》（《华南师范大学学报》2012 年第 4 期）、金子修一《汉唐之际遗诏的变迁及意义》（《中华文史论丛》2012 年第 1 期）、周京艳《中唐元、白制诰研究》（《北京大学学报》2012 年第 4 期）、吴丽娱等《中村不折旧藏吐鲁番出土〈朋友书仪〉研究——兼论唐代朋友书仪的版本与类型问题》（《西域研究》2012 年第 4 期）等，唐人这类应用性文章，自来少受现代研究者关注。显然，这是受到了现代文学观念的影响，其实，古今文学观念不同，这类文章实际上是当时的文学主体，第一流文人多参与其事，直接关乎到每个时期主体文风的导向，也应是研究各时期文风不可忽视的材料。还有学者专门研究唐文选本流传与影响，如付琼先生近年来关于唐宋八大家选本流传的研究，从学理与文献角度梳理出唐宋古文选本流传与沿承的关系，早已引起学界的关注。本年度，其《唐宋八大家选本群的历史分期》（《学术论坛》2012年第8期）一文对这一问题又有更具体的探索。二是关于唐人墓志的研究明显增多，几居唐文论文的半数。这些论文一方面延续传统方法，利用新出文献补充传世史传之不足，进一步充实唐代文人生平史迹，如黄清发《王通生平著述新证——以新出〈王劢墓志〉为中心》（《晋阳学刊》2012年第3期）、陆武《唐韦渠牟墓志释证》（《文博》2012年第4期）、文艳蓉《白居易家族婚姻考论》（《古籍整理研究学刊》2012年第1期）等。其次，从文化史角度发掘墓志中历史信息，具体论述唐人的生活方式与诗文写作之关系。如陈尚君《杜佑以妾为妻之真相》（《文史》2012年第3期）提供了一个成功范例，文章以考述杜佑为妾所作之墓志为基础，将唐人妻妾制度与杜佑为人相联系，进而对中唐士风特点作了更具体的说明。其他如杨向奎《唐墓志亲属撰文增多及其文学意义》（《石河子大学学报》2012年第4期）等也有类似的探索。再次，本年一些关于墓志的论文开始从文章学角度论述墓志文体的特色以及墓志所体现出的当时文风走向，如刘城《论韩愈墓志的文体新变》（《河南师范大学学报》2012年第5期）、杨向奎《唐墓志撰者署名位置及其意义》（《名作欣赏》2012年第14期）、孟国栋等《论墓志文体志文和铭文的特点、功用及相互关系——以新出土唐代墓志为中心的考察》（《浙江大学学报》2012年第6期）、王长顺《墓碑志文学性及其在唐代的嬗变论略——以陕西新出土墓碑志文为重点的考察》（《咸阳师范学院学报》2012年第5期）、徐志学《从意义层次关系看石刻用典形式的表义方式特点》（《广西社会科学》2012年第6期）、徐海容《论陈子昂碑志文的革新之功》（《长春工业大学学报》2012年第4期）等，都从文学研究的角度分析墓志所具有的文学史方面的意义。这是一个不可回避的问题，新出墓志近八千方，几乎是《全唐文》的三分之一，虽然，他们的作者多是名不见史籍的"小文人"。但必须承认这一庞大的墓志作者群正是构成唐代文学历史实体的主体，理应成为我们认识唐人与了解唐人为文之风的最鲜活的材料。如何从这些格式化与虚美化的语言中寻绎唐人关于文章的审美特质？还需要作进一步的搜辑、比较与说明。

唐代文学史不足三百年，留存的诗约五万首，文约三万篇，作者约二千五百人，对于这样的研究对象，一年内有如此之多的论著、论文，在全球性古典边缘化时代，这种研究热度应是让人高兴的，其本身即表明唐代文学在当代社会中仍有较大的接受效应。然而，相对于数量的繁荣，内在质量上仍有一些值得反思的问题。首先，重复性选题过多，有一些论文仍在重复二十年前的选题，虽在某些细节上有所改进，但在总体上仍属重复研究。还有一些论著不讲究学术的原创性与传承性，对一个重复的课题全然不顾之前已有的成果，总是以开天辟地第一人的身份展开论述，这使得论文的学术含量大大降低。其次，整个研究深度少有大的突破，较少在理论上以新的观念形成新的热点。或许受到急功近利的学术体制的影响，多满足于枝节琐细的考证，而整个选题尚少覆盖面与影响力。同时，唐人诗文对今人仍有较大影响，应是构建当代文化不可缺少的文化资源，对推进民族复兴，传承民族文化仍具有不可替代的作用，如何以新的切合当代文化需要的理论重新阐释唐人诗文的审美意义，更应是当代研究者需要回答的问题。拉近古典与当代生活的距离，分析唐人经典中永恒的审美价值，更应是唐代文学研究者应有之责。因此，相对于程式化的论文论著，当下更需要那种既有学术功底又富有生机与活力的"普及性"的成果，如闻一多的《唐诗杂论》、施蛰存的《唐诗百话》等学赏一体的论著，这也是笔者对来年研究的一点希望吧。

本文在写作中得到了任雅芳、徐炯、徐俪成、王丽、马文静的帮助，他们搜辑并统计相关的论文与论著目录，特此致谢

2013 年

通观本年度关于唐代文学的相关论著，我们感到总体上与去年格局相近，亮点甚多，问题不少，以下就其较突出的成果谈一点心得与学界同仁分享。

首先，本年度在原典整理方面出现了几项重要成果，一是熊飞的《张说集注》（中华书局），一是李定广的《罗隐集系年校笺》（上海古籍出版社），两书皆是厚重力著，注家积多年之功，为学人解读两书提供极大的便利。今人注释工作往往于细微处见功夫，又易释辞忘义，脱离了读者的阅读需要。在检阅工具充分发达的条件下，如何提供读者最需要的释解，仍是注家需要思考的问题。又，刘学锴先生《唐诗选注评鉴》（中州古籍出版社）集选诗、注释、集评、鉴赏为一体，在体例上有明显新创，作者集多年教学与研究之心得，选诗既重视吸收历代唐诗选本的经验和优长，又充分体现了自己独到的见解，特别重视诗的艺术经典性、整体性和可读性。既为读者的品读鉴赏提供了多方面参考，又为进一步研究提供了较为丰富的资料。时代不同，读者的需求也不同，经典的永恒性就在于常注常新。前辈学者（国外学界现在仍是如此）多是积一生之学力来完成对经典的注释，然而时下异化的学术体制，人为降低了这类著述的学术地位，致使这类工作沦为低层次的简单杂抄。刘先生等人极具功力的释解，可再次让人感到细读经典的魅力。近年来大量的"职称化""项目化"的论著累积，多数都已被束之高阁，失去了人文研究应有之接受效应。究其因就在于著述者少考虑读者实际需要，因此，有必要强化经典整理与注释这类基础性工程的学术识力与实用价值。

其次，几篇关于诗体与文风研究的论著展示了文学本位研究开始回归的学术动向。本年度关于唐代诗风与诗学的研究收获颇大，从作品本身提炼选题，在文本的梳理与分析中发现并归纳其中的诗史意义，是这类论著最突出的亮点。如葛晓音先生《中晚唐的郡斋诗和"沧洲吏"》（《北京大学学报》2013年第1期）和《刘长卿七律的诗史定位及其诗学依据》（《中山大学学报》2013年第1期），前者由唐人对"沧洲吏"的身份认同分析大历后郡斋诗流行的过程以及对大小谢相关诗的发展，进而说明中晚唐郡斋诗中新型的审美范式与影响，这项研究不仅系统展示了这一类题材的作品在唐诗史的具体作用，而且极具文化诗学的启示性，唐人在这类诗中由吏隐心态到沧洲吏的转变正反映了新一代职业文官化俗为雅的心理，体现了唐代士人文官化的精神演变过程，贵族化的名士气渐少，世俗情与文人气渐多。后者对刘长卿七律艺术的归类，说明了刘诗与初盛唐七律诗的承转关系，指出移用五律景物组合的手法与以构思带动句式与结构的变化，是刘诗的巧思新隽之处，体现了与杜甫一致的艺术追求。葛先生两文都有一个突出的特点，这就是所有结论都是以对作家整个作品系统的梳理与精到的解析为基础，显示出对诗歌文本充分的掌握与独到体悟的自信，多年来学界一直呼唤"回归经典、回归文学"，上述研究在这方面提供了一个良好的范例。在诗学理论的思考上，陈伯海《唐诗与意象艺术的成熟》（《江海学刊》2013年第2期）是一力作，作者通过分析初盛唐诗歌与六朝诗的关系，发现取法晋宋，将观物与体物思维合一，是盛唐诗人意象成熟的一个标志。思维的拓展、结构方式的更新与语言的提炼是其走向成熟的三个途径。回顾二十一世纪以来的唐诗研究，我们不难发现，跨越或回避传统诗学话题，由意象、情景等形而上的问题转向史实与文献的实证，正是近年来唐诗研究一个比较突出的倾向，实证性与技术化要求愈来愈明显，但对诗学本身的思考越来越边缘化。相对于文献整理与实证成果而言，宏观的诗学思考已显得比较薄弱，这其实是由一个极端走向了另一个极端。上述论著，以当行本色的诗家思维，展示了这类艺术研究的魅力，同时，又以扎实严密的论证为开拓新思路提供了成功的范例。以首都师范大学诗学中心为代表，近年来的唐代乐府学研究进展明显，本年度也有相关成果，如吴相洲《乐府诗歌论集》（商务印书馆）、周仕慧《乐府诗体式研究》（北京大学出版社）、钱志熙《唐人乐府学述要》（《中国社会科学》2013年第8期），钱文提出：乐府学应以拟乐府徒诗一类为主，盛唐李白建立古乐府学，奠定唐乐府学以复古为基本特点的宗旨，韩孟一派杂拟乐府歌谣，带有自我作古的倾向。唐人拟乐府创作，不仅是抗衡流行的近体，也有抗衡今乐的意图。观点新颖，并自成一系。在这一方面，本年度出版的二书值得关注，一是高友工、梅祖麟二先生的《唐诗三论——诗歌的结构主义批评》（商务印书馆），本书虽是二十五年前《唐诗的魅力》的再版，但其读诗的方法仍值得今人思考，二位都立足于唐诗文本研究，运用声韵学、语言学及修辞学相关理念，对唐诗进行别是一家的解读。一方面，他们对文本本意有了较准确的理解；另一方面，又能运用现代语言学理念读出他人不易发现的别样之味。其中因词组组合的不确定性而造成的诗句歧义性的分析，突出了诗家思维的特殊性。时下的学风与本书初版的学术环境已有很大的变化了，但是这种研究方式对今人仍有较大的启发性。唐诗是古典语言艺术的精华，唐诗语言应有广泛的探索空间。句法、音律的探讨一直是古人研习唐诗的重点，但多在语言技巧层次上，以理解作者为中心。高、梅两位的研究表明，我们还可以从读者接受角度探讨其中的魅力，理解唐诗语言艺术的永恒性。

再次，对近年流行的新兴学术命题，也出现了一些饶有兴致的探索。如关于文学地理学，有陈燕妮《论唐诗中的"洛阳道"》（《华中师范大学学报》2013 年第 1 期）、万伯江《盛唐诗坛的演进趋势：诗人身份下移与诗歌地理分布扩张》(《北方论丛》2013 年第 2 期)、查屏球《盛唐诗人江南游历之风与李白独特的地理记忆》(《文学遗产》2013 年第 3 期)、吴夏平《张九龄荆州之贬的文学史意义》(《贵州师范大学学报》2013 年第 2 期)等，不仅论特定地域文化与文学之关系，而且深入探讨唐人地理意识与文学表现的关系，进而分析特定地理的记忆与知识观念在唐人诗学思维中的特殊作用，且以考察具体作品创作过程为基础。这种学术思考不只是地理与文学的平面拼图，而是从地理层面解读经典，自然能推进对这一学术概念的思考，也拓宽了理解古典的学术空间。关于唐诗传播、传承与接受过程以及经典化问题，如张毅《宋人心仪唐诗句法现象分析》(《文学遗产》2013 年第 1 期)分析唐诗句法对宋诗发展的意义，作者认为通过摘句批评、集唐人句为诗等方式，宋人逐渐找到了一条追求"意新语工"的诗歌发展道路。杜诗"句中有眼"的示范作用，启发人们在学杜过程中超越句法的限制，力求于意境、风骨、气格和韵味等方面逼近老杜。通过具体分析诗歌语意结构，展现了宋人在学习唐诗过程中形成的艺术创造精神。王世立《论唐诗经典生成的共生效应》(《江西教育学院学报》2013 年第 3 期)、《论本事效应与唐诗经典流播》(《北方文学》2013 年第 1 期)以巴赫金文本内在关联性的概念来释解宋人对唐诗的化用以及明清小说、戏剧采用唐诗之事，提升这类思考的理论深度。又，董兵、王立增《论唐诗在当时的吟诵传播》(《交响：西安音乐学院学报》2013 年第 3 期)、吴淑玲《唐代秘府对唐诗的汇集与播散》(《石家庄学院学报》2013 年第 1 期)从书籍史角度，对唐诗传播的几个环节进行了具体的考察与分析。还如，孙欣欣《李沂〈唐诗援〉与明末清初诗歌思潮》(《文学遗产》2013 年第 2 期)、黄建军《陈廷敬与康熙〈御选唐诗〉》(《北方论丛》2013 年第 1 期)、陈国军《中越文学交流特点探析——以〈唐诗绝句演歌〉为例》(《读写算》2013 年第 8 期)介绍了几种特殊的唐诗选本的特点，展示了唐诗经典在不同时期不同地区不同的接受效应。殷祝胜《旧题李攀龙〈唐诗选〉真伪问题再考辨》(《河南师范大学学报》2013 年第 1 期)重新审理争议已久的著作权问题，通过对相关序文细读，再次认定《唐诗选》不是李攀龙所编。韩震军《〈唐诗纪〉作者吴琯生平考辨》(《中国典籍与文化》2013 年第 1 期)，澄清了此前关于本书及编者的一些模糊认识。

与各阶段文学史研究相比，唐代文学研究素以文史实证见长，本年同样不乏有成效的成果，如戴伟华《论〈河岳英灵集〉的成书过程》(《文学遗产》2013 年第 4 期)，作者发现传世本《河岳英灵集叙》之文本与古抄本《文镜秘府论》所录、《文苑英华》所收不同，对于编纂起讫时间，作者数与收诗数都有不同的记载，通过详查收诗情况，发现了传世《河岳英灵集》的编纂成书过程：初选在开元末，诗人数和诗篇数均不可知。第一次定稿在天宝四载（乙酉），诗人三十五，诗一百七十首。第二次修改定稿在天宝十二载（癸巳），诗人三十五，诗作二百七十五首。第三次定稿也在天宝十二载（癸巳），在诗人数量上有了大的删减，由三十五人变为二十四人，而作品数是二百三十四首。其所收作品"起甲寅"，约以王湾甲寅年（开元二年）及第为限。这应是近年来关于本书研究的一个重要发现。又，吴夏平《"官学大振"与初唐诗歌演进》（《文学遗产》2013年第2期），作者考证，唐代进士科试杂文用诗赋始于垂拱二年。开元以前，进士多从国子监生徒中选拔，使得官学在经学教育之外还必须重视诗学教育，武后和中宗朝多用学士主持贡举，使科举与新体诗联系更为紧密。元稹所言"官学大振"应含有研习律诗的内容。李芳瑶《韦述与盛唐的集贤院——以〈集贤注记〉为中心》（《中国典籍与文化》2013年第3期），以前人对《集贤注记》的辑考为基础，讨论了韦述与集贤院之间的关系，展示士人入集贤院的过程与在院者的相应职能及相关态度，认为《集贤注记》是韦述对集贤院的回忆和记录，倾注了韦述的个人情感和个人经验，这些研究都从制度史角度对文学演进的具体环节作了新的论证。

由于新出文献不断增多，墓志仍是唐代文学研究者关注的热点。首先，关于唐墓志的综合研究成果甚有深度，如胡可先先生推出两篇力作：《新出墓志与唐代文学研究的拓展——以〈大唐西市博物馆藏墓志〉为中心》（《北京大学学报》2013年第4期）、《文学自传与文学家传：新出土唐代墓志文体的家族因素》（《浙江大学学报》2013年第5期），前者从文学研究角度对新近出土墓志的史料价值进行了比较全面的勾勒与梳理，其中关于崔文龟诗的辑录（"惆怅春烟暮，流波亦暗随""莲花虽在水，元不湿莲花。但使存真性，何须厌俗家"）；对具体创作情景的陈述以及与李白、杜甫、韦应物等有关的考述，都对此前相关研究有较大的推进。后者对自撰与家撰二类墓志进行了系统的梳理，其中妻子为亡夫所撰的二篇墓志尤为稀见。本年度还出现了几篇专门研究墓志写作范式与风格的论文，如：顾涛《墓志源流考辨》（《湖北社会科学》2013年第7期）、孟国栋《墓志的起源与墓志文体的成立》（《浙江大学学报》2013年第5期）、刘儒《唐代墓志撰人、书人、题额者及相关问题考探》（《文博》2013年第1期），也有一些文章关注到中唐古文运动对墓志写作的影响，如刘城《由"尊体"而不得已形成的"变体"——韩愈墓志文体新变之成因新论》（《周口师范学院学报》2013年第1期）、刘城《文体新变与作者情感融合的典范之作——论柳宗元的墓志文》（《山西师大学报》2013年第3期）、杨向奎《从素材来源方式看唐墓志的撰文过程》（《兰台世界》2013年第10期）、黄媛媛等《元和墓志文体的创作风貌》（《古典文学知识》2013年第6期）等。

墓志是当时最流行的一种实用文本，其行文既有通行的范式，也会有作家个性化的创作，将传世经典文献与新见文献结合起来考察，可更清楚地看出作家的创造性与文风流向。其次，一些论文利用新出唐人墓志补充或开掘了传统课题，如许友根、钟吉梅《〈长安新出墓志〉所见科举史料》（《盐城师范学院学报》2013 年第 3 期）在其《〈洛阳新出土墓志释录〉所见科举史料》（《盐城师范学院学报》2007 年第 1 期）一文基础上对唐人科举史又整理出一批新材料，不仅增补了若干名科举及第者的具体情况，而且还勾勒了一些落第士人的生活状况。近十多年来又有多位学者利用墓志补充唐人著述目录，刘本才《隋唐墓志新见隋唐经籍辑考》（《图书馆杂志》2013 年第 7 期）即对此进行了新的总结与补充。又，焦杰《唐代道教女信徒的宗教活动及其生活——以墓志材料为中心》（《陕西师范大学学报》2013 年第 2 期），通过归纳相关墓志勾勒了一个特殊阶层的生活情景，也为女冠诗的研究提供了一个更具体的背景资料。当然，最引人关注的墓志研究还是对文人生平资料的补充。本年新公布了几方夫妻墓志，如徐坚之子徐峤与其妻王琳的墓志。王琳墓志由颜真卿书，徐峤自撰，徐峤墓志为刘知幾之子刘迅所撰，刘知幾之侄刘绘所书，所涉皆是开元天宝文坛领袖，赵振华先生最早将之整理公布（《唐史论丛》，三秦出版社 2007 年版），郭茂育《颜真卿书〈王琳墓志〉》（《书法》2013 年第 4 期）

发布了更清晰的拓片，王金文《唐代徐峤墓志》（《中原文物》2013年第4期）对其中的史料又进行更深入的发掘，颜真卿所写的时间是开元二十九年，时为校书郎，应是他在进士及第后所获的首任官职。徐峤、刘迅二文各具特色，徐文有感染力，刘文有传奇色彩，都从不同的方面展示文学世家的密切关系以及对中唐古文的先导意义。又如，本年度研究者关注的墓志主人中有几位有从军的经历，如刘宪是武后、中宗、睿宗三朝宫廷文人中核心成员之一，其父刘思立首倡进士科考试加试杂文，刘宪本人也曾在糊名考试中获得第二名的好成绩，这些都是关乎盛唐文风演变的重要环节，毛阳光《新出土唐刘宪墓志疏证》（《中原文物》2013年第1期）注意到史志失载的刘宪从军之事，"属东胡背德，上宰总戎。入幕之宾，惟才是选，命公为判官"。并因功"拜上柱国，赍物一百段、良口十人，并赐章服一袭"。焦华中《祁惠墓志考》（《史志学刊》2013年第1期）所录墓主之事中也有类似的经历："以乾封元年，擢授登仕郎。咸亨五年选授儒林郎守幽州都督府博士，爰开绛帐，式统青衿，誉重燕垂，风流蓟野。其时猃狁孔炽，玁虏挺灾。有敕命，督都李文暕为妫州道，总管府县。寮案多预戎行，府君投笔前驱，挥戈直进，临危不惧，有募先登。虽季路北游，班超西上，方知胆勇，此无愧焉。李公尝谓诸官云，祁生，业综文儒，兼优武略，仁者有勇，信不虚谈。因补府君为检校果毅，寻破横松、淀铎、贺浑、黑沙、赤沙、随河、带山等阵，以功授柱国。"又张红军、贾红霞《唐代张爽墓志略考》(《文物世界》2013年第4期)所论墓主也是一位从军出塞者："君良冶之子，忠孝是资。顷以海孽不宾，河孙未款，既命渡辽之将，旋歌出蓟之行。君时投笔从戎，搴旗申效。有制授轻车都尉，行翼州石廓戍主，筹其庸也。"这些材料为初盛唐边塞诗研究提供了较真切的背景。毛阳光一文还公布了刘宪妻卢氏墓志，其中有关于卢氏出嫁前求学之事的叙述："七岁读《女诫》《女仪》，一览便诵，闻见之者，无不惊叹，识者目为女神童矣。九岁授《论语》《孝经》，兼及《诗》《礼》，暂经于目，必记于心。颇属文藻，尤工篆隶。"为研究唐代贵族女性教育提供了一则原始材料。又，鲜腾是大和年间成都一落第儒生，于蜀中之乱时从军，受到杜元颖、李德裕重用，墓志言："大和乙亥岁，属南蛮不庭，啸聚徒侣，凭凌县邑，俶扰城池。公谓此时可坐筹而靖疆宇，掷笔以取封侯。无奈狼虎且孤，蝼蚁斯众，虽蕴龙韬而奚用，虽怀豹略而何施，陈力就列不能者止。相国赞皇公知之，遂改署都团练判官，勤恪不逾，有裨益。相国邹平公又改受府助教，兼授云南子弟。遂屈己奉公，守文励行，导之以礼仪，诱之以柔驯，故得为臣益虔，奉国咸谨。此皆公之茂绩也，诚宜播芳声于远国，荷宠禄于天朝。"由此人之事迹可看出蜀中乡儒对稳定西南的特殊作用。何山《〈鲜腾墓志〉释文校正》(《安康学院学报》2013年第4期）一文对陈玮《唐成都府助教鲜腾墓志铭考释》（《四川文物》2011年第4期）作了有益的补充。又，鲁晓帆《唐王仲堪墓志考释》（《收藏家》2013年第9期）："生而岐嶷，体备刚柔，越在龆年，便志于学，逮乎弱冠，乃为燕赵闻人。经史该通，词藻艳发，本道廉察使贤而荐之。自乡赋西游太学，群公卿士，聆其声而交之，所居结辙，名动京邑。大历七年进士擢弟。"墓主二十岁时已是河北道名人，至大历七年（772）才中进士，其六十三岁卒于贞元十三年（797），其弱冠时在天宝十载（751）左右，河北道廉察使是安禄山，他于四十一岁释褐后，"解褐授太原府参军事。……本道节使奏授幽州大都督府户曹参军，以能转兵曹参军事。……节使嘉之，俟其硕尽，乃奏充节度参谋，拜监察御史。……我相国彭城王，方任以参佐，弘赞厝谋，略迈韩彭，幕继袁伏矣"。二十余年里一直在河北任职。由此我们可真切地了解当时河北本地学人求学与仕宦的经历。又鲁晓帆《唐史光墓志考释》（《收藏家》2013年第4期）介绍中唐绛州一处士："怀肥遁之志，守父祖之风。累有辟命，而坚卧不起。所谓巢、许，明时隐也。训诱子弟，雍睦九族。怡怡自得，陶陶守真。数十年间，乐天知命。""爱子恒徵，幼归真宗，早晤玄理，受二百五十之具诚，总三千六万之威仪。且弘业隋朝之古寺也。宝刹山立，仁祠洞开，佛事至大，待人弘阐。恒徵常清净办事，曾领都纲，又居上府，今即为佛寺之奥主也。三纲备历，一德日彰。虽鸠摩、道安，今古同流也。""恒徽泣血茹痛，衔哀柴毁。感慈亲之永诀，瞻养堂以号慕。痛天地之崩陷，启泉扃而殡纷。以元和三年正月廿七日，卜吉地于良乡县仁风乡，以夫人孙氏合祔于北石之原，礼也。"史光是绛人，其子为幽州弘业寺住持，即将其父母葬于寺庙附近。可以推想，史光生前是依靠其子作为住持才能维持其处士生活。又，田熹晶《洛阳新出〈卢大琰墓志〉考述》(《书法》2013年第3期）所叙墓主是卢坦之子："年十六，通《礼记》《周易》何论，对时务策，以考廉上第。郑玄之微旨，尽宅胸襟；子游子夏之风声，益勤丹漆。前调集之工年，屡以吏部试题而折断之。今太子客时为蝥屋尉白公居易、故仓部郎中白公行简，时为校书郎，咸登判科，俱擅时誉。尝得公学试□□，因更咏迭，应不逾时，而满朝倾待之，俾府君必以拔萃选。公雅有峭格，又富文性，既而剖□□，未尝不理胜而旨高，於戏，躁览非君子所为，乐天固贤人之事，研穷钻砺，得失不萌于巧心，□□□攻掠，果先于疾足。""年屡以吏部试题而折断之""以长庆癸卯岁常调，今山南节度使王公源中时为考功员外郎，故仓部白□□□为主客员外郎，皆为吏部考官，洎东西二天官威，以公书判妙绝辈流，体通物表，与宏词进士石□□等六人，同登科选焉，施授秘书省校书郎。"墓主明经出身，屡败于吏部试，最后以"书判拔萃科"入仕，在备考时，曾得白居易、白行简的称赞，其时在元和元年（806）左右，墓主至长庆三年（823）才入仕，此事足证其时于科场求仕颇不易。他以得到白居易肯定作为自信资本，其时白氏判词已为吏部标准试卷，由这一事也可知白居易在当时影响之大。马志祥《〈唐李文举墓志〉考释》（《文博》2013 年第 1 期）中有一段文学化的叙述："先君王尝不寐达曙，微有忧色，家老府寮，莫测其旨，乃从容言曰：'惟王雅性仁爱，刑必恤慎，今者不怿，无乃有疑狱乎?'王闻，召而问之，对曰：'自先咎繇，理狱明审，得情勿喜，有疑必忧，今君王近之矣。'王大悦，曰：'疑则若何?'对曰：'昔鸥夷视璧，恭己前闻，罪疑惟轻，伏请留意。'王乃嗟叹者久之，而言曰：'此子凤表歧嶷，材敏绝伦。天假之寿，吾家千里也。'"此例适表明"书判"一事在士人知识结构中已占有较重的分量了。又，前些年公布的孟氏墓志，其中有《本事诗》作者孟启为妻所作墓志，引起了陈尚君等人的关注，牛红广《唐孟珏墓志考论》（《唐山师范学院学报》2013 年第 4 期），又细考墓志中孟氏兄弟多人及第之盛况，以及与晚唐名人归融、裴休、令狐绹的关系，为研究晚唐文人交游提供了新鲜的资料。凡此都显示了这类新出文献的学术魅力。

抗疫中的唐代文学研究——2021年唐代文学年会总结

从去年到今年，从夏盼到秋，从秋等到冬，我们唐代文学研究者的嘉年华马上就要结束了，等待是那么漫长，结束却是如此匆忙，相聚的欣喜尚未开始，分手的遗憾就已升起。虽然，我们仅在朱易安老师习习秀发中感受到内蒙古大草原的风声，但是，却能在以米彦青老师为核心的会务团队细心安排中，感受到草原人的热情。谢谢内蒙古大学的同仁，谢谢会务组的同学们。你们克服了一次又一次困难，终于在今年把会议开成了。如此规模的会议，全在云端安排，其中技术问题和繁杂事务，对于我们文科生来说，完全是一个新挑战。高端大气上档次的会务组，你们是我们的超人。

虽然，我们的会议是以新颖的方式进行，但与会者在学术上的获得感并不逊于任何一次会议。仅由发布的论文集看，本次会议共接受了133篇论文，需要表扬的是薛天纬、戴伟华、李浩、陈才智、罗宁等先生，他们都提交了两篇论文，应是会议的劳模。本次会议延续了上次会议安排的办法，依主题分类，分成四组，每组四场，每场六人左右，各场有专题。佳作甚多，新见叠出。以下谈一点阅读体会与大家分享。总体而言，本次会议论文有以下特点。

一、文献、文史实证传统得到了传承与发展

在现代学术史上，以闻一多先生的研究为标志，唐代文学最早形成断代文学史研究规模。闻一多既有报人之文《唐诗杂论》等，也有《少陵先生年谱会笺》《岑嘉州系年考证》等学院之著，由其《唐诗札记》看，其《唐诗大系》也是建立在繁复的考证基础上的。此后，陈寅恪先生的《元白诗笺证稿》等，又将诗史互证的学术风格带入唐代文学的研究中；岑仲勉、严耕望等以《唐人行第录》《唐仆尚丞郎考》等厚重成果建立了这一学科的标杆。新时期以来，在傅璇琮等先生引领下，曾以实证之学将唐代文学研究最早从"文革"话语模式中解脱出来，并长期引领中国古代文学研究发展。本学会前辈的这类著作如傅璇琮《唐代诗人丛考》、周勋初《唐语林校证》、郁贤皓《唐刺史考》、陈尚君《全唐诗补编》、陶敏《全唐诗人名汇考》等已构造出这一学科的基本特色。

文献、文史的实证之学已成为本学会安身立命的当家饭，也是本次年会的"硬核"。如陈尚君老师提交的文章是为齐文榜老师《唐人别集考》一书所作的序，在《序》中陈老师回忆了自己几十年来从事唐文献研究的历程，说明了自己与河南大学两代学者的学缘关系，表达了自己关于唐代文献研究的思考，其意义已超出对齐书的介绍。陈文以自身与齐先生经历为据，强调文献研究者若想成功，

就需毕一生心力研治一事。陈老师近三十年来持之以恒地以一人之力完成了《全唐诗》的重新整理工程，已是本学会标志性成果。他的现身说法，必定能提升本学会的学术档次。在参会的学者中，金程宇、唐雯、凌郁之、罗争鸣等文多有乃师之风，陈老师已为弟子做了广告，诸位都将有成规模的文献整理之作面世。又，陈老师海外弟子日本东海大学佐藤浩一教授《从对仇兆鳌的毁誉来看〈杜诗详注〉的价值》也是这类扎实之作，作者二十多年来一如其师，专治仇注，成果不断。又如，戴伟华教授《〈地域文化与唐诗之路〉自序》一文长达三十四页，戴先生曾发现《文苑英华》所收《〈河岳英灵集〉序》署时为天宝三载，与传世本天宝十二载不同，推断《河岳》一书应经两次编辑。其论曾对我研究刘复墓志，启发甚大。由储光羲、殷璠关系以及《丹阳集》群体可见出江南存在颇具影响的诗人群体，"诗家夫子"王昌龄在江宁或有传学之事，故刘复来见，常建有访，《诗格》有传，《琉璃堂图》有记。一项有价值的发现，往往能提供解释历史谜团的钥匙，这也是唐代文献文史实证之学的魅力。又，考证的精细化也是一个新趋向，如刘明华老师关于杜诗存数的研究，对自宋以来各本逐首数目与说明，展示了由二王本的 1411 首到朱鹤龄注本 1455 首形成的过程与依据，心细如发，颇具工匠精神。

如同二十世纪敦煌文献的出土为唐代文学研究打开了

新天地，近二三十年来出土的唐人墓志也为我们的研究开启了新的学术空间，当对此后唐代文学研究模式有变革性的影响。目前，大家多有预流意识，所以，在本次会议中，这方面的论文数量也是最多的。值得关注的是，这类研究已不再仅仅满足于正史补遗之类的操作，而是努力探索墓志背后的历史信息，如杨琼教授由李华墓志看其中博浪沙之说形成的缘由，曾智安教授由"母老不得留"看墓主与太子李瑛之关系，由妻留遗言不合葬之事看丧葬习俗之变，皆能由小见大，提升出土文献价值。其次，很多学者多有田野意识，重视考察文物实体。如朱玉麒老师对于《温泉铭》拓片与传世文本的比校，罗争鸣老师关于嵩阳观碑的考述，皆多有现场感。

二、文学本体研究的回归

在前辈唐代文学研究的格局中，以钱锺书为代表的文本研究也是举世公认的本学科的应有之义，如宗白华、朱光潜等人对唐诗现代化的解读也一直是唐诗研究的重要内容。然而，长期以来，在竞争机制挤压下，文学研究的技术化与标准化渐成主流趋势，特别是在电脑技术促进下，统计的繁复与资料罗列已让我们离文学文本的本身越来越远。回归文学本体，应是我们古典研究者必须正视的问题。值得高兴的是，近年来在李定广、康震先生组织下，电视台上的唐宋诗词大赛的活动，越来越成功，向当下社会展示了唐诗自身的文本魅力。又如卢盛江教授主持的唐诗之路研究，也越来越兴旺，这些都成为古典能在现代复兴的一个表征。这一现象表明直接面对唐人诗文文本，研究其审美价值，引领现代读者感受唐人的情感世界、抒情艺术，已成当下研究者应有之责，不可仅以"普及化""低层次"下而视之。前辈学者刘学锴先生《唐诗选注评鉴》三百余万言，也能发行十万册，天意吾等会，人间要好评。本次会议也显示出我们的研究向文学回归的趋向。这又具体体现在这几点上：

1. 文本的细读与诗意的再创造。如薛天纬老师关于饭颗山的考述，由宋诗中的材料，论证饭颗山在京城，进而论证李白三入长安与杜甫再见的可能，词微事大，由一滴水追溯出太阳的光辉。又如廖美玉教授关于唐人送别诗的研究，细析送时赠物之别，把酒之别，别后目送等几个场景，既有学理学识的逻辑力量，更有一个共鸣者的快意与诗情，似一个美食家在饕餮之后的欢呼与尖叫，又似一个自信的导游娓娓动听的解说。串讲本来就是古代诗学教育的主要传授方式，这种带入式的阅读，是阅读后的再创造，本身就是重要的文学活动，廖先生之文让我感到了这一传统的回归。

2. 文本文学史意识。文学史不同于社会政治史学，是在于它自身有个文本世界构建的历史，对于这个世界的认识有时像读画听乐一样，需要有审音辨律、见画知法的功力，行家里手的法眼。如钱志熙老师关于李白游仙诗分类研究，所叙五种形态，多从诗歌语言上上勾下连，皆有所据，推进了游仙诗研究的学术深度。又如刘宁老师由动作语的书写上发现李白、韩愈语言艺术之神妙，从语言角度感受到二位在艺术精神上的联系，这则推进了李白与韩愈父辈关系的研究。罗时进教授《"卢骆刘张"四杰说的成立及其意义》，从歌行体风格的关联度层面在传统的"王杨卢骆"四杰概念外增补出"卢骆刘（希夷）张（若虚）"之说。其他如陈才智教授《从接受史视野重新理解白居易——以放翁气象与醉吟诗风为例》，刘重喜教授《"吴门书派"笔下的〈秋兴八首〉及其经典的建立》，吴怀东教授《杜甫〈杂述〉〈秋述〉文体形态及其源流考论》，或为经典溯源，或寻其流波余响，都是立足文本展开分析，发掘出这类经典文本内在的精神联系，建构出文本文学史。

3. 对文学题材、作品主题的新阐释。这是之前开掘颇多的研究类型，与思想史、社会史、文化史关系较密切，本会诸多论文表明这是一个空间无限广阔的研究领域。如詹福瑞关于李白对生命个体价值追求的论述，充分利用了魏晋玄学与唐代道教相关的理论，对李白生命意识进行了系统分析，从天下意识、功业渴望与现实关怀三方面展示了盛唐人的精神世界。又，李浩教授对平泉山庄文学现象产生与反响过程的考述，既是他传统课题"唐人别业与文学"的新延展，又是关于唐宋文学联系的新思考，揭示了中古山水田园诗向近古别业园林诗演进之迹。又如陈超然先生关于儿童意识与儿童书写的研究，从社会学与心理学层面关注到一个特殊的文学现象。鲁迅说：好诗都让唐人写尽了。不是说后人智商不及唐人，而是因为形成唐诗的文化土壤没有了，即使艺术水平相当也开不出唐诗花果了，这类研究就是要从唐诗之果中分析其中的土壤、空气、养分的特殊性。

三、视野更宏阔，多具国际眼光，学术空间多有拓展

空前的国际化是唐代文化特色，唐研究成为国际汉学显学其因也在于此，因此，我们唐代文学研究自来不乏国际眼光，本次会议同样如此，其突出点有三：

一是唐代文学与胡汉融合的研究。主办方内蒙古大学地处边疆，这类研究本身就是他们的强项，所以，为本次会议设有专场"唐代边疆与文学"，其中有七位老师发表了论文：

1. 高建新（内蒙古大学）：《大唐长安与"丝绸之路"上的多民族往来——以唐诗考察为中心》；2. 米彦青（内蒙古大学）：《疆域·民族·诗歌——论北部边境地带的

唐诗意象》；3. 郝润华（西北大学）：《黄羊·白麦·芦酒：杜诗西北名物书写及其文学史意义》；4. 梁树风（香港中文大学）：《扁桃之起名及其涵义》；5. 田苗（西北大学）：《日常的诗意：唐诗中所见三种帽名考论》；6. 金传道（内蒙古大学）：《唐代文人在内蒙古地区的活动与文学创作》；7. 高雅俏（内蒙古大学）：《受降城的"纪念碑性"》。

另外，胡可先《西域重镇与唐诗繁荣》、亓娟莉《唐"胡部"乐再考——兼及元白乐府的重新解读》、林永正《造奇与激情——唐宋对岑参边境书写的接受与转型》，都配合了主办方的主旨，也显示了这一话题在唐代文学研究中的活力。

二是对于域外文献的关注。值得关注的是以上师大查清华老师为中心的学术团队，提供了一批新近成果。如宋洁鑫《马元调本〈元白长庆集〉传入日本及其影响》、张超《馆机与江户后期中晚唐诗典范的建构》及汪欣欣《论元明杜律选评本中的比兴观》都展示了域外汉籍的特殊意义。

三是国际汉学史的研究。如江岚（St.Peter's University）《二十世纪域外杜甫英译专著之历史语境、诠释立场及影响》介绍了二十世纪二三十年代两部杜甫诗选的产生过程，并全面梳理了战后从洪业选译到斯蒂芬·欧文《杜诗全译》的经历，说明了杜诗在英语世界的传播历史。又如，贾智《英藏唐写本〈字样〉众说平议——兼谈中古字样文献价值的再发现〉、张之为《日本〈罗陵王〉汉文曲辞及其辞、乐关系考论》、宋洁鑫《马元调本〈元白长庆集〉传入日本及其影响》、张景昆《朝鲜"三唐"诗人接受视域中的"唐音"》，都介绍相关专题的海外研究成果，明显有与国际汉学接轨与对话的意识。

四、形成了一些热点话题

如同一代有一代学术之说，一会有一会之热点，本次会议形成了两大热点话题：

一是经典化问题。蒋寅教授《李杜优劣论背后的学理问题》以及戴伟华教授关于文学经典化的分析，皆汲取西方现代文论中"经典化"理论分析唐诗在古典诗史中的经典问题，其他如程彦霞教授《王闿运影响下的唐诗学概述》、李思弦教授《唐诗经典权威在宋代的确立——以宋诗话中"唐诗"与"本朝诗"为中心的考察》、左汉林教授《论宋人学杜的阶段性及其特征》、陈燕妮教授《宋调中唐风的显与隐——以辛弃疾词为中心》、冉驰教授《鲍照诗歌中的自造词及其对唐代诗人的影响》等关于唐诗接受传承的研究，皆很扎实，由具体人事入手，多有发明。

二是都市书写问题。关于长安空间书写则有四文：魏景波《唐代长安的社会空间与诗歌传播》、杨为刚《礼法与情欲：唐代室内空间中的"物"与婚恋小说中的"物语"》、辛晓娟《拟构记忆空间——唐代"忆昔"类歌行的都城书写》、康震《隋唐长安的建造与长安书写空间的境界展开》，都显示了对近年流行的空间理论的兴趣。康文由天到地，由宫到坊，展示了唐人诗文特殊的空间意识，对西人空间理论进行了充分的消化与运用。这类研究表明借助其他学科的成果，可将本学科研究筑基更深，不断开拓出新的学术空间。

实证之学、文学文本、国际视野，是本会的三个特色，也是我们今后努力的方向。希望本学会今后在名誉会长陈尚君教授指导下，在以李浩教授为核心的理事会领导下，努力向上，继续保持在古代文学研究中的领先优势，以一部部传世大著书写学会的辉煌。

陶塘傲菊赭山柏

——忆祖保泉先生二三事

1979 年夏，我坐了一次由峰顶到谷底的过山车，先是学校通知我高考分数是全市第一，我与家人兴奋了许多日。但是，"文革"十年早已结束了中学生戴眼镜的历史，像我这样戴一千多度眼镜者，在他人看来近乎残疾。体检医生非常认真，在体检表上填了一大堆不适宜录取的专业，体检结论也是"视觉有障碍"。结果在录取时，我填报的所有院校都不接受。最后，还是安徽师大经校长办会议讨论才作为特例收下。虽然校报报道了我这位高分新生，引起了同学的关注，但我仍有"落榜"的郁闷。在系开学典礼上，祖保泉先生作为系主任讲话，他一上来就说，一所大学不管他的名气如何，最重要的还是要看上课教师与图书馆的质量，图书馆是不说话的教授，那里有世界上最伟大的教授全天候地等着你去受教。接着他历数本系在民国时代的刘文典、郁达夫等名人，细叙宛敏灏、张涤华这些名教授的学术影响以及本校藏书量在全国高校排名靠前之事，时时流露出的对于本校的自豪感是非常有感染力的。几天后，他通知我去办公室谈话，说："你不要因为没有进名校而气馁，我们系里也会教出不亚于北大的人才，比如刘学锴老师原来就是北大教师，孙文光、余恕诚老师就一直在我们系里，对他们的学术成就，北大教授都是承认的。"祖先生的两次讲话，很快扫除了我入学之初的种种不快，形成了作为一名安师大中文系学生的自信心与自豪感。

大三时，祖先生给我们开"《文心雕龙》选读"，他的字很漂亮，每次课后，很多同学围在黑板前欣赏他的书法作品。他在讲读时，往往为一个字从郑玄一直讲到段玉裁，他解《序志》"饰羽尚画，文绣鞶帨"时，随手在黑板上抄写了萧统的《锦带书十二启》中的《姑洗三月》，未加标点，说："谁要是能马上标点断句、解释翻译，研究生入学免试。"之前，我还旁听过他给78级开的《文心雕龙》选读课，留下的课程作业就是让学生在周振甫与牟世金的选注本中找问题。这些都让我真真切切体会到古人所说的"读书首要识字"一语的分量。多年后，我曾与刘学锴老师谈论安师大中文教学的特色，他认为注重文本的理解，应是其中一大特点，我想这一特色的形成与祖先生的教学影响当有一定的关系。他在讲到《辨骚》篇时，花了很长时间辨析了当时流行的现实主义与浪漫主义两个概念与中国古典诗歌及刘勰思想不合之处，还说明五十年代在周扬主持的北大毕达科夫美学班里关于这两个概念引发的争议。现在想来，这可能是祖先生当时正在研究的一个课题，也是他一直思考的一个问题。这些问题看似离本科生知识层次有点远，但是这种讨论可以一下将学生的思维带入到学术前沿，大大提升了学生的学术境界。有一次，他看到我在座位上摆着他的《司空图诗品解说》与郭绍虞的《诗品集解》两书，问我："从两书比较中，体会到了什么吗？"我说："我没有比较，我是先看郭书，后来发现很多地方不太懂才找你这本来看。"他笑着说："这么说，我的书还是有用的。"然后，我问了他"若醯非不酸也，止于酸而已。若䪉非不咸也，止于咸而已"中"醯"与"䪉"两字的意思，我翻开《历代文论选》指给他看说，各本都无解，有的直接说是醋与盐，但又不知其依据。他说："看似不是问题，认真起来还真是问题。司空图取这两个字，是取醋、盐的古字。"后来，我查了《辞源》才知《礼记》中有"和用醯""盐曰碱䪉"的说法。上课前，我告诉了他，他笑着说："注书的人，有时以为很好懂不必注，很可能就给读者留下了障碍，还有的是以为懂了其实可能还没懂，还有的是确实不懂，躲掉了。以后你们写书一定要多替读者想想。"他的作业是写论文，题目自选，我就写了一篇《神思与神似》，几乎用了半个学期的时间。祖先生对抄写的要求是很严格的，我的字奇丑，全系有名。

所以，我对成绩完全不抱希望，但还是希望能得到先生的评价。当时有这种想法的同学很多，我就与几个同学在一天晚上去了他家。当时安师大的教授都居于校园后赭山上二层小楼群中，小楼依山而建，一条水泥路环山而行，路边植着几棵松树，祖先生院里依墙摆放了一排菊花，雅趣郁然。我们在他书房里看到我们的作业已被整理成几堆放在书桌上，他说已看第二遍了，所以，他很快能找出我们的论文并当场给了评价。他称赞我有想法，能读一些旁人不看的书。当时我对中国绘画史很有兴趣，对俞剑华《中国画论类编》看得较多，在论文中也用了一些，这一点额外的功夫，竟然也被他注意到了。那天我们同学也见到了端庄清雅的祖师母，回来都笑着说："祖先生是品貌兼顾的，为什么对你的论文舍形取意呢？"此事让我兴奋许久，作为一个学生，还有什么比得了让心仪的老师点头更开心的事呢？

毕业时，有几个同学找祖先生求字，我在临行前才与几位同学到他家去要，那是一个非常凉爽的晚上，祖先生谈兴甚浓，谈到很多"文革"的事，也谈到他在抗战时在川大求学的事，说有一位先生言必称黄侃，而且说到黄侃一定是摘下眼镜毕恭毕敬。又说，现在印行的黄侃《文心雕龙札记》一书最早就是印发给他们的讲义。最后，他让我们把地址留下，日后再写字给我们。我当时以为已婉拒我们了，可等我到一所中学工作了大半学期之后，收到他一封信，里面就有他寄来的两页条幅。其中一张抄写了龚自珍诗《投宋于庭翔凤》："游山五岳东道主，拥书百城南面王。万人丛中一握手，使我衣袖三年香。"后来，我知道祖先生一直对龚自珍诗词有兴趣，想做一个注本。这个条幅应是他这段学术思维的流露。我到重庆、南京之后，回家过往芜湖时，也曾看望过他，每次都如同又上了一次课。有一次，与朱志荣兄一起去看他，还带着他刚出版的《文心雕龙选读》，找他签名。这本书的基本内容就是印发给我们的上课讲义，读来特别亲切。他签完名之后笑着说："你知道出书者的苦恼，不向作者索书，像一个要出书的人。"现在，我每出一书总是想起祖先生的鼓励与希望。昨天（十月五日），我们79届很多同学一同去芜湖火龙岗送走了这位九十三岁的老人，回家后面对他书写的条幅，许久不能平静，就写下如上这些话。

（祖保泉，1921.6—2013.10，安徽师范大学文学院教授，1947年毕业于四川大学文学院中文系，曾任安徽师范大学中文系主任、古籍研究所所长，著有《司空图诗品解说》《文心雕龙解说》等。）

2013年10月6日于复旦书馨公寓，初刊于《安徽师大报》2013年12月

持之以恒索真实

——一段关于王运熙先生论著的阅读记忆

《王运熙文集》中有一张书法照片，是王先生 1985 年游访当涂青山李白墓园的题诗：

> 诗国多英杰，尤称李谪仙。古风饶讽兴，乐府更明鲜。
> 寂寞逢昭代，光辉垂万年。青山遗冢在，凭吊仰前贤。

诗后题记"1985 年复游青山李白墓作"，对此我尤感亲切。2001 年为纪念李白诞辰 1300 周年，中国李白研究会在马鞍山召开年会，会前主办单位马鞍山李白研究所所长李子龙先生曾委托我邀请王运熙先生参会，随后我与王先生一起参加了三天会议，在一起凭吊李白墓时，王先生很感慨地告诉我，他之前曾多次来过这里，并一一辨识出陵园前后的变化。事过多年，王先生辨物读碑的神情仍历历在目，一段难忘的阅读记忆也渐渐浮现出来。

对于我们这一代学人来说，四十年前的"批林批孔"可能是一次古代文史的启蒙运动，在此之前，整个"红小兵"的年代，除了学语录与革命故事，对古代文史基本上没有接触。好读书的孩子也只能读读《海岛怒潮》《彝族之鹰》《征途》《艳阳天》《西沙儿女》一类革命小说，胆大一点的，偷着看《敌后武工队》《平原枪声》《烈火金钢》《青春之歌》《红岩》之类。借助这场运动中的各类批判材料，我才了解到一些历史人物与历史事件，开始阅读古典诗文，但当时儒法斗争材料多不是一个初中生所感兴趣的。有一次，家兄由别处借来1959年版《唐诗一百首》，在那个无书的年代，偶见此书，甚是好奇，就抄了一些自己能懂的作品。在读到李白《宣州谢朓楼饯别校书叔云》一诗时，一下就喜欢上开头与结尾几句，"弃我去者，昨日之日不可留。乱我心者，今日之日多烦忧""抽刀断水水更流，举杯消愁愁更愁"。可是，中间二句"蓬莱文章建安骨，中间小谢又青发"，让我犯难了，不懂注家为什么说后一句是李白自比，不解谢朓与李白有何关系。后来，郭沫若红皮本《李白与杜甫》开始流行，家父也曾带回来一本，我似懂非懂地读完了，此书让我知道了李白与我的居住地大有关系，《夜宿五松山》的五松山就是我每日走过的地方，《秋浦歌》就是写铜陵一带铜矿冶炼的事，《南陵别儿童入京》即写在邻县，顿感自己离唐代不远，异常兴奋，但仍未找到这一问题的答案。1976年春，读到新刊的毛泽东词中"可上九天揽月"时，就想到了本诗中"可上九天揽明月"，仿佛独得伟人之秘一样，着实让一个初中生兴奋了许久，于是愈发地想知道上一句的意义了。那年寒假，我从小城图书馆借到了刘大杰先生新出的《中国文学发展史》，对书中的儒法之论毫无概念，但对书中引用的唐诗很有兴趣，便又抄录了许多诗句，其中李白诗尤多。当时，江南下了一场大雪，奇寒无比，国家正酝酿大变，政局波谲云诡，周边议论纷纷，知青是上还是下，一片茫然，唐诗中哀怨、激愤、惆怅的思绪更让人沉迷。郭、刘二书已经在我心里构建了一个浪漫的自由的李白形象，而这才子为何自比我还不知道的谢朓，仍是一个未解之疑。进入大学后，正当开禁之初，从无书年代走过来的我们如同饥饿的牛犊踏进了菜地，阅读的疯狂近乎饥不择食，但多以读外国小说为主（用现代流行的话来说，我当时就是一个文学消费者），很难静心研读古典，而且记住了现代文学老师所讲的"选学妖孽"之说，关于六朝文学，只有文学史中列述的唯美主义、形式主义一类的概念，谢朓也被归入其中。这益发增添了我的疑惑，伟大的李白为什么要以这样一个负面诗人自况呢？1980年春，随同班同学去采石矶太白楼与青山李白墓踏青，传说谢朓曾于此处建有别业，李白因崇拜谢朓就选此地为墓地。陵园内有李白《姑熟十咏》诗碑，其中《谢公宅》云："青山日将暝，寂寞谢公宅。竹里无人声，池中虚月白。荒庭衰草遍，废井苍苔积。唯有清风闲，时时起泉石。"后来知道自苏轼以来，诸家皆以为赝作。院中又有范传正碑文记李白孙女曰："先祖志在青山，遗言宅兆。"范氏亦言："晚岁度牛渚矶，至姑熟，悦谢家青山，有终焉之志。盘桓庀居，竟卒于此。"范传正因此将其改葬此处，"北依谢家青山，枕垄地，对丹泽，倚青龙，南抵驿道三百步，近邻谢公宅，远通天道"。诗或非真，事却不假，所以，王士禛《论诗绝句》叹言："青莲才笔九州横，六代淫哇总废声。白纻青山魂魄在，一生低首谢宣城。"王诗亦刻在诗碑上。吟诵再三，不解之惑愈强。如同现在追星族一样，对偶像的偶像形成的原委，尚不知晓，总是心犹未甘的。后来，余恕诚、刘学锴先生给我们讲了一年多的唐宋文学，他们是将文学史与作品选读合在一起讲的，也讲到《宣州谢朓楼饯别校书叔云》，并引录了李白称道谢朓的其他诗句。但此前的老师是将先秦南北朝文学合在一起上，而以讲《诗经》《楚辞》为主，稍讲了几篇《史记》、汉乐府。汉之后，仅讲了陶渊明，其他都未涉及，所以，我对老师所说的仍不甚理解。毕业后，我回母校担任高中语文教师，教材中就选有《宣州谢朓楼饯别校书叔云》一篇，当时就想，这回可不能马马虎虎地过去了。那时还没有出版《谢朓集》的标点整理本，我只能在北大编的《魏晋南北朝文学史资料》中找了一些谢朓的作品来读，看看有无与李白作品相似之处。母校在江边的一山上，面临大江，凭轩可见大江东去，倚枕夜闻江涛拍岸，常可欣赏到谢朓所写的"澄江静如练，余霞散成绮""天际识归舟，云中辨江树"之风光，亦可体会到"大江流日夜，客心悲未央"的诗境，隐隐感到与李白诗境有相近之处，但又认为与李白豪放飘逸的诗风还是悬殊太大，故虽有"解道澄江静如练"的体验，但仍然无法理解李白"令人长忆谢玄晖"的缘由。读研期间，时常过往安徽师大，有一次，在向余恕诚老师问学时，也向他提及了这一疑问，余老师在一堆练习册做成的笔记本中翻了一会儿，告诉我："文革"前《文汇报》上曾有专文论及此事。回校后即翻检《中国古典文学论文索引》（那几年好多大学中文系资料室都热衷于编辑这类索引，我当时使用的是辽大中文系资料室编的），查到这篇文章出处，钻入图书馆期刊室，在布满灰尘的《文汇报》中找到了 1962 年 7 月 28 日副刊上署名为申炎的《李白为什么景仰谢朓诗》，才知道这个困扰我近二十年的问题，有人在我两岁时已经给出答案了。

这篇文章先引李白称道谢诗的诗句证明李白最推崇谢朓，然后提出疑问：一是这一现象与他"自从建安来，绮丽不足珍"的文学思想是否矛盾，二是李白受建安后谢灵运、鲍照等多位诗人影响，为何独推谢朓。关于前者，文章引陈子昂、白居易为旁证说明这是其时复古者矫枉过正的说法，不可机械地理解。在口号上反对六朝绮靡文风，也不妨在创作中学习六朝诗人写景艺术。文章又从李白的表述风格上说明夸张过度乃至自相矛盾是其个性张扬的体现，不可孤立地理解他的某一句诗。关于后者，作者发现李白诗中直接提到过去诗人及其佳句的多是写景诗，再以李白《古风》学阮籍、左思，七言歌行学鲍照而较少提及三人为例，证明其他题材诗歌较少涉及诗人姓名。最后得出结论，李白推重谢朓诗的原因在于：一、谢朓写景诗风格清新，语言精练，给李白极大的启发；二、李白常到金陵、宣城二地，其创作与谢朓的活动及诗作关系密切，自然连及的机率较大，并不能说明他受谢朓的影响超过其他人，至少不会超过鲍照，也不能因为这句诗而认定李白对建安后的作家只推崇谢朓一人。作者进而感叹中国古代文论材料的零碎与不系统是其特点之一，研究者尤忌误入断章取义、偏而不全的陷阱之中。此文要言不烦，作者没有依一般的胶柱鼓瑟的套路，比较谢、李诗句的相似性，而是从更大范围里分析李白重谢之论与其他诗论、诗风以及唐人诗学倾向的关系，在辨清了各种关系之后给了这一疑问一个确解。我感到这最后几句仿佛老师对我的当面批评，我所纠结的问题实缘于对李白诗句的理解有偏。作者关于古典文献零碎性的感慨又启发了我作更多的推想：李白屡称谢朓可能与他熟读《文选》有关，李白少时曾经三拟《文选》，《文选》选有谢朓文23篇诗23首，在所选诗人中名列第六，李白所称道的几句谢朓诗多见于《文选》中，在《文选》诗作中，以谢朓诗歌语言与唐人最接近，应是少年李白最易接受的，当面临与谢朓诗中同样的景观时，自然联想到他熟记过的谢朓诗句。又，《隋书·经籍志》记《谢朓集》十二卷，逸集一卷，而现存《谢宣城集》五卷本是南宋楼炤于绍兴年间初刊，当时只存十卷，刊印时又去掉了后五卷，虽然序中说明所去者多是见于史书或他书的应用性公文，但详情不明。故李白当时所读之《谢朓集》与今传本应有不同，李白是否还有其他原因独好谢朓诗，今人恐难知晓其全部缘由了。

此文虽然让我受益甚多，但我却一直不知道作者"申炎"是何人。1995年李白学会出版《谢朓与李白研究》会议论文集，我从中见到了王运熙先生的《李白推重谢朓诗》一文，读罢方知申炎即是王运熙先生，此文应是1962年一文的修改稿，文中王先生除了强调以前的发现与观点外，着重分析了李白提及谢朓的具体诗句与谢诗特点的关系，指出李白推重的是谢诗清新秀发的特点，又引杜甫之论表明追求清新秀发是盛唐诗人对南朝与初唐浓缛诗风的纠偏，又以《文心雕龙·风骨篇》中"风清骨峻"概念，指出谢朓诗风中也有与建安风骨相通之处，李白推重谢朓与学习鲍照一样都体现了盛唐诗人对健康诗风的追求，又从诗的对仗艺术角度解释杜甫"清新庾开府，俊逸鲍参军"中不提谢朓只提庾信一事，由清新与俊逸两个方面说明李白诗与小谢的关系。与三十年前论文相比，新文又从文学观念与时代风尚这一更高的层面揭示了李白推重谢诗一事所体现的诗学意义，大大提升了这一课题的研究层次。这篇修改文应是王先生在完成《隋唐五代文学批评史》之后的作品，在全面梳理了唐人文学理论之后，自然会站在更高的角度以更宏通的学识思考这一问题。王先生本人可能也比较看重这一研究，晚年编写《望海楼札记》时，将修改稿又收入其中。

以上三文都见于《王运熙文集》，再次拜读后，对王先生的学术精神又有了更深的体悟：首先，在选题方法上，立足文本，在文本自身中发现疑问，而不是生造出来，王先生先由李白崇谢诗句与反对建安以后文风的复古口号的矛盾中，提出"李白为什么景仰谢朓"的问题，其分析不仅解答了"中间小谢又青发"之类的诗句含意，而且还解释了盛唐诗人看似矛盾实则相通的诗学表述。其次，在方法上讲求圆融通透、融会贯通，既不以尖奇之论求新，也不是浅尝辄止、泛泛而谈，而是以整体的把握导出平允可信的结论。王先生在研究中，既归纳了李白对谢朓与六朝诗人的评论，又掌握了杜甫、高适、殷璠等人对李白的评论以及其他诗学评论，将李白崇谢这一现象置于盛唐诗学背景中考察，总结出盛唐诗人追求风清骨峻的特色，使对一句诗的解答上升到对整个盛唐诗风总结的高度，也使这一研究成为归纳盛唐诗学体系的一个组成部分，达到了以小见大的学术效果。当下重建中国古典学的呼声甚高，现代学术经过一个世纪的轮转，复古、疑古、薄古、尊古，此起彼伏，显然，唯有释古、解古才是最核心的，古典研究者首要之务应是解疑释难，引导读者接近文本原意，以现代理论概念阐释古义也应是挖掘古典文本的应有之义，而不是作者的自说自话，在这方面，王先生的学术探索给今人作了一个很好的示范。再次，在研究态度上，长期关注，持久不懈。王先生早在五十年代就已开始涉及这一问题，如《李白诗选》中《秋登宣城谢朓北楼》题解言："李白对谢朓诗歌艺术成就非常敬佩，在作品中时常提到。"又引唐汝询《唐诗解》中"文有建安风骨，诗亦清发多奇"来解释"蓬莱文章"两句。又如《李白研究》中《李白怎样向汉魏六朝民歌学习》一文言："六朝诗人对李白影响最大的是谢朓与鲍照，李白在诗篇中对谢朓一再致其倾倒仰慕之情。"又对谢、李二人的《玉阶怨》进行了具体比较。另一篇《李白怎样向古代诗人学习》已归纳出李白推崇谢朓的诗句，以一个章节着重说明李诗与二谢诗的关系，指出"李白诗中提到二谢名字并表示崇敬追慕的地方很多，特别是谢朓的诗歌，更使他为之反复讽吟不已。……王渔洋在《论诗绝句》中说他'一生低首谢宣城'确是有所根据。由于他和二谢有着共同的游历生活的基础，由于他对二谢作品的爱好和揣摹，因而他在一部分描写自然风景的诗歌中，就有意识地吸收了二谢的长处，把二谢作品中的某些境界融化在自己的作品里面"。1962 年所发之文应是对这些思考的系统总结，三十年后，又在一个更高的层面上重新阐述这个问题，不仅补充了旧说，而且进一步拓展这个命题的学术意义。其文末言："清代王士禛《论诗绝句》认为李白'一生低首谢宣城'，看来是带有片面性的评论。"这显然修正了五十年代的说法。前后算来，他对此长考的时间已近四十年。

曾听本系老人言：五十年代时，一老先生对王先生开始研究李白大惑不解，可能在他看来，王先生儒雅闲静的气质与李白豪放纵恣的性格反差太大了。其实，由王先生的学术轨迹看，李白研究正是他汉魏六朝乐府研究的自然延展，李白于诸体之中以乐府诗成就最大，他于古乐府无题不拟，而力求古貌，很多乐府古题唯存于他的诗集中，研究乐府自然会关注李白诗歌。转治李白既表明王先生学术触觉很敏感，视野宏阔，同时，也体现了他在学术上专注与执着的精神，对所涉及的问题都不轻易放过，哪怕是一个小问题，四十年里也长考不懈。先生的渊博与睿达恐非凡人能及，而这一执着专注的学术精神更应是激励我们后辈学人的楷模与动力。

附：

怀王运熙先生

翰林崇小谢，少惑久难笺。一日知真解，多年闻绛弦。释疑持定力，厚积烛书渊。人就诗仙去，遗文惠学田。

旧学续传礼相承

——郁贤皓师忆任铭善先生论礼学

　　十八年前，弟子出入陶谷，问学之余，偶或触发郁师谈兴，滔滔不绝，绘声绘色，时常不觉天色已暗，直至师母催饭方止。金陵寒冬，郁师身裹棉大衣，足着电暖屣，双手拢袖，笑状可掬。此一情景吾谓之"围炉漫话"也。现以拙笔转述一二，供师门同学分享。忆力不佳，不敢称"实录"，或恐为漫话之漫话，望郁师见谅。

　　先生约在二十世纪六十年代初，曾返沪参与《辞海》编纂之事，其间与任铭善先生交往颇密。任铭善（1912—1967），江苏如皋人，1935年毕业于之江大学国文系，师从钟泰、徐昂、夏承焘先生；曾任之江大学讲师、浙江大学教授；新中国成立后，历任浙江师范学院教授、副教务长，杭州大学教授，民进浙江省委第一届副主任委员；"反右"期间被打为"极右分子"。任铭善先生长期从事古文献、古代汉语、现代汉语的研究和教学，著有《礼记目录后案》《汉语语音史概要》等，素为学界推许。其时以戴罪之身参与《辞海·语词分册》编纂之事。参与《辞海·语词》修订者多为音韵训诂专家，又都有"反右"后压抑心理，他事不敢言，唯于学问自视仍高，一朝得理，寸步不让。时以由南大调来的洪诚先生火性最著，审稿中一见有误，顿发大火，张口即是国骂，既不顾及自身教授身份，也不认对方是学术耆宿，或新进风头之士。而于任先生却始终持以尊礼，见面必拱手道："任公。"郁师其时为"语词部"年纪最少者，跑腿奔走之事多由其代劳，故与诸位名家交往较多。外地调来者住在辞书出版社附近的华东饭店，郁师住所与任先生相近，上下班之际多有交谈。有一星期日，郁师在室中伏案读书，任先生踱步进室，亦未觉察，见其书乃朱骏声《说文通训定声》，就顺口谈论作者之事，郁师提出几处与段注等解有异，任先生兴趣大增，不借他书，多能旁征博引，徐徐解析，一一辨证。经此一事，郁师切身领略到任先生学问之渊博，任先生也识得郁师好学之悟性。自此之后，晚饭前，郁师辄捧籍往任先生室请教，任先生亦诲人不倦，热心讲解一课有余。一来二往，餐前受教已成为郁师每日必修之课，亦是每日莫大之享受。此事引得家住上海的诸多年轻编辑不胜羡慕，下班之时也不愿回家，齐等任先生开讲。其时，饥荒日甚，政治风声日紧，然小巷之中隐然存在着这样一个自发的国学讲习班，亦非常年代之殊景也。是年末，《辞海》编纂工作完役，南师召郁师回校教授《中国韵文史》，任先生亲送郁师至车站，并赠词一首。笔者查《无受室文存》中，见有《鹧鸪天·于役〈辞海〉功竣，奉刘锐赠别兼呈诸友》一首，或即此也：

诘屈虫鱼费校雠，商量旧学养新知。书丛叶落旋旋扫，陌上花开缓缓归。文字饮，盛平时，江楼灯火耐寻思。人生会有明朝约，梦里云高一雁飞。

其时，正是三年自然灾害期间，人多食不果腹，且阶级斗争"日日讲夜夜讲"呼声渐高，知识人多惶惶不安，老先生词大有大隐隐朝市之趣，只为"商量旧学养新知"而兴奋，浑然不觉世事之艰。

郁师在沪时，南师老师段熙仲先生来访。段熙仲（1897—1987），1927年毕业于东南大学，师从胡敦复、柳诒徵先生，曾任安徽大学、中央大学、南京师范学院教授，著有《礼经句读》《楚辞札记》《礼经释名》《水经注疏》《春秋公羊学讲疏》等，学承乾嘉皖学，又具五四后疑古派之精神。段公闻任先生在旁，即由郁师引至任室，段先生长任先生十余岁，两先生相见，施礼有加，然"久仰"之言方歇，学术争辩即起。这一年，《文史》首刊发行，第一篇即为段先生《礼记十论》，任先生首问此事，问曰："段先生近来专治礼学乎？"段先生说："二十年前之旧作耳。"谦逊而又显有气度，任先生言："段先生认为贾公彦所说有误，窃以为不然。贾氏发明无多，而于此处正是其最有贡献处。"之后任先生全然进入学术发表境界，侃侃而谈，手无片纸，时时引证诸说比较，一字一句若诵读，所论皆为原文训诂，材料凿实，不容怀疑。段先生时时颔首称是，时已深冬季节，段先生身着毛料大衣，然额际时露汗迹，不时以手绢拭抹。约半小时后，任先生言罢，又反问段曰："敝意如此，段先生以为如何？"段先生顿然立起，拱首答曰："承教，承教。"退身离去，郁师追上送行，段先生一言未发，及至院门口分手时方曰："我向以为任公年长于我，不想年轻若此。"段先生《礼经十论》后有短跋曰："此二十年前旧稿，治《礼经》时所作也。《礼经》一书，专尊亲亲，皆封建社会之意识形态，过而存之，非同敝帚之珍。今将付《文史》，岁时晴窗，因为后记。熙仲时年六十有六，方授书南京师院。"出语颇谨，既示与时俱进之心，亦存自得自珍之底气。任先生所论当中其款隙，实泄其气，故默无一言而去。

当年听得郁师讲述，对两位大家论剑之事心存向往，然又不明所以，颇有探知究竟之心。寻来段先生《礼经十论》一读，全文重论《仪礼》为古《礼经》之遗，新意迭出而又持之有故，渊源有序，甚合皖学家法，更不得任先生之剑法之利处。近读任先生后人整理之《无受室文存》及任先生《礼记目录后案》（齐鲁书社1982年版），仿佛悟得一二。

段公言："题目当从汉师，其称《礼经》者，对传记而言之尔，不曰《仪礼》也。《晋书·荀崧传》始有请置郑氏《仪礼》博士之言，则《仪礼》之称，起于典午南迁之世矣。意者《天官》五篇之书，汉人但称曰：《周官》者（《白虎通》称引可证），郑尊信其书，注《礼》引之，每称《周礼》，《周官》既专《周礼》之名，于是《礼经》乃降而曰《仪礼》矣。此则今古文家门户之见为之也。今从其朔，正名曰《礼经》。""当时科取篇首二至四字，以为一篇之题目，亦犹郑君说世师之取章头'曾孙'二字以题《狸首》，但由便耳，实娆以之为全篇之总目也。""篇第当从大戴，《礼·祭统》曰：'凡治人之道，莫急于礼；礼有五经，莫重于祭。'五经之目，郑注《礼记》，以《周官·大宗伯》吉、凶、宾、军、嘉实之，殆非也。吉、凶、宾、军、嘉之为五礼，古文学者后起之说耳。刘子政未见《周官》，其《别录》于嘉、宾之礼皆属吉事，见《礼记》孔疏所引郑君《目录》述刘氏之说。《乡饮》《乡射》二义，陆氏《释文》亦引郑云《别录》属吉礼。以事言之，吉者对凶之辞，则刘子政初不以吉礼为限于祭礼也。故郑《目录》所引刘氏《别录》《礼经》十七篇之序次，与二戴不同，而贾疏申郑用《别录》篇次之谓刘氏得尊、卑、吉、凶次第伦叙，言其序次为由卑而尊，由吉而凶也。是知《周官》五礼之目为西京先师所未知，即不得以之说《祭统》更不得依之次第《礼经》矣。"指出贾公彦承郑玄之说，源头即误。

任先生言："孔颖达曰：《仪礼目录》云：'诸侯无事若卿大夫有勤劳之功，与群臣燕饮以乐之。'勤劳，谓征伐聘问。《诗》曰：'吉甫燕喜。'是也。臣有王事之劳，亦燕之。故《燕礼记》云：'若有王事'是也。贾公彦曰：'上下经注，燕有四等。'《目录》云：'诸侯无事而燕，一也；卿大夫有事之劳，二也；卿大夫有聘而来，还与之燕，三也；四方宾客与之燕，四也。'褚寅亮《仪礼管见》：'待宾之礼有三，飨也，食也，燕也。飨重于食，食重于燕。飨主于敬，燕主于欢。'今案，贾疏四燕之外，又有大射之燕。《射义》'古者诸侯之射，必先行燕礼'是也。燕礼所以欢乐，《诗·鹿鸣》：'嘉宾式燕以敖。''燕乐嘉宾之心。'《閟宫》：'鲁侯燕喜。'《仪礼·聘礼》：'燕则上介用宾。'郑注：'燕，私乐之礼，崇恩杀敬。'《燕礼记》云：'于寝。'郑注亦谓'燕于路寝，相亲昵'。此《目录》乃谓上下相尊之义者，以此篇文云：'臣莫敢与君亢礼。'有莫敢敌、明嫌之义，故以燕礼为明君臣贵贱之礼，郑君据以为说也。（《〈礼记〉目录后案·燕义第四十七》）"肯定郑注，而且认为贾说有据。段、任两说于此全然不同。

段先生《世纪学人自述》第一卷《段熙仲自述》（北京十月文艺出版社2000年版）："中文教授黄陂鲁先生教予诵章实斋《文史通义》、刘子玄《史通》，我始知世有学术事。""予亦好读经，重今文家言，所治为《仪礼》与《公羊春秋》。清代学者常州刘申受先生之《公羊释例》，以为诸古籍言例，最先见于僖公元年传之'臣子一例也'一语，于是萌以例说经之意，由是而推之于古籍（瑞安孙仲容先生著《周礼》，开卷即《周礼正义》略例十二凡、重例，古今文一也）。予生平喜诵陈兰甫先生之《东塾读书记》。先生言学有宗主、有异同。公羊则何氏，重胡母生条例，与左、谷不同。"已示其门径为今文公羊学也。有义例，好发明。《礼经十论》核心论点在于：《仪礼》乃古《礼经》之残文，经刘向今文转述后成今文，东汉诸儒多未见原初古文《礼经》，十七篇名为各段文字首字，初无完整体系，古文家多有曲解。这一学派立场，段先生至老未变，1983年《文史》第20期刊其《炳烛小录》仍言："《仪礼》的编纂有了一点系统，将各种礼节仪式完整记录下来，其篇题也是另一种形式，题名虽已和内容有关，但仍不等于全篇的主题，还是科取全文的开头几字（最多五字）作题。（我在1962年发表的《礼经十论》中曾提出这种看法，两年后武威汉简出土，其中《仪礼》部分证实了这个推断。）"段先生这一学术立场亦为今人所识。如詹子庆《先秦礼学研究刍议》言："段熙仲《礼经十论》，该文虽受到经学门户之见的局限，确是1949年以来第一篇系统研究《礼经》（《仪礼》）的文章。"作为清初今文经学之传人，又将疑经意识与五四后兴起的辨伪之风结合起来了。

任先生传徐昂音韵训诂之学，一守古文经学实证之法，其论自与段先生不同，如《无受室文存·西京学三论·礼记考略》言："《仪礼》记者，今文记，而《礼记》兼有今古说也。""刘向治《鲁诗》《谷梁春秋》，而传古文礼，汉儒之通习如是，不必以其系名于大戴、小戴为疑耳。"他以为《礼记》《仪礼》传受并无可疑之处，《仪礼》是汉儒以今文传写古文之礼。即便系名戴氏仍可存其旧。谨守家法，尊重原典。其《礼记目录后案序》言：

予尝私好学《礼》，以俗儒占毕之教必先读《礼记》，用其法，取而观之而茫然。退而治《仪礼》十七篇，既稍稍离章句，乃复取《礼记》读之，则合乎十七篇者既昭然不可混同，而其悖者殊者与似是而实非者，亦欲一一寻其源而权衡之以折衷于经。其文奥仪繁，已有儒先之注疏训解；而其杂取而错见者将必参酌以定于一是。则明记乃所以明经，抵牾矛盾之蔽斯解矣。盖有志焉而未易至也。庚辰春，以《礼记》教于之江大学；明年，复教于无锡国学馆，朋友讲习之际，既叹其难，思有以袪之。乃以平日所取以折衷权衡者记于篇，既而取郑君《目录》分系之，曰《礼记目录后案》。其志尚欲治全书以赞儒先之成功而补其阙侠，盖有待焉耳。虽然，读《礼记》者将因之而忘其难邪，抑其不合者尤多且益增其难邪？若宋以来诸贤之祛《仪礼》之难者，则亦渺乎浩乎其未可几及也！抑予又有感焉：郑君逃权势之戚而入乱贼之薮，厥协六经，整齐百家，方遭大难，从容注《礼》，明夷之贞，百世以俟圣人而不惑者也。予丧乱之余，籀诵经记，草是篇时，盖困于寇盗者数月不能解，故籍残阙，多不能致，日对郑君之书，益私慕向往不可已，而所以自励者将益切，庶几进退之际无愧于郑君者，以是篇为之砥砺焉，勉之哉！

任公治礼是以《仪礼》为本，持《礼记》《仪礼》为一体之通观，力解两者相关相合之处。其治礼学之时，正值国难之日。虽生计无所，仍以继承郑玄事业自许，其志固不在小也。

礼学今日渐成绝学，笔者于经学本属外行，对于两先生争议，自当不敢轩轾一词。然有趣查考此事，实有缘也。笔者于此似悟得郁师学径一二。郁师亦不治经学，其著多唐代文史实证，由其与任先生过从关系看，实以训诂为基而扩展至唐代文史实证，本基实固，枝叶亦茂。现代唐史名家严耕望、岑仲勉亦起家于经学，再进至唐史。其学术谱系中乾嘉实证一派印记甚显。郁师为新型学者，学途与前辈有异，然隐显之间，亦断不了乾嘉之学养，其方法、门径、理念即由此养成也。今之治当代学术史者于此不能不有所关注。又，二十世纪六十年代初，传统经学几已断

旧学续传礼相承　　**345**

绪，《文史》刊发段先生一文，本身即为奇事一件。参与《文史》首刊编辑工作的沈玉成先生事后回忆曰："《文史》还不忌旧、生、冷，第一辑第一篇段熙仲先生的《礼经十论》，完全是一篇旧式经学家的论文，但由于'三礼'之学亟待抢救，所以照发不误。"（《〈文史〉前四辑的编辑工作杂忆》，《书品》1988年第3期）任、段二先生见面论学仿佛乾嘉学究披经讲义，全无当下时调，虽然物换星移，沧海桑田，然所关注的仍是二十年前之旧话题。段先生时为南师劳动模范，属统战"红人"，任先生为极右分子，几入牛鬼蛇神之列，然论学之时，卑者无低下之气，红者少凌人之腔，是非全在学术真伪而与政治境遇无涉也。这种纯学术之交往，真让人向往。由此亦不难感受到传统学术顽强之生命力。再者，笔者关注此事，尚有一私缘。余初治唐代学术，偶用"唐学"一词，时有生造之恐。一日，在图书馆翻检民国期刊，于1947年4月《国文月刊》中见任先生《唐学》一文，原为1944年在浙江大学之演讲，兴奋异常，信心大增，（后又见刘述先著作亦用此一词）。此似巧合，然今日思之，恒觉冥冥之中，恍若有物牵系弟子攀入郁师学缘之中。无郁师之趣谈，余或不能留意此文，仅此足见"陶谷炉话"亦授学之一式也，无用之中当得大用。

朗润舆地问学集　　　　　李孝聪　著

夏夕集　　　　　　　　　李　军　著

瀛庐晓语　　　　　　　　王晓平　著

知哺集　　　　　　　　　宁稼雨　著

莲塘月色　　　　　　　　段　晴　著

我与狸奴不出门　　　　　王家葵　著

紫石斋说瓠集　　　　　　漆永祥　著

飙尘集　　　　　　　　　韩树峰　著

行脚僧杂撰　　　　　　　詹福瑞　著

壶兰轩杂录	游自勇 著
己亥随笔	顾 农 著
茗花斋杂俎	王星琦 著
远去的星光	李 庆 著
梦雨轩随笔	曹 旭 著
半江楼随笔	张宏生 著
燕园师恩录	王景琳 著
鼓簧斋学术随笔	范子烨 著
纸上春台	潘建国 著
友于书斋漫录	王华宝 著
五库斋清史存识	何龄修 著
蜗室古今谈	丰家骅 著
平坡遵道集	李华瑞 著
竹外集	朱天曙 著
海外嫏嬛录	卞东波 著
耕读经史	顾 涛 著
南山杂谭	陈 峰 著
听雨集	周绚隆 著
帘卷西风	顾 钧 著
宁钝斋随笔	莫砺锋 著
湖畔仰浪集	罗时进 著
闽海漫录	陈庆元 著
书味自知	谢 欢 著
三余书屋话唐录	查屏球 著
酿雪斋丛稿	陈才智 著
平斋晨话	戴伟华 著

凤凰枝文丛

三升斋随笔	荣新江	著
八里桥畔论唐诗	薛天纬	著
跂予望之	刘跃进	著
潮打石城	程章灿	著
会心不远	高克勤	著
硬石岭曝言	王小盾	著
云鹿居漫笔	朱玉麒	著
老营房手记	孟宪实	著
读史杂评	孟彦弘	著
古典学术观澜集	刘　宁	著
龙沙论道集	刘　屹	著
春明卜邻集	史　睿	著
仰顾山房文稿	俞国林	著
马丁堂读书散记	姚崇新	著
远去的书香	苗怀明	著
汗室读书散记	王子今	著
西明堂散记	周伟洲	著
优游随笔	孙家洲	著
考古杂采	张庆捷	著
江安漫笔	霍　巍	著
简牍楼札记	张德芳	著
他乡甘露	沈卫荣	著
释名翼雅集	胡阿祥	著